見山又是山

李永平研究

高嘉謙●編

目次

二、訪談

三、傳記、年表、照片、手稿、書影

序／文學的暖光

高嘉謙

一九六七年九月，來自婆羅洲古晉的李永平，初抵台灣，開始他的留學生涯。這是他離家與漂泊的起點，奠定了往後一生，他自詡為迢迢的生命情調，但也同時開啟了他的文學事業。一個以寫作為志業，甚至為生命意志的作家，從此讓自己的文學版圖，徘徊於島與島之間——想像魂牽夢縈的婆羅洲，以及扎根於斯的台灣。他締造的文學成品與成就，大大拓展了馬華文學的能見度，亦在台灣文學的視域裡，創造了無與倫比的熱帶風景。

二〇一七年九月，適逢李永平來台五十年，麥田出版社盛重地將他的婆羅洲系列書寫重新製作，以《雨雪霏霏》（二〇〇二），兩卷本的《大河盡頭（上卷：溯流）》（二〇〇八）、《大河盡頭（下卷：山）》（二〇一〇），以及《朱鴒書》（二〇一五）為核心，按照作者的構想，正名為《月河三部曲》，設計全新封面，搭配華麗書盒，以紀念版的形式隆重發行。這可以看作婆羅洲「大河小說」的一次文學展演，在華語語系文學具有重要意義。這不但為李永平五十年的寫作生命下了注解，他的離散世界與文學欲望，轉化為《月河三部曲》的抒情與神祕，創傷與超越的自傳寓言體書寫。對於第一代在台馬華小說家而言，各項文學榮譽的背後，他的生命主體與寫作之間，烙印著因跨國移居，流動和拉鋸的身分糾結，文學及其腔調的語言追尋，以及一個文學的最終歸宿。

同樣是九月，李永平滿實歲七十，《月河三部曲》的出版是最圓滿的禮物，也是作者一次美好的文學餽贈。這個系列的寫作從發想到完成，都是近二十年的事，代表了作者晚期風格的展示，一種原鄉衝動和語言鑄煉的回歸。那是作者畢生追求的「見山又是山」的境界，對文字、語言、內在情感、外在地緣的綜合總結和整理，從容又自在的文學歸返。在這個意義而言，文學被昇華為終極信仰，統御著五十年的浪子生涯，也寄託為餘生的命脈。

但人生實難，恰恰是今年中旬的短短兩個月，李永平歷經生命的巨大苦難和轉折。發現癌症，生命陷入被告知與疾病和平共處，或另尋積極治療之道的兩難，無數的煎熬與無奈。從住院、檢測、轉院、手術、照護，對長期孤獨堅守在文學世界的李永平，是一連串的折難與挫敗。但令人感動的是，文學的暖光總散發在生命的幽微處。六月上旬某天半夜，李永平病況急轉直下，從住處匆促送往急診。我趕到急診室後，李永平叮囑轉往他家裡取來重要的公事包。本以為是重要財物或保險等資料，但到醫院他打開公事包，才發現只是一疊剛完成不到一半的新作手稿。唯一的手稿，成了小說家最後的身家財產，他念茲在茲能否如願寫完的武俠小說。

文學是最後的命脈，急診中的李永平護著手稿，想著的是託付予人，如何發表，如何出版。小說家用文學守住自己的最後尊嚴，也是最有力的生命抵禦。

但文學的暖光，恰恰也發生於周邊。《文訊》幾位好友同仁夜半趕往急診室，幫忙照顧，後續協助轉院、門診、病房接軌到手術完成。在相信文學，敬重創作的前提下，他們無私的協助令人感動。臺灣大學對傑出校友的積極幫忙，臺大梁金銅醫師團隊細心的救治和照護，終於順利讓小說家度過生命最險峻的時刻。當然，更遑論出版社編輯、台灣的同鄉朋友奔波關懷和幫忙。

於是，趁此《月河三部曲》發行之際，編輯一本可以具體呈現李永平小說閱讀和研究價值的別冊，變得更有意義。我們收集過去二十年內，數篇關於李永平論述，各具特色且重要的論文，同時輔以訪談、年表、評傳、手稿、照片等文獻資料，希望做為閱讀李永平的引介，吸引更多讀者投入馬華文學的閱讀和研究。

同樣是夏天的六月，我和錦忠老師走訪李永平在古晉的家人，李永平唸過的學校，住過的胡椒園舊址，遙想他的成長，透過當地星座詩社文友林離的慷慨奉獻，成功訪得李永平早已絕跡多年的第一本小說《婆羅洲之子》，以及踏查《吉陵春秋》故事發生的吉陵街、開裕巷、萬福巷，那已被當地文友視為李永平筆下似幻似真的人文地理。我們回到李永平的文學原址，彷彿追尋舊日停駐的時光，見證文化資源貧瘠的古晉小鎮，一位二十歲青年的文學啟航。那是一種我們堅信的文學能量，從古晉延伸至台北，緩緩貫徹在李永平遊蕩的一生，以及台灣和馬華讀者在李永平小說世界裡，汲取的暖光。

《見山又是山：李永平研究》的編輯出版，是對李永平創作生涯的致敬，也是對他文學生命的見證與祝福。

二〇一七年七月二十七日溪頭

代序／
我的故鄉，我如何講述

李永平

近鄉情怯，可是我現在算回鄉嗎？我在我的故鄉馬來西亞的首都吉隆坡，國立大學的講堂上，那種感覺真的非常奇妙。我常說人生就一個字：「緣」。我有資格講這種話，因為我年紀夠大。我今年七十了，上個月在新加坡偷偷度過七十歲生日，不敢跟我的同事過（笑）。一個七十歲的老人了，有什麼用呢？

人生就是個緣字，我跟靖芬是第二次見面了。第一次是八年前，在美麗的寶島，美麗的城市花蓮，美麗的東華大學。那個時候她跟伍燕翎老師到東華來找我。那時還是小不點一個，八年後都長大了，還當了馬來西亞第一華文報副刊主編。後生可畏，我真的非常開心。我跟紫書呢，是第二次對談了。第一次是兩個禮拜前在新加坡，那個時候很倉促，還不到一個小時，我們談了一個很大的問題：「世界華語語系文學與新馬華裔文學的關係」。這個可以寫一本書的問題，我們談一個小時是絕對不夠的。所以意猶未盡，我跟紫書又約好第二次對談。這次說好至少要有兩個小時，我們要移師到我們的首都吉隆坡的大學。我真的非常珍惜這兩個緣分，人生就一個緣字，一切都是上天安排。我隔了那麼多年——多少年我也記不上來了——再回到馬來西亞。各位不要罵我，不要指責我，這些都是上天的安排，都是緣。我今天不是回來了嗎？我想起《詩經》的詩句——我最愛《詩經》這本書了，我爸爸是國文老師，從小就讓我們讀《詩經》——「昔我往矣，楊柳依依。今我歸思，豆雨傾盆而下」（大笑），精采吧？

語言

語言，是我身為小說家一輩子最大的痛。我寫了五十年小說，我第一部作品是《婆羅洲之子》，那是我一九六六年在念高中時寫的，都五十年前了。我寫了五十年的小說，一直在尋找我的語言。我出生英國殖民地砂勞越，中文不是我的母語，我家裡講的語言非常複雜。我父母親是客家人，他們之間的溝通用客語。可是我們孩子不會講客語，我們用華語、用英文、用一些馬來語。所以我們家講的語言非常複雜，我從小就不知道有母語。我後來愛上了寫作，那差不多是念初中的時候，而且堅持用華文寫作。因為我愛上了方塊字，覺得方塊字好漂亮啊。一個方塊字就像一幅圖畫，一萬個方塊字就是一萬幅圖畫。所以從少年的時候就開始華文寫作。

我正式發表作品是在高一的時候。那時候我遇到一位很好的老師，可說是我的啟蒙老師。他是中國北方人，他喜歡我的作文，覺得我很會講故事，文字有潛質，可以改進訓練成很好的文學語言。所以他鼓勵我寫作，我寫了幾篇就投給當地的華文報紙試試看。我記得兩篇都登出來，可是我老師看了並不那麼反應熱烈。他說故事是講得很精采，而且看得出來你可以成為小說家。可是你那個語言怪怪的，不是道地的中文，不是純正的中文，帶有很奇特的、讓人不舒服的南洋風味。我就問老師，什麼是純正的中文？他就給我幾本書，魯迅、茅盾的小說。天啊，這都是大名作耶！還有老舍啦，他的京片子是一流的了，讓我回去讀。我真的苦讀了三位大師的作品，那時我才高二，我對小說的語言開始有了一定的領悟。然後我用我自己塑造出來的魯迅，加茅盾，加老舍，加李永平，弄出來一個文體，就寫了一篇小說。寫一個華裔少年，在伊班長屋的故事。大家知道伊班人嗎？婆羅洲的原住民，獵頭族。我講這個故事，用我認為滿有中國北方風味，比較純正的華語來講這個故事。一個華裔少年在婆羅洲部落遭遇的故事。我就投給了那個報紙的副刊，這一回很快，兩個禮拜就退回來了。我生平第一次收到退稿，那時很受打擊。我拆開來一看，除了我的稿件，裡面還附了一封信。一翻頁，密密麻麻，是那個報紙的副刊編輯寫給我的信。裡頭他把我罵了一頓，罵我「你聽誰的話，要用一個你欣賞的語言，所謂純正的中文，來講一個發生在南洋的故事。這是很糟糕的行為，你這是造假。你知道不知道，你如果要成為真正的南洋作家，你一定要用我們婆羅洲使用的華語，來講婆羅洲的故事。」這封信對我來說，真是醍醐灌頂。我就重寫這個故事，用我之前兩篇發表的作品，不夠純正、味道怪怪的南洋華語，來重講這個故事。這篇小說就是後來相當有名的〈婆羅洲之子〉，參加當時婆羅洲文化局的徵文比賽，得到了第一名。這是我生平第一部正式出版的小說。有了徵文比賽的那筆錢，我就坐船——當時沒錢坐飛機——從古晉漂到了新加坡，然後路過南中國海漂到基隆港，在台灣登陸，就讀國立臺灣大學。這是我台灣生命的開始。

那時我很驕傲，我是一本小說的作者耶。這本小說是婆羅洲官方文化局出版的耶，氣勢很旺。我有幸在一年級就遇到了很好的小說老師，本身就是小說家：王文興，他教我讀小說。我上了他的課才知道，原來寫小說不是那麼簡單地講個故事。小說是個藝術，而且是極精緻，可以達到詩的境界的一種藝術。這就啟發很大了。那年暑假我寫了我的第二篇作品，就是〈拉子婦〉。結果被我們外文系系主任，顏元叔老師看到，把我叫到他的辦公室，說：「小子，你是從馬來西亞來的嗎？」我說是啊。他說：「你的中文是有點怪怪的，可是你很有講故事的天分。只要把你的中文稍微調整一下，你就可以成為非常傑出的小說家，將來可以留在台灣發展。」我想這是語言的問題，我李永平啊，怎麼那麼淒慘。是因為我的出身嗎？因為顏元叔老師那時候名氣非常大，他是台灣文學的重將，他說的我不敢不聽啊。所以我開始調整我的文字，我大量地閱讀了在台灣可以看到的三〇年代作品——當時左翼作家在台灣是看不到的——還讀了更多的中國古典小說、章回小說。《紅樓夢》，還有兩部我特別喜歡的章回小說，學它的文字。只是學文字，各位不要誤解，就是《金瓶梅》。原版《金瓶梅》，我有一個朋友從東京圖書館盜印出來的，印了一本給我。它的文字非常漂亮，因為都是北方話。還有一本是明朝小說，也是非常漂亮的白話體。《醒世姻緣傳》，大家聽過吧？因為這幾部小說，又弄出了一個李永平的文體。一開始要寫一個虛擬的鄉野中國，過一段時日就完成了這本書。整個過程很複雜我就不說了，這本書用我自己塑造出來的中國北方語言，就是大名鼎鼎的《吉陵春秋》。這本書在台灣問世真的引起一陣騷動，沒有人相信這本小說出自一個僑生之手。甚至那時候有一個學者就向當局告發，說《吉陵春秋》是模仿左翼作家的作品，這個作家就是茅盾。我想：天啊，李永平你這小子何德何能，能跟茅盾相提並論啊！可是當時是相當羞恥的，當時台灣還在戒嚴時期，茅盾的官還做很大，他是中國的文化部長。後來當局就查，查了一會發現「查無實據」，這案子就不了了之。

我為什麼提這件事情？這語言是可以造假的，造假到人們以為你在模仿某個大師的東西。後來《吉陵春秋》出版了當局者也不敢相信，這小子寫的小說，那個中國人的故事用的是存在的、道地的北方語言。各位朋友，這件事情讓我非常慚愧，我沒有很高興。我成名了，那時我在台灣非常紅，龍應台女士還特別寫了一篇文章讚揚這篇小說。文章裡頭就瞧不起當時台灣的所有小說，只認為這本書是好書。我沒高興，為什麼？因為我知道我在欺騙，我用虛假的語言來描寫一個虛假的，我從來沒去過的地方。我感到非常慚愧，真的非常慚愧。到今天我還是認為，《吉陵春秋》藝術成就或許還好，就是真誠度不夠。我在大學教小說很多年了，我一天到晚在課堂上提醒我的學生，寫作要真誠，真誠就是力量。只要你的作品是用誠心寫出來的，它肯定就會有一種打動人心的力量。千萬不要模仿某一位作者的文風來寫一部小說，那是造假。我在南洋理工大學當駐校作家教創作，我當時就提醒同學，如果發現在造假，在模仿譬如說王安憶、朱天心，我一定把你當掉，讓你不及格。我非常在意這點，因為我自己有切膚之痛。為什麼我說是造假，就是硬要取悅某一群讀者，投他們之所好，寫出他們認為純正的語文。我今天領悟到了，全世界在文學上並沒有所謂純正的語言。你們告訴我什麼是純正的英文？英國的英文嗎？莎士比亞的英文？狄更斯的英文？哈代的英文？那美國語怎麼辦？什麼是純正的英文？只要你在一個作品裡頭能發揮充分功能的語言，那就是好的語言。

像我最喜歡的一部美國小說馬克吐溫的《頑童流浪記》，用第一人稱講一個美國的少年。十歲大，半文盲的美國少年在密西西比河流浪的故事，用他自己的語言。他那時是什麼樣的英文？他那個英文是很爛的英文，是不合文法的，美國高中老師最討厭的英文。結果馬克吐溫在這部小說裡面使用的英文，被認為是美國英文的典範。甚至有批評家說，馬克吐溫一手建立美國的文學語言。我沒馬克吐溫的能力，我聽了我不該聽的話。我為了取悅某些人，我造假了。所以我整個追求語言的過程是一頁一頁心酸史啊。《吉陵春秋》完成以後，我就決定放棄這個語言。很多人覺得可惜，說我應該以這種樸實的北方語言寫一系列，一系列關於中國的故事，建構一個虛擬的完整的偉大的龐大的中國。我放棄了這套語言，但我又弄出了另一套語言，來寫台北的故事，那就是《海東青》。結果我的《海東青》就變成用五十萬字構築的文字迷宮。我追求語言的道路中，不小心又進入了文字的魔障。幸好我只寫了一半，原本要寫一百萬字的，我就想不對了不對了，不能再在迷宮裡面。我們知道很多希臘神話嘛，知道構築迷宮的後果如何，我就會逃不出去了。我用了非常激烈的手段，第一部已經寫了，已經寫了五十萬了，我就放棄了這篇小說。所以《海東青》這部小說永遠沒有下篇，我逃出來了。大家如果知道希臘神話，你逃出你建構的迷宮，你要付出慘痛的代價。這部小說的瓶頸讓我受傷很重，我幾乎有一年的時間沒辦法寫一個字。痛定思痛，一再調整我自己，結果我決定回到婆羅洲，回到《拉子婦》的世界。

我開始在意我的童年，我發現我童年的故事可以寫成三本書。我發現我最需要的是一個配備，我三本書的語言。我找啊找啊，終於在我一生的文字風格裡頭找到一個平衡，一個折衷點。我不可能回到《拉子婦》的語言了，我不可能回到《婆羅洲之子》那種語言了，因為我經歷過了見山不是山的階段了，我要回到「又是山」的境界。關鍵在「又」這個字，跟第一個境界你看到的山不一樣了。我用這種語言記錄我在婆羅洲的三個歷程，第一部是《雨雪霏霏》，第二部是《大河盡頭》，第三部是我最愛的《朱鴒書》了。我追尋語言的過程算是告一個段落，希望能到一個終點了。今天回想如果時間能再重來，我當初不應該聽信某些我認為是恩師的話，我應該堅持《拉子婦》那種語言。堅持那種被認為不純正、不道地、具有怪怪南洋風味的華語，以這種華語作基礎，加以鍛鍊，把這種語言提升到文學的境界，成為文學的語言。如果我當時有這麼做的話，今天李永平的地位會更加的崇高。因為他一手將南洋的華語提升到文學的層次，謝謝大家。

出走與遊蕩

說到離散的問題，這是我的悲劇，我一生擺脫不了的宿命。為什麼我要離散呢？為什麼我要做個浪子呢？為什麼我要四處尋找我的家園呢？我在小說裡頭具有濃濃的漂泊、離散的色彩。這是不得已的一件事。我說過好幾次了，有時候不是小說家選擇題材，而是題材選擇小說家。我命中注定要寫這樣的東西，它找上我了。因為我的一生就是漂泊流浪，就是離散。不管我怎麼寫，不管我寫什麼故事，寫虛擬的中國、寫寓言的台北，結果人物都還在那裡漂泊流浪。事實上說漂泊不如說是一種遊蕩，我三十歲以後就定居在台北了，我是台灣人。我今天是百分之百的台灣人，做為小說家也是made in Taiwan，我是台灣訓練出來的小說家，台灣對我恩重如山，我一直把台灣當作我最愛的養母。我的生母是婆羅洲，我有一個莫名其妙的母親，我的嫡母，是中國唐山。那是我父親給我的，我不能不接受。我常說我有三個母親，不過現在不談這個，回到離散的問題。

我這一輩子內心追求一個什麼東西？母親嘛！內心沒有一種歸屬感，所以就形諸於外，形體就不斷流動。我三十歲以後就定居在台灣了，台灣是個很小的地方，你流浪也不過是在那麼小的一個島上，幾個鄉間跑來跑去。嚴格說起來那不是流浪，那不是漂泊，那是一種遊蕩。我覺得要給它一個說法，就是我非常喜歡的兩個台灣字，叫迌迌。迌迌指的並不是流浪、離散，是一種遊蕩。他就是一種浪子，流動走動。這反映出他內心的一種虛無，一種追求。所以台灣的歌謠裡頭多的是那種歌曲，很有流浪味的呼喚母親。我的作品從〈拉子婦〉、《婆羅洲之子》開始，也已經在呼喚母親、尋找母親。我後來就找到母親，還一找就找到三位母親。一個是生我養我的婆羅洲；一個是後來在我走投無路的時候，收留我保護我，讓我安身立命，把我訓練成小說家的台灣，我的養母；還有一個我就不舉了。這三個母親常在我的心裡頭吵架，逼得我坐立不安，結果只好不斷的遊蕩。到了最後我不想再遊蕩了，我要安定下來了。我有三個母親，我就接受這個事實。幾個人有這種福氣能有三個母親對不對？我講我的婆羅洲母親跟台灣母親，我會這樣講是因為我在我最後一部小說《朱鴒書》裡頭，我把台北一個叫朱鴒的十二歲小女生，把她派到婆羅洲，讓她在婆羅洲裡頭流浪一年，回來講她的故事。她做為一個橋樑來連接這兩個地方。一個是生我的婆羅洲，一個是養我的台灣。在這兩位之間建立一條所謂的橋樑。現在我心裡頭的至少兩位母親，台灣和婆羅洲，她們已經達成和諧了，不要吵架了。那我心裡頭的台灣母親和唐山母親是不是還要吵架呢？如果她們還要吵架的話，請你們吵吧，天要下雨，娘要嫁人，我也沒有辦法。你們要吵就吵吧，至少讓我這個遊蕩的靈魂能夠稍稍地靜下來。讓我能夠稍稍平安地度過——我不捨得用這兩個字——晚年。

事實上去年八月，我在時隔三十一年後第一次回到婆羅洲。回到砂勞越古晉，我出生長大的地方。我上一次走的三十一年前，那時我剛結婚，把新婚妻子帶到婆羅洲去拜見公婆，後來沒幾年就離婚了。隔了三十一年以後，去年八月我又回到婆羅洲去了。確實，今天的婆羅洲跟我當年「昔我往矣，楊柳依依」的婆羅洲有很大的改變。我發現我的家人基本上都能安居樂業，可以好好的過日子，所以我就放心了。反正政治的事情，我們身為文人也是無可奈何的。我最後碰到這樣問題真的不知道該怎麼回答，因為整個心路歷程非常複雜。當初我為什麼出走？背後是有原因的，這些原因今天能說嗎？我想說，我又不忍說，因為我對婆羅洲的感情實在太深了。反正可以這麼說，去年八月回到婆羅洲以後，我心裡的結就打開了。我的小繆斯朱鴒達成了她的任務，讓我在這兩個國間達成了和解。這點我確定從此以後，這兩位母親不會再發生口角了。可不可以這樣說？這是很難回答的問題，我只能這樣說了。

創作心路

關於馬來西亞和我之間糾葛的問題，我已經可以回答得出來了。我剛剛心情非常激動，我每次碰到這樣的問題一定是手都發抖的。我的助理提醒我說：「老師你在台上不要太激動，你一激動手就會發抖了。」我現在度過這個激動的階段了，可以用比較平常的心情來回答剛剛很有趣的問題，關於見山又是山。

畢竟我年紀那麼大了，再不見山的話不好意思啊。我寫了那麼多年小說，技巧的部分幾乎可以說熟極如流的地步了，所以現在寫小說幾乎不考慮技巧的問題。隨心所欲還有一個層次是技術的問題，所以寫小說現在不考慮到這個層面，完全不考慮到文學理論。畢竟我是學文學出身的，早年寫小說每寫一篇，每一句話都要考慮到這在文學理論要怎麼處理。這非常辛苦。台灣有一位撞球選手叫陳純甄，是我最欣賞的台灣撞球選手。她打撞球非常好看，整個動作就像行雲流水一樣，一點技巧的痕跡都沒有，大家都愛看她，我也是她的鐵粉。有記者問她：「純甄你打球怎麼那麼漂亮？打得那麼好？」她說：「老師教我的那套技巧，我一上場就把它忘掉。不想技巧，我靠我的直覺來打球，來處理每一個球，所以整個動作非常流暢，得心應手。」純甄回答記者的這番話，給我很大的啟發。從此我寫小說就盡量忘掉技巧這回事，可是你學到的東西要忘掉真的很難。可是我最後也許因為年紀到了，就忘掉了技巧，在技術這個層面上至少我已經做到現在這個階段。另外一個比較高的層次是心態的問題，我現在寫小說完全是投我自己之所好。我剛剛已經向各位懺悔過，我早年寫小說為了投某些學者批評家所好，所以寫出虛假的東西，創造虛假的語言。但現在在心態上我是隨心所欲，我根本就不甩理論大師、大批評家怎麼說。我愛怎麼寫，這是一個人的事情，你們不要管。我現在在心態上已經得到這樣的自由了，這是我辛苦換來的。

我早期的小說，多半都有一些自傳的色彩。在我家族裡頭發生了一些事情，有個大壞蛋騙了原住民婦女，生了一個小孩，然後又娶了個中國女子。把原住民女孩帶回長屋，那個女孩已經有了身孕。那個大壞蛋就是我的一個叔叔，我叔叔造的孽。我寫這個故事，我要為我的叔叔懺悔。這是一篇小說，所以當然虛構的成分就很重了，虛構的成分必須很小心的處理，免得我的家人看了這篇小說過來問我，那我就慘了是不是？所以我很怕我早期的小說傳入我家裡，我從來不敢告訴我家人我在寫小說，尤其早期的作品在寫婆羅洲故事，我真的不敢讓家人看到。我想每一位作家開始寫小說都會寫自己熟悉的東西，所以當年自傳的素材都會深入我自己的經驗。希望當年我的爸爸媽媽，或是叔叔沒有看見。

對於未來的寫作，我現在關心的是，心臟開過刀的七十歲老人究竟能多寫幾年呢？所以我在跟時間賽跑，我在寫一部武俠小說。寫武俠小說是我從小就有的夢想，人家說有個台灣導演也有這個夢想，就拍了一部武俠電影，就是《臥虎藏龍》。我從小有個夢想寫一部武俠小說，後來因為種種原因夢想沒能實現。現在反正我該寫的東西已經寫了，該交代的已經交代了，連我身後的問題我都已經安心了。我現在既是台灣作家也是馬華作家，也是世界華語作家。我可以隨心所欲，寫作天馬行空的武俠小說。

二〇一六年十一月二十六日「馬華文學高峰會：李永平 v.s. 黎紫書」——

馬來亞大學中文系主辦

李永平會上發言，鄧觀傑聽錄

一、研究論述

原鄉想像，浪子文學

王德威

在台灣現代小說的傳統裡，李永平其人其文都是相當特殊的例子。李永平生長於東馬婆羅洲，一九六七年負笈來台，就讀臺大外文系。一九七二年，他憑短篇小說〈拉子婦〉贏得注意，從此創作不輟。一九八六年，他推出《吉陵春秋》，以精緻的文字操作，複雜的原鄉想像，引起極大迴響。但李永平真正成為一種現象是在九〇年代。一九九二年，他出版了長達五十萬字的《海東青》上部。這本小說描寫海東都會（台北？）的繁華墮落，幾乎沒有情節可言，而文字的詰屈晦澀，也令一般讀者望而卻步。更不可思議的是，李明白寫出他的中國情結，對照當時方興未艾的本土運動，無疑是犯了大不韙。

九〇年代的台灣喧譁躁動，在一片後殖民、後現代的論述風潮中，李永平大可以成為正面或反面教材，好好被解讀一番。這位來自南洋的「僑生」，落籍台灣，卻一心嚮往中國。但他心目中的中國與其說是政治實體，不如說是文化圖騰，而這圖騰的終極表現就在方塊字上。李對中文的崇拜摩掌，讓他力求在紙上構築一個想像的原鄉，但在這個文字魅影的城國裡，那歷史的中國已經暗暗的被消解了。

與這一中國想像相對應的，是李永平對女性的深情召喚。這一女性最先以母親出現，到少婦，到少女，再到女孩，李永平一路回溯到她最原初、最純潔的身分，彷彿非如此不足以寫出他的憐惜愛慕之情。然而女性的成長、墮落與死亡卻往往是他的作品必須一再面對的後果。換句話說，他的女性書寫總成為不得已的後見之明一種徒然的傷逝姿態。

李永平的中國原鄉、中國母親、中國文字形成了他的世界裡的三位一體。三者之間的互為代換指涉，既坐實了李的文學意識形態，也生出無限空虛悵惘。原因無他，他的書寫位置本身——漂流的，邊緣的，「沒有母語的」——已經費設了種種的不可能。[1]環顧當代台灣文學，我們還看不出有多少作家顯現如此龐大的野心與矛盾。所以當李自謂《海東青》是一個「巨大的失敗」時，[2]他的問題豈僅止於美學的挫折，也更指向一種歷史／欲望的全然潰退。

然而儘管到台灣都三十多年了，除了少數評論外，李永平多半被籠統歸為馬華作家之列。這一現象當然反映了台灣文學研究的盲點——外省作家都退居第二線了，何況「華僑」？一個以海洋文化自居的傳統，居然如此閉關自守，毋寧也是怪事一樁。我認為李永平當然是台灣作家。因

1 陳瓊如，〈李永平——從一個島到另一個島〉，見李永平，《迌迌：李永平自選集（一九六八—二〇〇二）》（台北：麥田，二〇〇三），頁四〇二。

2 同上註，頁四〇〇。

為台灣，他的文字事業得以開展；也因為台灣，他的原鄉——不論是神州還是婆羅洲——才有意義可言。但他的台灣書寫不必只是一般人念茲在茲的本土寫實。恰恰相反，台灣的重要在於提供一個（政治的，欲望的，文本的）轉喻空間，輾轉折射，使作家得以啟動種種有情關照。[3]

原鄉想像

李永平來台之前，已經開始創作。但他文學事業的起步，應是在臺大求學期間。如他的自序所言，英美文學的訓練，還有外文系師長如顏元叔、王文興的啟發，都曾使他大開眼界。他的〈圍城的母親〉、〈拉子婦〉等作一出手就顯得老練世故，並非偶然。值得注意的是，李永平初次下筆，就先得回歸到他生長的婆羅洲；顯然那裡有太多他所熟悉的人事風景，賦予他書寫的靈感。從這一角度來看，他呼應了傳統鄉土作家的路數：離鄉是鄉愁的開始，也是原鄉文學的起步。但李永平的例子要複雜得多。儘管生於斯，長於斯，婆羅洲只是他和他的家族的客居之地。跨過海洋，還有一處大陸——中國——聳立在地表彼端，那才是安身立命的所在。從一開始，李永平的原鄉就不能擺脫幽靈般的多重存在。這是移民或漂流者的宿命，而當李鐵了心要「正本清源」時，自然得為此付出代價。

李永平的〈拉子婦〉已不自覺地顯露日後他所必須一再處理的問題。這個故事表面寫的是個「被侮辱與被損害者」的悲慘遭遇，幾乎像是五四以來人道寫實主義的翻版。但骨子裡的命題則要嚴峻得多：漂流海外的華族，要怎樣維護他們的文化傳統，血緣命脈？故事中的拉子婦是婆羅洲土著，她與漢人成婚，受盡歧視，終於委頓而死。拉子婦的下場當然值得同情，但她所象徵的威脅——異族的，混血的，繁殖的威脅——隱隱指向漢人文化最終難免「被侮辱與被損害」的命運。隱身為童稚的敘事者，李永平靜靜的鋪陳一則有關海外移民的預言：移民是否終將淪為夷民？

另一方面，李對拉子婦的同情不以族裔設限，而更及於她的性別身分：她是個母親。這是李原鄉想像的癥結所在。母親——母園，故土，母語——是生命意義的源頭，但換了時空場景，她卻隨時有被異族化，甚至異類化的危險。拉子婦曖昧的身分，還有她必然的死去，因此成為李永平的原罪恐懼。如何救贖母親，免於異（族）化，甚至期望母親回歸到永遠不要長大，不要變老的孩提時代，成為他未來三十年，不斷嘗試的計畫。

李永平的孺慕之情在〈圍城的母親〉和〈黑鴉與太陽〉裡有更進一步的表現。尤其〈圍城的母親〉已有寓言意味。海峽殖民地裡的小城，華裔移民的社會，蠢蠢欲動的土著，誓守家園的母親，敏感多慮的兒子，串演出一齣詭異的母子情深的故事。小說中段，母親夜半棄家逃難，

3 有關李永平作品的論述，見〈李永平小說評論／訪談索引（一九七六—二〇〇三）〉，李永平，《迢迢：李永平自選集（一九六八—二〇〇二）》。尤其可參照黃錦樹及羅鵬（Carlos Rojas）的論文。本文論點受益此兩篇文章之處，不再個別徵引出處。

「船在水上航行，就彷彿在泥坑裡行走一般。從上游不斷漂下一堆堆樹幹樹枝樹葉，也不知道它們在什麼時候才漂到河口，進入浩瀚的大海。倘若它們不斷地向北方漂去，是不是會有一天漂到唐山？」然而母親最後還是決定掉轉船頭，回到被圍的城裡去。他鄉已是己鄉，捨此難有退路。飄零域外的華族子弟只能與「圍城的母親」長相左右。

李永平早期小說主要收於《拉子婦》（一九七六）內。《拉子婦》出版後十年，他推出了《吉陵春秋》（一九八六）。這些年間李永平留學美國，攻讀博士學位，想來又是另一種異鄉經驗。《吉陵春秋》由十二則短篇組成，各篇自成格局，合而觀之，又相互呼應，儼然有長篇架構。全書以一樁姦殺案為主線，寫一座小鎮裡的敗德行為，以及隨之而來的恐怖後果。李永平的原鄉敘事在此有了大膽轉換。《拉子婦》時期的婆羅洲風土逐漸遠去，他筆下的吉陵鎮既有南洋情景，又透露北方特色：既充滿鄉土寫實符號，又處處令人難以捉摸。李顯然充分利用了他的原鄉靈感，營造出一個既真既幻的敘事策略，向他的中國挺進。

論者對《吉陵春秋》多有好評，或謂之「一個中國小鎮塑像」，或謂之「山在虛無縹緲間」。[4]而書中精緻細密的文字意象，更能吸引有心人細作文本分析。[5]我卻認為《吉陵春秋》不妨視為一場精采的特技表演，藉此李永平把他的鄉愁一次出清。學過後現代理論的評者，很可以談吉陵所產生的虛擬情境，已經顛覆了傳統鄉土文學。但李永平走不了這麼遠。以他的路數而言，鄉愁最後的歸宿就是文字，而文字之為用大矣，豈可兒戲？歸根究柢，李永平是以現代主義的信念與形式，重鑄寫實主義題材。但我們必須警覺，當李永平刻意建造他的紙上原鄉，用文字把它經營得密不透風時，他其實在建築自己的「闇城」。[6]而我們的下個問題是，圍城裡的母親何在？

《吉陵春秋》最重要的母題是女性——及母性——的淪落。在吉陵這座封閉的小鎮裡，欲望橫流，邪惡四下蔓延。不論是美麗貞靜的少婦，還是人盡可夫的妓女，都難有善終。生育與死亡成了冤孽的循環；早期李永平塑造的母親形象失去了救贖的能力，自己也不能被救贖。李記得小時候在家鄉不時撞見一個滿頭白髮的老婆婆，孑然一身，如幽靈般的遊蕩。「她從何處來？往哪裡去？她歇在背上的那個沉甸甸紅包袱裡頭裝什麼東西？隱藏什麼祕密？」[7]我們有理由相信，這個老婦人是《吉陵春秋》裡的劉老娘的原型，而劉老娘是個一切被剝奪殆盡的母親，一個絕望的母親。《吉陵春秋》由此洩漏李永平的心事。他最終要寫的鄉愁就是一種創痛：母親的創痛，人子無能為力的創痛。

4　龍應台，〈一個中國小鎮的塑像：評李永平著《吉陵春秋》〉，《當代》第二期（一九八六年六月），頁一六六；劉紹銘，〈山在虛無縹緲間——初讀李永平的小說〉，《聯合報．副刊》，一九八四年一月十一—十二日。

5　見如曹淑娟〈墮落的桃花源——論《吉陵春秋》的倫理秩序與神話意涵〉的分析。

6　余光中先生在《吉陵春秋》的序裡稱李永平的作品為〈十二瓣的觀音蓮〉，因此可以做反諷的解釋。

7　見李的自序〈文字因緣〉，《迌迌：李永平自選集（一九六八—二〇〇二）》，頁三〇。

李永平花費大力氣構築一個完美的文字原鄉，但他訴說的故事卻是背道而馳。我認為這不只是李永平給自己下的美學挑戰，也指向文本之下、之外的意識形態弔詭。他的敘事形式與敘事欲望相互糾纏，難以有「合情合理」的解決之道。他所沉浸的現代主義在形式和內容間的永不妥協，固然是原因之一，但更往裡看？我要說如果李永平寫作的目標在於呼喚那原已失去的中國/母親，付諸文字時，他只能記錄自己空洞的回聲。他的一無所獲，不是敘事成敗的問題，而是欲望（或信仰）的得失問題。

這一問題在《海東青》和《朱鴒漫遊仙境》裡完全攤開來。《海東青》擺明了是一則關於台灣的寓言，寫留美歸國學人靳五和七歲的小女孩朱鴒在海東市（台北？）街頭邂逅，竟日遊蕩的過程。書裡情節其實乏善可陳，但李永平在描寫這座城市的淫逸混亂上，卻呈現了一場又一場的文字奇觀。與此平行的是他對國民黨政權的殷勤照看，甚至將國府遷台比為聖經的出埃及記。一邊是《洛麗泰》（*Lolita*）式的戀童故事，一邊是老掉牙的反攻預言，《海東青》所呈現的落差如此之大，難怪引人側目。

但只要比照李永平前此的作品，我們才能真正體會他的野心。台灣（海東）終於浮上檯面，成為他原鄉想像的交會點。台灣是華族文化具體而微的投影，也是回返故國的起點。台灣是李永平雖不滿意，但能接受的第二故鄉。然而台灣已經墮落，劫毀的倒數計時已經開始。在一片繁華靡麗的描寫中，一種歷史宿命的焦慮瀰漫字裡行間。李永平將他的焦慮盡行投注在朱鴒身上。這個女孩大概是中國現代小說裡最年輕的女主角吧。她的天真爛漫，引來靳五無限癡迷。然而海東女孩多被迫催熟，及早步入婦人生活，朱鴒也在劫難逃。是以《海東青》最後，靳五拋下一句話。「丫頭，不要那麼快長大？」但在《朱鴒漫遊仙境》裡，這個丫頭還是自顧自的走向時間陷阱，不得不長大。

從早期的受難母親到七歲的朱鴒，李永平為女性造像的執著未嘗改變。改變的是李永平節節倒退，彷彿只有回到時間的原點，才能把握並保留當年母親所釋放的深情。在疲憊滄桑的母親和未經人事的朱鴒間，我們可以看出一條神祕的線索。如果母親象徵著「原初的激情」（primitive passions），[8]那麼朱鴒就是那「母親」的翻版——不，原版。一切的愛戀都由此開始。「丫頭，不要那麼快長大！」這一廂情願的姿態令我想起了羅蘭．巴特（Roland Barthes）在《明室》（*Camera Lucida*）中對他母親童年照片的迷戀與悲傷。在那裡，母親是那樣的清純天真，但在相機停格的剎那，死亡已經潛藏映像之下。[9]同樣的，李永平的文字再栩栩如生，他

8 這是周蕾（Rey Chow）的詞彙，指向第三世界的文藝創作者每每將自己的文化及存在困境，投射至一種原初想像的斷裂或損傷。以人物典型為例，最常見的是女性，尤其是母親的苦難造像。見周蕾著，孫紹誼譯，《原初的激情：視覺、性慾、民族誌與中國當代電影》（*Primitive Passions: Visuality, Sexuality Ethnography, and Contemporary Chinese Cinema*）（台北：遠流，二〇〇一），第一章。

9 羅蘭．巴特（Roland Barthes）著，許綺玲譯，《明室．攝影札記》（*La Chambre Claire: Note sur la photographie*）（台北：台灣攝影工作室，一九九七）。見許的討論，《糖衣與木乃伊》（台北：台灣攝影工作室，二〇〇〇），頁一一一一一二。

的書寫不承諾前瞻性，而是重複演出悼亡傷逝。這是鄉愁敘事的根本。就算李永平倒撥時鐘，回到母親的前身，意義的墮落依然已經等在那裡。

《海東青》寫了五十萬字還寫不完，因此耐人尋味。李永平自承這是一場「巨大的失敗」，誠哉斯言。反諷的是，唯其失敗，他的原鄉敘述，他的「尋母」記事，才有重新盤整，繼續努力的必要。這當然是他的近作《雨雪霏霏》的動機了。

浪子文學

在《拉子婦》出版三十年後，李永平回顧來時之路，選擇各個時期的代表作，結為《迌迌》。這一書名頗有來歷。我們在《海東青》裡已見朱鴒和靳五一塊見迌迌：他們逛蕩溜達，沒有目標的在海東行走。[10]到了《雨雪霏霏》，小丫頭朱鴒居然說文解字一番：「逍遙、遊逛、道達、迌迌……美不美？一個人孤零零在外面漂泊流浪，白天頂著大太陽，晚上踏著月光，多逍遙自在，可又那麼的淒涼。」而李永平也禁不住現身說法：

迌迌——瞧這兩個廝守在一起好似一雙姊妹的方塊字，她們的字形字義字音，既是那麼的中國，可又那麼的台灣，在老祖宗遺留給我們的幾萬個字中，也許最能代表浪子的身世、經歷和心境了。[11]

李永平自謂是「南洋浪子」二三十年的文學歷程，換來迌迌二字，說得輕鬆，感慨自在其中。迌迌——夜以繼日的在路上，漂泊四方，沒有歸程。這是浪子的本命了。但浪子畢竟不是沒有寄託。觀察他這三十年的行腳，從東馬到台灣，從台灣到北美再回台灣；從台北，到北投，到南投，到花蓮……。他的夢土是中國，卻在台灣度過半生；他辜負過惦念他、摯愛他的人，他一度不再回顧南洋家鄉了，但繞了一大圈，家鄉的點點滴滴還是成為他寫作再出發的開始（《雨雪霏霏》）。驀然回首，一切恍若隔世。這一切都像是為「離散敘事」（diaspora narrative）量身打造的例子。[12]

「離散」的定義在空間上打轉，而「浪子」則突出了離散主體的意識。我以為當李永平以浪子自況時，他觸及了現代中國文學裡的一個傳統——浪子文學。這一傳統雖然不能算是主流，但卻有相當意義。相對於感時憂國，吶喊徬徨的「大敘事」，浪子文學的作者或人物多了層強烈的個人色彩。浪子遊走四方，各有抱負，但在歷盡世故風流之餘，不能沒有身世之感。憂國

10 王德威，〈莎樂美坦坦——評李永平《海東青》〉，《眾聲喧嘩以後：點評當代中文小說》（台北：麥田，二〇〇一），頁九五—九九。
11 見李的自序〈文字因緣〉，《迌迌：李永平自選集（一九六八—二〇〇二）》，頁三八。
12 同註10，頁九八。

懷鄉，追情逐孽，聲色一場，無非平添他們滄桑的自覺。而最重要的，浪子書寫由此引發了一種抒情——或懺情——的意識，在一片寫實主義的大旗下，自然獨樹一幟。

在現代文學的彼端，蘇曼殊與郁達夫堪稱是浪子文學的典型。這兩人的生平都是高潮迭起，既有家國之痛，也不乏情色煎熬。發為文章，跌宕風流，不是過來人不能如此。而蘇的混血背景，郁的跨國經驗，更為他們的浪子形象增添異國情調。蘇曼殊，田色悟空，以出家結束他的紅塵漂泊。郁達夫則更為傳奇：抗戰前夕他遠走南洋，身分愈加複雜神祕，最後他為日軍所殺，成為一樁文學史公案。蘇曼殊和郁達夫都是以生命見證文學，前者的《斷鴻零雁記》，後者的懺情詩《毀家詩紀》，揉合傳記與想像，早已成為經典。

浪子的生活及寫作風格在三〇年代新感覺派作家如穆時英、劉吶鷗的手裡，也曾有精采詮釋。但兩人的創作生命太短，不能成其大。四〇年代末期路翎的《財主底兒女們》，還有無名氏的《無名書》才又開出新局。路翎將左翼浪漫主義融入個人主體的追求，無名氏則從藝術及形上思考力圖超越歷史的僵局。他們小說中的男性主人公飄蕩在中國的土地上，不論是頽廢荒唐，還是清堅抵繭，都是上下求索，無時或已。

就著這個傳統來看上個世紀末的浪子文學，我以為李永平和高行健各具代表性。在極權主義的國度裡，高行健居然四下遊走，尋找他自己的「靈山」。而他的《一個人的聖經》力求以個人的，肉身的情色冒險，救贖一個意識形態狂飆的年代。相形之下，李永平打從頭起就不斷變換流寓僑居的地點，從南洋到北美，從台灣到（想像的）中國，最後一頭栽進文字迷宮中，不能也不願找到出路。高李兩人都有國族與身分認同的問題，應非巧合。八〇年代末，高行健遠走法國，才能回過頭來檢視他前半生的起落與流浪。與此同時，常駐台灣的李永平開始擬想著他的迢迢計畫，而以《海東青》為高潮。到了《雨雪霏霏》，李永平更一任他的想像足跡穿梭於婆羅洲與台灣間，形成頻繁的動線。那蒼莽的神州大陸反而越是可望而不可即了。

如前所述，浪子敘事因其豐富的抒情性有別於一般的寫實主義小說。天涯海角，客中旅次，本來就容易觸景生情，更何況浪子多情易感的本色。但在投射他的欲望對象時，李永平的問題要比前輩複雜。李永平的作品不乏女性角色，但她們卻不能為浪子創造更多「浪漫」的機會，至少不像郁達夫到高行健所示範的那種情欲徵逐。擺盪在母親與女孩的兩極間，他的女性形象事實上凸顯了浪子欲望追求的缺陷。《吉陵春秋》裡的長笙原應該是李永平理想的青春女性化身，但她的出現帶來詛咒；她的美和死亡脫不開關係。

這引導我們思考李永平浪子書寫的奇特張力。浪子並不能因其落拓不羈的個性而解放他的欲望；相反的，浪子的欲望成了禁忌。可以一提的是，高行健的小說如《一個人的聖經》也暗示了強烈的戀母情結，但這反而促成他的第一人稱主角不斷從成熟女人身上尋求（替代／性的）慰藉。李永平逆向操作，一部《海東青》外加《朱鴒漫遊仙境》寫的都是浪子面對海東排山倒海的情欲威脅，束手無策的困窘。女孩終將墮落為女人；但母親，妳在何方？

前面已經提過，《海東青》以靳五的一句話「丫頭，不要那麼快長大？」做為高潮。我倒認為這句話有個潛台詞：不要長大的其實是我們的浪子。這本小說充滿了情色挑逗，卻最不具挑逗性。我曾經抱怨過靳五這個角色是個奇怪的旁觀者，除了對女孩子常常「看癡了」、「心中一酸」外，缺乏明確的動機。如今看來，這反而成了李永平浪子敘述的特徵。

李永平所有的欲望最後化為他與文字的糾纏，這才是他沉迷撫弄，欲仙欲死的愛戀對象。中國文字是神祕的圖像，「千姿百態，琳琅滿目」，從李永平幼年就「誘引」、「蠱惑」他。他甚至藉他人之口說明支那象形字是「撒旦親手繪製的一幅幅……東方祕戲圖，詭譎香豔蕩人心魂。」[13]習是一種業障，但李永平甘心陷溺其中，不能自拔。李永平經營他的文字迷宮，或文字春宮，以《海東青》達到頂點。這本小說以大量艱澀冷僻的詞彙，堆疊海東欲望橫流的場面，筆鋒所到之處，無不成為奇觀；文字果然就是祕戲。而李永平如此耽溺，就算有心要為小說作一了結，他也不能寫完，也完不了。只有從這角度來看，他的浪子情結才算發揮得淋漓盡致。

而李永平的浪子寫作必須與他的原鄉想像合而觀之，才有更豐富的涵義。漂流多年，是浪子回家的時候了。但是回到哪裡去，怎麼回去呢？在他的近作《雨雪霏霏》裡，李永平立足台灣，以文字重新召喚東馬家鄉。比起《吉陵春秋》與《海東青》的極端試驗，這本小說集代表一種「眼前無路想回頭」的轉圜。在書中，李永平以歷盡滄桑的角度，遙想當年成長過程的點點滴滴。他既是敘述者，也是被敘述的主題。華族移民生活的苦樂，青春啟蒙的經驗，還有揮之不去的種族政治陰影，於是一一來到眼前。類似題材張貴興的《賽蓮之歌》也處理過，但李永平的敘事仍有特殊之處。他延續了《海東青》裡浪子與女童的搭檔關係，只是這一回他更把

「小丫頭」朱鴒提升成為他永恆傾訴衷腸的對象。沒有朱鴒，家鄉的回憶就無從開始。如果張貴興以希臘神話的賽蓮女妖（皀白自）做為南洋少年的欲望源頭，李永平簡直就像是要把他的朱鴒比成《浮士德》裡的葛蕾卿（白BRVS）；後者以她不幸的墮落和救贖成全了與魔鬼打交道的浮士德。但《雨雪霏霏》裡的浪子能叫停時間，不再漂泊麼？小女孩能不要長大，不要墮落麼？

耐人尋味的是，李永平選擇《詩經．小雅》的一句話「雨雪霏霏，四牡騑騑」為新作點題。三千年前中國北方的冰天雪地與南洋的蕉風椰雨形成了奇詭的對應。識者對此或要不以為然。但為什麼不可以呢？在回憶與遐想的天地裡，文字排比堆疊，化不可能為可能，其極致處，歷史稍息，一種詩意油然升起——這當然是李永平文字漂泊的終極歸宿了。

特別值得注意的是〈望鄉〉一篇。這篇小說描寫三個台籍慰安婦流落東馬的遭遇。年幼的敘事者李永平對這三個台灣女人發生好感，「被當兒子看待」。但人言可畏，他不忍親生母親傷心，終於背叛了女人們，告發她們通姦。做為《雨雪霏霏》的壓卷之作，〈望鄉〉很能說明李永平現階段的情懷。透過三個望鄉的台灣女人，他回望他的東馬家鄉，又從東馬回望台灣。而他心中遙望的夢土，仍然影影綽綽的隱藏在三千年前的雨雪中。

13 見李的自序〈文字因緣〉，《迌迌：李永平自選集（一九六八—二〇〇二）》，頁四〇。

而〈望鄉〉這樣的故事也讓我們回望李永平創作的所來之路。三十年前的〈拉子婦〉不也講了個類似的故事？他鄉來的女人，殖民地的環境，華族移民的情欲與恐懼，是怎樣的被挑逗、被壓抑著。〈望鄉〉裡的女人有家難歸，下場淒涼。透過她們，一個年輕的馬華男孩初次嘗到誘惑、背叛與罪的滋味。多少年後，男孩已經變成浪子，他還在頻頻回首，向他的「母親們」——大馬的，中國的，台灣的母親們——懺悔致意。浪子歸鄉的路何其曲折，小說家望鄉的寫作還得繼續。

一九七〇年代我就讀於臺大外文系。系中有一位助教膚色略黑，舉止率性，一副橫眉冷眼的氣勢，學生紛紛敬而遠之。但這位看來粗獷的助教卻寫出〈拉子婦〉那樣細膩敏感的作品。八〇年代在海外讀到《吉陵春秋》，的確眼睛為之一亮。但直到《海東青》出版，我才對李永平有了深深的敬意。先不論作品的野心，這年頭視文學為聖寵，把鐵飯碗都能扔了的作者，可真是不多見。為了創作，九〇年代的李永平是漂泊的。前兩年在東華大學終於初次「正式」見到他，也不過交談寥寥數語。當年那個桀驁不馴的「南洋浪子」如今看來倒是慈眉善目了。人生的緣分，可以如此，是為記。

引用書目

王德威，《眾聲喧嘩以後：點評當代中文小說》（台北：麥田，二〇〇一）。

李永平，《吉陵春秋》（台北：洪範，一九八六）。

李永平，《迌迌：李永平自選集（一九八六—二〇〇二）》（台北，麥田，二〇〇三）。

周蕾（Rey Chow），《原初的激情——視覺、性慾、民族誌與中國當代電影》（*Primitive passions: visuality, sexuality, ethnography, and contemporary Chinese cinema*），孫紹誼譯（台北：遠流，二〇〇一）。

羅蘭・巴特（Roland Barthes），《明室・攝影札記》（*La chambre claire*），許綺玲譯（台北：台灣攝影，一九九七）。

曹淑娟，〈墮落的桃花源——論「吉陵春秋」的倫理秩序與神話意涵〉，《文訊》二十九期（一九八七年四月），頁一三六—一五一。

龍應台，〈一個中國小鎮的塑像：評李永平著《吉陵春秋》〉，《當代》第二期（一九八六年六月），頁一六六—一七二。劉紹銘，〈山在虛無縹緲間——初讀李永平的小說〉，《聯合報・副刊》（一九八四年一月十一日至十二日）。

王德威，美國哈佛大學東亞語言及文明系與比較文學系Edward C. Henderson講座教授。

《婆羅洲之子》：少年李永平的國族寓言[1]

李有成

人啊，還是要落葉歸根，我的根在婆羅洲這塊土地上。

——李永平

一

《婆羅洲之子》是李永平半個世紀前創作的一部中篇小說。四十餘年後在接受伍燕翎和施慧敏的訪談時，他曾經約略提到這部小說的寫作始末。他說：

高三那年，砂勞越有個「婆羅洲文化出版局」（是英國人留下來的好東西）為了促進文化的發展，特別成立一個單位，專門出版婆羅洲作家的書，語言不限，華巫英都行，每年有個比賽，獎金非常高。當時我想出國念書，家裡窮，父親說，我只能給你一千馬幣，以後就不給你寄錢了。所以，我大概用了一個學期，寫中篇小說，叫《婆羅洲之子》，獲得第一名，但我人已經在台灣念書了，他們就把獎金寄給我，剛好正是我最窮的時候。[2]

其時李永平正在國立臺灣大學外國語文學系念書，生活困窘，「第一年還好，還有錢吃飯，第二年就不行了，所以，為了賺生活費，我很早就翻譯，當家教，還好獎金寄過來了，不然就慘了，靠著那筆錢，我過了一年。」[3]

《婆羅洲之子》應該寫於一九六五年左右，也就是李永平就讀古晉中華第一中學高中三那年。李永平就以這部小說參加婆羅洲文化局（Borneo Literature Bureau）所主辦的第三屆（一九六六年）文學創作比賽，獲獎後小說由主辦單位婆羅洲文化局出版，時在一九六八年，也就是李永平負笈台灣的第二年。就如李永平所說的，婆羅洲文化局確實是英國的殖民產物。依林開忠的說法，「殖民政府於一九五九年設立婆羅洲文化局，並得到當時英國的慈善家那費

---

1 本文初稿發表於台灣國立東華大學空間與文學研究室和英美語文學系所主辦的「李永平與台灣／馬華書寫：第二屆空間與文學學術研討會」（二〇一一年九月二十四日），承主辦單位邀請特此表示謝意。

2 伍燕翎、施慧敏，〈浪遊者——李永平訪談錄〉，《星洲日報．文藝春秋》，二〇〇九年三月十四日與二十一日。Sarawak有不同中文譯名，如砂拉越、砂勝越、沙勞越等，除引文時尊重原作者譯法外，本文一律依馬來西亞觀光局官方網站的譯法作砂勞越。

3 同上註。

特（Lord Nuffield）的基金會以及砂勞越與北婆羅洲（即後來的沙巴）政府的資助。成立婆羅洲文化局的目的有兩個，一是『提供適合當地的英文、馬來文、華文與其他婆羅洲語言的文學作品』；另一個是『經營一個規模宏大的販售書籍之組織並得以庫存大量的文學作品』。」[4]這樣的機構在成立之初當然不免有其自身的文化政治，但在婆羅洲文化局開始主辦文學獎的一九六五年，砂勞越已經脫離英國的殖民統治，被納為新成立的馬來西亞的一州。新政府雖然延續舊制，保留了殖民時期所設立的婆羅洲文化局，但是可想而知，其法定任務與文化政治則未必一如殖民統治時代。

林開忠在其論文中談到上個世紀五、六〇年代砂勞越共產黨的鬥爭活動，他認為「這樣的一段歷史似乎很難從李永平的作品中展現出來」。當時作家的另一種選擇則是「支持殖民政府的決策，他雖然保住了最基本的生命安全，但卻可能淪落為殖民政府文化宣傳工具的不幸命運」。他進一步指出，「《婆羅洲之子》在砂勞越那樣的政治情境裡，只能是後一種的命運，但我們很難說這是作者本身選擇的，它可能為殖民政府所利用，這在那樣的情況底下是很可以理解的，這或許正是對兩難的掙扎下作者找到最後可以將情感抒發的主題。」[5]

暫且不談作家是否只能有非左即右的兩個選擇，林開忠為《婆羅洲之子》所作的定位其實大有問題，顯然未必符合歷史事實，在時間上其論證尤其難以成立。馬來西亞成立於一九六三年，英國對砂勞越的殖民統治宣告結束，砂勞越已是新興國家的一員，在政治上等於進入後殖民時期；換句話說，李永平在一九六五年寫作《婆羅洲之子》時已經不發生要不要「支持殖民政府的問題」，因此他既無須陷入「兩難的掙扎」，更不必擔心他的小說「可能為殖民政府所利用」。

李永平對北婆羅洲（沙巴與砂勞越）加入馬來西亞一向頗有微辭。他在接受伍燕翎和施慧敏訪談時即這樣坦承：「我不喜歡馬來西亞，那是大英帝國，夥同馬來半島的政客炮製出來的一個國家，目的就是為了對抗印尼，念高中的時候，我莫名其妙從大英帝國的子民，變成馬來西亞的公民，心裡很不好受，很多怨憤。」[6]在這之前李永平還接受詹閔旭的訪談，他在訪談中把心裡的嫌惡說得更為清楚：

> 我心目中的鄉土是婆羅洲，也許不是馬來西亞。馬來西亞橫跨馬來半島和婆羅洲北部，我生長的地方是北婆羅洲，那時是英國殖民地，叫沙勞越，我大概念高中十七歲的時候，馬來西亞聯邦成立了，那個國家是英國人把馬來半島的馬來亞，跟北婆羅洲的英國殖民地，沙勞越跟沙巴，把它結合起來弄個聯邦。事實上當時沙勞越的居民，包括華人，包括原住民都反

4 林開忠，〈「異族」的再現？：從李永平的《婆羅洲之子》與《拉子婦》談起〉，張錦忠編，《重寫馬華文學史論文集》（埔里：國立暨南國際大學東南亞研究中心，二〇〇四），頁九三—九四。
5 同上註，頁九六。
6 伍燕翎、施慧敏，〈浪遊者——李永平訪談錄〉。

對成立這個聯邦，因為這意味著馬來人主導整個政治。[7]

《婆羅洲之子》既不在為英國殖民者服務，也無意為新成立的馬來西亞搖旗吶喊，少年李永平所在乎的顯然是婆羅洲那塊土地，也就是《婆羅洲之子》中達雅老人拉達伊所說的「被白種人管的」土地，可是卻也是尚未遭受馬來西亞的種族政治污染的土地。我認為李永平在小說獲獎後所發表的感言反而相當誠懇而實在地表達了他的寫作目的：

作者認為他只有一點生活經驗，並對於達雅民族的認識不夠全面和深入。所以，他恐怕《婆羅洲之子》不是一篇成熟的作品。但從他開始學習寫作時起，他就希望能為他們寫一點東西。因此他大膽地寫了這個發生在長屋的故事。希望大家分享他們的喜、樂和愛，分擔他們的哀、愁和恨。願大家也熱愛他們。[8]

二

我在文學作品中初識砂勞越的達雅族人是在讀了李永平的《拉子婦》之後。拉子即一般人對達雅族人的稱呼——達雅族人顯然對此稱呼很不認同，不僅如此，現在達雅族人多被稱為伊班人。不過遠在我讀小學的時候，我就知道在砂勞越有這麼一個種族叫拉子——那時候馬來亞尚未獨立，當然更沒有馬來西亞這個國家，我也當然不知道拉子就是達雅族人。有一段時間父親從馬來半島飛到婆羅洲的砂勞越工作，通常隔幾個月會回家一趟，後來他和同行的友人在閒聊時經常會提到拉子這個用詞——有時採福建話（閩南語）發音la'a，有時則以潮州話稱la'kia，端看聊天的對象是誰。父親與其友人大概只是沿用砂勞越當地華人對達雅族人的稱呼，並不清楚這個稱呼是否隱含輕蔑或歧視。[9]後來上了中學，在地理課上讀到砂勞越的人口結構時，我才知道達雅族人——也就是一般人稱呼的拉子——與他們群居的著名長屋。

《婆羅洲之子》出版之初發行有限，五十年後的今天，坊間已無法看到這本小說；因此在這一節的討論中，我將以敘論相夾的方式分析這本小說的情節布局，藉此透露小說的大致內容與主要關懷。簡單地說，這本小說所敘述的是一位達雅族青年發現自己身具華人血統的故事。就敘事過程而言，我同意張錦忠的看法，《婆羅洲之子》始於衝突，終於和解，是一部結構堪稱完整的小說。[10]小說的敘事與其結構彼此呼應，情節中的衝突引發種種失序，最後都逐一獲得化

7 詹閔旭，〈大河的旅程：李永平談小說〉，《印刻文學生活誌》（二〇〇八年六月），頁一七五。

8 轉引自林開忠，〈「異族」的再現？：從李永平的《婆羅洲之子》與《拉子婦》談起〉，頁九七。

9 有關拉子稱呼的由來與含意，可以參考林開忠的討論。林開忠，〈「異族」的再現？：從李永平的《婆羅洲之子》與《拉子婦》談起〉，頁一〇一—一〇四。

10 張錦忠，〈（記憶與創傷）與李永平小說裡的歷史——重讀《婆羅洲之子》與《拉子婦》〉，「李永平與台灣／馬華書寫：第二屆空間與文學國際學術研討會」（二〇一一年九月二十四日）。

解，重歸秩序。寫作《婆羅洲之子》時的李永平尚未接受正式的文學教育，還是屬於他所說的「對文學懵懵懂懂，根本不懂得文學是什麼」的年齡，[11]不過初試啼聲之作卻已展露其擅於講述故事的潛力。

《婆羅洲之子》的故事始於達雅族人的獵槍祭典。青年大祿士受長屋屋長杜亞魯馬（Tua Rumah，即屋長之意）之命在祭典中擔任其助手。對大祿士而言，這是極為重要的生命禮儀（rite of passage），象徵他被接受成為達雅族成人社會的一員。小說的第一個衝突即發生在祭典啟始之時，大祿士被其女友阿瑪的父親利布揭穿身分。利布急躁地說：「大祿士不是我們的人，他是半個支那，他會激怒神的。」[12]這個衝突背後其實不只隱藏著大祿士的身分之謎，還指向大祿士的繼父魯幹的死亡祕密。用魯幹的弟弟干尼的話說，「長屋裡的人們一直把這件事當作祕密地保守著，只為著怕冤冤相報，對兩家都不好。」（頁五二）原來殺害魯幹的正是利布。利布知道大祿士的生父是華人，就不斷勒索魯幹。干尼這樣對大祿士解釋：「你爸爸怕這龜子果然張揚出去，壞了你媽的名聲，也壞了你的將來，初時也只有忍氣和吞聲。後來被那龜子纏得厭了，便也不再去理會他。」（頁五四）結果在一次狩獵時，可能發生爭執，魯幹遭到利布誤殺。不過利布也因此「被關了好幾年」（頁五三）。

大祿士「半個支那」的身分一經暴露，他在長屋中的地位隨即一落千丈，不僅遭到集體排斥，厄運也因族人的偏見接踵而來。小說的第二個衝突發生在達雅婦女姑納帶著兩歲大的女兒被鎮上華人頭家的丈夫遣返長屋之後。大祿士代母親送些鹹魚與菜脯之類的食物給姑納，卻被謠傳與姑納之間有所謂「不明不白的事」（頁四五）。在一個風雨之夜，大祿士突然聽到隔房姑納的尖叫，他衝到姑納的房裡，黑暗中有人衝了出去；正當大祿士詢問姑納事情的原委時，屋長杜亞魯馬剛好帶人進來，不由分說將大祿士綑綁起來。利布也趁機指控大祿士的不是。有人更指著姑納說：「妳被支那丟了，又跟半個支那相好。」（頁四六）後來真相大白，闖入姑納房間企圖非禮她的其實是利布的兒子山峇。

小說的第三個衝突涉及山峇與另一位達雅青年卡都魯為一隊馬打（馬來語，指警察）和支那便衣所捕，因為兩人「竟打搶起走拉子屋的支那販子來」（頁五七）。結果大祿士卻被誣為通風報信的人。按干尼的說法，「他們說具有半個支那才會做這種事情」（頁三七）。不但利布因此低聲下氣，央求大祿士向警方否認他對山峇與卡都魯的指控，連杜亞魯馬也狠狠地斥責他「做得夠了」（頁六二）。阿瑪更是對他無法諒解。

從小說情節逐步鋪陳的衝突可以看出，李永平在第一部小說中就知道如何經營小說的張力與戲劇效應。他把人物之間的衝突次第堆砌，到達高峰時再尋求解決。不過更值得注意的是這些衝突所直接或間接涉及的人物。放大來看，這些衝突所展現的不僅是大祿士因血緣上的「半個支那」而陷入的生命困境而已；更重要的是，這些衝突其實還界定了故事發生當時婆羅洲的種

11 伍燕翎、施慧敏，〈浪遊者——李永平訪談錄〉。

12 李永平，《婆羅洲之子》（古晉：婆羅洲文化局，一九六八），頁八。其後引文頁碼標示於內文括號內。

族關係——這才是少年李永平想要處理的議題，這也才是小說《婆羅洲之子》的終極關懷。

這裡所說的「當時」，用達雅長者拉達伊的話說：「這個時候，我們這個地方是被白種人管的。」（頁五六）[13]這是《婆羅洲之子》的整個敘事背景，李永平顯然有意避開砂勞越加入馬來西亞成為聯邦一員的政治現實，將小說的敘事時間拉回到英國殖民時期，讓白人統治階級在小說中以隱無的存在（absent presence）介入並宰制婆羅洲的種族關係與社會活動。

簡單言之，小說中的衝突無一例外都牽扯到達雅族人與其所謂的支那人這兩個種族。小說中的離散華人固然不乏像在山裡救助過拉達伊的善心支那阿伯（頁三四），或者吃不起頭家鋪裡的米的貧困支那農人（頁四三），或者遭到達雅青年搶劫的「走拉子屋的支那販子（頁五七）」；可是小說中主宰或牽動敘事情節發展的卻是另一批離散華人。他們包括大祿士那位拋妻棄子回到唐山的頭家生父、將姑納與女兒趕回長屋的支那頭家，以及屬於殖民統治機器的支那「暗牌」（指便衣警探，為新馬一帶通俗用語）等。我們不難看出，論社經地位，後面這一批離散華人顯然遠高於小說中眾多的達雅族人。在殖民情境下雖然同屬被殖民者，這批離散華人的處境明顯地較原住民的達雅族人者為佳，在某種程度上還扮演了加害者、剝削者，或統治者代理人的角色。身為婆羅洲原住民的達雅族人則淪為殖民狀態下受到雙重宰制的弱勢者中的弱勢者。從這些事實可以看出其間種族與階級的糾葛狀態。甚至「半個支那」的大祿士在賭氣時也這樣描述華人與達雅族人之間的支配性關係：「支那拚命在刮達雅的錢，玩了達雅女人又把她丟掉，留下可憐的半個支那給達雅人出幾口鳥氣……。」（頁六七）小說中扮演負面角色的山峇一再以警句提醒其族人：「支那不好做朋友，石頭不好做枕頭」（頁二五、三四），語雖戲謔，而且不無充滿偏見，但也相當生動地描述了在殖民狀態下婆羅洲的種族關係。

山峇對華人的警語也許出於長期與華人互動的經驗，卻也頗能反映達雅族人對華人的刻板印象。刻板印象是種族論述中極為重要的議題，是再現過程中的一種圍堵策略，也是種族論述中種族想像（imaginaries）的一部分。刻板印象背後其實隱藏著一個欲蓋彌彰的欲望：將某個種族刻板化、扁平化，在某些情況下甚至扭曲化，以達到將其圍堵或固定在某個再現空間裡，凸顯其危險性與威脅性，目的不外乎在謀求自身的安全。其實不論任何種族，以種族內部的複雜性與異質性而言，刻板印象只能說是種族偏見的產物，用今天流行的術語來說，是將種族他者化（otherizing）的結果，只見集體，而不見個體的存在。[14]

《婆羅洲之子》中山峇對華人的辭喻當然不能反映實情，不過也多少透露了在殖民情境下扭曲的或不平衡的種族關係。在處理這樣的種族關係時，策略上李永平一方面訴諸去刻板印象化（de-stereotyping），不忘透過像拉達伊那樣的達雅長者強調華人中的善良形象；另一方面則在

13 張錦忠認為拉達伊所說的「這個時候」是指砂勞越被「白色拉惹」維納布洛克（Vyner Brooke）的家族統治期間或加入馬來西亞之前的英國殖民時期。見張錦忠，〈（記憶與創傷）與李永平小說裡的歷史——重讀《婆羅洲之子》與《拉子婦》〉。我偏向於認定「這個時候」指的是砂勞越未成為馬來西亞一州前的英國殖民統治時期。

14 Michael Pickering, *Stereotyping: The Politics of Representation.* (New York: Palgrave, 2001), pp. 47-48.

小說情節上極力突出達雅族人中為非作歹的少數人，藉以勾勒種族內部的複雜性與異質性，用意當然在斥責種族偏見之不當，並釐清種族關係中隱晦陰暗的層面。

從這個角度看，《婆羅洲之子》所敷演的不啻是李永平的種族論述。[15]這是一個抽離政治的或者未經政治介入的種族論述，既將殖民權力的可能分化排除在外，也未預見日後由馬來人霸權所界定的新的種族關係。換句話說，李永平似乎特意在政治的真空下規畫他的種族論述。他的種族論述最後以大祿士的啟示錄視境這樣展現：

> 我心裡一亮，眼前出現了一幅壯麗遼闊的土地的畫面，那是我前些時從頭家的鋪裡回來時，在路上的一個土坡上偶然發現的。這塊土地上有支那、達雅也有巫來由。大家要像姆丁所說的那樣：你不再叫我支那，我不再叫他巫來由，大家生活在一起，那我們的土地該會多麼的壯麗。（頁六七）

這個視境在小說結束時逐漸轉化為一種信念。在連串衝突獲得化解之後，大祿士與阿瑪重歸舊好。換句話說，所有的失序重返秩序。他們還進一步為未來的婆羅洲擘畫一個沒有種族的種族論述，舊有的種族界線從此消融泯滅，取而代之的是一個叫「婆羅洲的子女」的新興民族。這當然是李永平的種族論述的最後結論：

「阿瑪，以後沒有人再叫我半個支那了。」我愉快地說，「我相信有一天，沒有人再說你是達雅，他是支那了。大家都是在這塊土地上生活的。正如姆丁所說的。」

「姆丁這麼說過嗎？」阿瑪微微驚訝地偏過頭看我一眼，然後領悟似地點頭說：「是的，我們都是婆羅洲的子女。」（頁七八—七九）

三

小說結束前大祿士與阿瑪的對話為李永平的種族論述提供了一個烏托邦式的國族想像。在此之前，大祿士身陷連串的衝突，達雅族人的長屋社會也多次面臨失序狀態。衝突必須化解，失序必須恢復秩序；要解決這些衝突，重建這些秩序，李永平求助於大自然的災變，藉以排解個人乃至於社群內部的危機。張錦忠借用希臘悲劇的術語，稱李永平為小說情節解套的手法為「機器神」（deus ex machina）。[16]在大祿士被誣指向警方告發山峇和卡都魯之後不久，大自然突然有了回應，閃電與雷雨驟然大作，河水暴漲，山洪爆發。「污黃的洪水挾著巨嘯，澎湃洶

15 李永平的種族論述在後來的小說如《拉子婦》中仍繼續有所發揮。請參考張錦忠的看法。張錦忠，〈（記憶與創傷）與李永平小說裡的歷史——重讀《婆羅洲之子》與《拉子婦》〉。

16 張錦忠，〈（記憶與創傷）與李永平小說裡的歷史——重讀《婆羅洲之子》與《拉子婦》〉。

湧地捲來。眼看家園被吞沒了，山頭上到處都是哭聲。」（頁六九）在小說情節的脈絡裡，山洪當然有其象徵意義，其指涉就是上文所說的衝突與失序。不論大祿士或整個達雅族人的長屋社會，若能通過這場風雨和洪災的考驗，自然就會雨過天青，光明在望。有趣的是，就在這場洪災中，姑納的支那頭家竟然划著舢舨到來。舢舨不幸翻覆，大祿士英勇地跳進洪水中救人。當大祿士救起支那頭家之後，「山頭上忽然響起了一片歡呼聲。大家圍了上來，彷彿忘了風和雨，熱烈地慰問和讚揚我們。」（頁七二）

經過了這場生死患難，不僅一向剝削達雅族人的支那頭家要把船上的餅乾分贈給大家，連仇敵利布都跟大祿士自承「以前的都是誤會」（頁七六），甚至欣然同意其女兒阿瑪「以後跟著大祿士」（頁七六）。此時「太陽從東方升起。洪水開始退去」（頁七八）。達雅人、支那人及半個支那人過去的種種恩怨情仇也都適時獲得撫慰與化解，種族之間的鴻溝形消於無，李永平所思構的顯然是一個沒有種族他者（racial others）的世界。此情此景的確令人動容，甚至小說的敘事者最後也忍不住跳出來，以超越種族類別的心情，將層次拉高到人類攜手互助的境界，並且激動地感性表示：「人類的溫情感動了每一個人的心」（頁七二）。

創作《婆羅洲之子》時李永平只有十八歲，在他這部初履文壇之作中要求他處理盤根錯節的歷史問題與政治現實可能不盡公平。他既未深入釐清婆羅洲的種族問題與殖民歷史的關係，也未省思砂勞越在成為馬來西亞一員之後所必須面對的新的種族政治，反而在小說中一廂情願地刻意打造其心目中的婆羅洲國族。這個烏托邦式的未來願景顯然屬於非歷史性的（ahistorical）

建構。這樣的建構正好可以讓我們將《婆羅洲之子》視為李永平的國族寓言（national allegory）。

國族寓言為詹明信（Fredric Jameson）的用語，且已廣為大家所耳熟能詳。詹明信認為，第三世界的文學必然是寓言的，應該被當作國族寓言來閱讀。詹明信當然不至於無知到不了解第三世界的複雜性，但他以為，第三世界國家大都經歷過類同的歷史經驗，也就是被殖民主義與帝國主義宰制的經驗。第一世界則是資本主義的世界，第二世界卻屬社會主義的陣營。詹明信的論文發表於一九八六年，當然他未及見到蘇聯與東歐社會主義集團的瓦解。他又以自承過分簡化的方式將資本主義一分為二，也就是小我與大我的分裂，詩與政治的分裂，性和潛意識層面與政治、經濟、階級等公眾世界所構成的層面之間的分裂；也就是說，「佛洛依德對上馬克思」。第三世界文學即屬於後者。[17]

詹明信發表其第三世界文學的理論時，後殖民論述已在學院中廣為人知，他的理論引起了不少的迴響。最嚴厲的批評是來自印度的馬克思主義學者艾傑阿默（Aijaz Ahmad）。他原本就不贊成三個世界的分法；更重要的是，他認為詹明信根本忽略了第三世界在文化、語言、歷史、政治、經濟方面的繁複異質。艾傑阿默尤其不滿詹明信分別以生產模式（資本主義與社會主

17 Fredric Jameson, "Third World Literature in the Era of Multinational Capitalism," *Social Text* 15 (Fall, 1986), p. 69.

義）來描述第一與第二世界，卻又以外力強加的經驗（被帝國殖民的經驗）來界定第三世界。他以為這無異暗示前二者為創造人類歷史的主體，而後者則只是歷史的客體。在他看來，這其實是另一種形式的東方主義。不過，艾傑阿默對詹明信的國族寓言之說倒也不完全否定，只不過認為詹明信不應以偏概全，單憑自己所讀過的幾本英文創作或被譯成英文的第三世界文學作品，就認定所有第三世界的文學都是國族寓言。其實第一世界——如美國——的文學中也有不少國族寓言。有趣的是，艾傑阿默所列舉的美國文學作品中，有不少倒是屬於弱勢族裔或女性的創作，如賴特（Richard Wright）的《原鄉之子》（*Native Son*）、艾利森（Ralph Ellison）的《看不見的人》（*Invisible Man*），以及艾德琳瑞芝（Adrienne Rich）的《你的家園，你的生命》（*Your Native Land, Your Life*）等。不過，艾傑阿默所在意的可能還是「representation」的問題。在當代文學與文化研究中，這是個很重要的字眼，它至少有兩個意義：一個是「代表」，另一個是「再現」。在艾傑阿默看來，詹明信規畫其第三世界文學理論時，一方面既想代表第三世界發言，另一方面又意在再現第三世界，這樣的角色正是艾傑阿默所要質疑的。[18]

不過我認為詹明信主要是想提出一種主導敘事（master narrative）來解釋第三世界的文學，這是將第三世界文學經驗總體化的結果。許多主導敘事其實在處理經驗的細節上難免掛一漏萬，這是可以理解的，但以國族寓言的概念閱讀某些第三世界或弱勢族裔的文學仍不失其有效性。我之所以將《婆羅洲之子》視為李永平的國族寓言，因為這本小說相當清楚地展現了李永平少年時代的國族想像。按詹明信的說法，在第三世界的文學中，個人命運的故事往往就是公共文化鬥爭與社會鬥爭情勢的寓言。[19]《婆羅洲之子》的敘事過程除了隱約提到砂勞越的殖民情境之外，並未指涉特定的政治現實或歷史事件，不過我們從小說的敘事過程中也不難看出其間種族關係的複雜與社會階級的糾葛。只是李永平的國族想像並非源於民族解放或反帝國與反殖民抗爭，也與階級鬥爭沒有直接關係。他的國族想像既是他的烏托邦計畫，卻也同時反證其內心世界的焦慮與欲望。這些焦慮與欲望在《婆羅洲之子》的國族想像中暫時獲得紓解；在往後數十年的創作生涯中，李永平還要一次又一次重返婆羅洲，就像福克納（William Faulkner）在創作中一再造訪他所建構的美國南方一樣，這個事實也許正好說明，這些焦慮與欲望其實並未徹底獲得解決。從這一點也可以看出，《婆羅洲之子》雖然是李永平的少作，但是在他的整個文學產業中卻扮演了舉足輕重的角色。

18 Aijaz Ahmad, *In Theory: Classes, Nations, Literatures* (London and New York: Verso, 1992), pp. 99-110.
19 Fredric Jameson, "Third World Literature in the Era of Multinational Capitalism," *Social Text* 15 (Fall, 1986), p. 69.

引用書目

李永平，《婆羅洲之子》（古晉：婆羅洲文化局，一九六八）。

張錦忠編《重寫馬華文學史論文集》（埔里：國立暨南國際大學東南亞研究中心，二〇〇四）。

張錦忠，〈（記憶與創傷）與李永平小說裡的歷史——重讀《婆羅洲之子》與《拉子婦》〉，李永平與台灣／馬華書寫：第二屆空間與文學國際學術研討會，國立東華大學空間與文學研究室、英美語文學系主辦，二〇一一年九月二十四日。

伍燕翎、施慧敏，〈浪遊者——李永平訪談錄〉，《星洲日報．文藝春秋》，二〇〇九年三月十四日、二十一日。

詹閔旭，〈大河的旅程：李永平談小說〉，《印刻文學生活誌》（二〇〇八年六月），頁一七五—一八三。

Ahmad, Aijaz, *In Theory: Classes, Nations, Literatures*. (London and New York: Verso, 1992).

Jameson, Fredric, "Third World Literature in the Era of Multinational Capitalism," *Social Text* 15 (Fall 1986), pp. 65-88.

Pickering, Michael, *Stereotyping: The Politics of Representation* (New York: Palgrave, 2001).

李有成，中央研究院歐美研究所特聘研究員。

流離的婆羅洲之子和他的母親、父親[1]

——論李永平的「文字修行」

黃錦樹

一、白話文：新的歷史可能

1. 語言革命

五四以降，漢文學的新文學運動首先是一種語言上的革新運動，運動的領航人胡適的「八不主義」展現出一種與傳統徹底決裂的姿態。那時所謂的「傳統」涵括的是舊時代的總體，大至政治制度（滿清帝制）、總體的書寫表徵（文言文），小至服裝器物。從文言到白話的變更、

1 感謝《中外文學》匿名審稿者的寶貴意見，對於本文的修改有很大的助益。限於能力，仍無法盡善。

思想史論者理解為是一次重大的意識形態變遷；語言學家及某些單純的人把它理解為是語用上的變更。就參與的幅度而言，自五四以降，幾乎所有漢字的書寫者都無可逃離的捲入它的構建工程；文言文的寫作被局限在文化殿堂的某些密室裡——舊時代的殘存者、中文系的教授——一群文化遺老們。時代讓它高度專門化了，反而讓它顯示出它在歷史是長期普遍化中被忽略的宗教性或儀式性，彷彿讓它回歸至文言文形成之初，或者漢字書寫的初始時刻。彼時，書寫者是文化的祭師，少數人之事。它幾乎是一種純粹書面的語言，即使是嘆詞（也，乎，矣！）這樣的擬聲詞，也非當世之音。這樣的一種表徵形式絕非只是語用上和白話文不同，應是涉及一些更為根本，也更為複雜的事物，諸如音律、節奏、詞性、字的形象、語義的稠密與不透明、高度的程式化……標示了特定民族代代積累的森嚴律則（「法」）與存在個體的內在驅力（drive）的展布之間極大的緊張性，那是一張過去之網，足以篩去大部分的當下歷史性，讓個體的存在表意過程中即刻轉化為過去的、歷史——文化性的存在，甚至沒有身體，不具肉體。由此觀之，胡適和他的同時代人導引的一場文化革命或許有著更為深層的，他們自己沒有意識到的，當代漢文化圈中人在固有的認識論基礎也難以充分理解的深刻意義：革命意味著解放，對古典律則的拆散與叛離，對傳統深為畏懼的否定性的肯定，釋放出一股深具創造力與毀滅力的洪水猛獸，前者展現為現代文學的諸多碑石，後者體現為持續的反傳統主義及衍生的對中華文化（文化大革命）及漢字的否定廢絕（漢字拉丁化）。近代的集體弒父終結綿長的過去，母親的豐饒生育，子嗣的生之欲望，死亡驅力；亂倫，自毀，創造，凡此種種，又豈是簡單的

「語用」所能涵括的。

擺在大時代的脈絡裡，做為一種表意形式的白話文在它取得歷史的正當性的同時，銘刻、載錄了那個時代的重大變故。它的身世不僅僅在文學裡，而是遍及所有必須記錄的領域：考古發現、新史學、當代史事、哲學、信函、日記、報紙……可見或不可見的參與它的符碼化及形式建構。而胡適告訴我們，它的幼年期其實很長，只是早已被修繕過；出現過幾個早熟的品種（《西遊記》、《水滸傳》、《紅樓夢》），並且它的基本形態（除了語音／字形的物質性不同之外）基本上和中國北方廣泛流行的口頭語雷同，且以之為參照，因而白話文與文言文的更替，一般上都被視為是語／文的轉換——口頭語逆轉了文言文的優勢，前者的語音節奏較後者更為強化。

白話文的揭竿而起和古中國千年未有之變局同步，內陸王國的千年封閉結束於斯時，政治體制、器物、象徵系統……一系列的大轉變也隨之而來。在內陸王國的自我中心被時勢擊潰之後，前所未有的大規模移民也流散於外。白話文不止銘刻了大陸上的變化，也及時草草描繪這廣大地理之外的歷史事件。海外華文文學便是這樣的歷史產物；白話文遠較於文言文易學，也因著它和口語的邇近性，提供了可能的生產條件。漢文寫作古典森嚴的規律被棄置一旁，口語隨存在者當下歷史處境而多變，一種民族和一種語言的延伸命運，如斯而向差異的時空連結。

2. 問題

海外華人對於語言的堅持，常令境內的其他民族及本土中國人感到訝異不解；當中某些分子超乎尋常的本質主義（比中國人更堅持自己是中國人），也令識者頗覺納悶。華文文學的寫作和文化身分的堅持有著必然的聯繫，那是一般的情形；差別在於聯繫的程度與強度。本文要討論的對象是李永平，處理的焦點在於：(1)他和中國文學的愛戀關係：他的「純正中文」主張及中文改造工程；及他對故土（婆羅洲）、中國和母親之間複雜的愛戀關係；(2)藉由克莉斯蒂娃（Julia Kristeva）的the semiotic對the symbolic的穿越的理論及相關的精神分析，以嘗試解析李永平追尋「純正中文」的文字修行中對父親的法和母親的生產性騷動之間的多重辯證關係。同時也涉及做為流離之子的李永平「沒有家」的精神狀態——他的認同與放逐——和寫作做為一種特殊的命名行為之間的複雜關係。選擇李永平的一個主要原因在於他對中國文字的愛戀強度遠遠超過同時代的寫作者——不論是他的同鄉還是本土中國人。這種強度經由他自己的強調及在實踐上被認可，業已成為觸目的（白話）文學史事件。身為中國近代史意義上的「華僑」，在中國大動亂、大英帝國勢力尚未退卻之際，他被生在長久被中國中心判定為「蠻荒」的婆羅洲，致使多年以後當他自我認定為中國人之際，個人的生命史卻已是先在的流離，這造成在情感和理智上，他和生身之地、認定的文化母體、認同及否定的政治勢力之間，有著錯綜複雜的愛恨連結。選擇來到現代化得比較徹底的台灣做一個中國人而非各方面都比較落後的中國大陸，除了現實考量之外，或許也有著政治的考量；在台灣（他認定的中華民國）選擇念外文系而非中文系，自然也是一樁複雜的選擇。

3. 台灣：中國性與現代性

六〇年代的政治戒嚴、美國化的台灣都市化、美國版現代主義盛行之際，台灣在戒嚴的大中國籠罩之下，在文學上為中國性（Chineseness）與現代性（modernity）及現代主義（modernism）的結合製造了良好的機會：藉現代主義的技術和美學、世界觀強化或改造中國特色，白先勇的《台北人》是那個時代那種氛圍下的文學經典；其他文類則有余光中、葉珊等人的現代詩，琦君等人的散文，學術上的比較文學（中國學派）等等，然而當現代主義沿著美援引進之時，在文學創作上其實也隱含著另外的可能：「中國性」被相當徹底的「淨化」的另一種現代文學：以王文興的《家變》，七等生的系列中短篇，洛夫、紀弦等的詩為標誌的，在文體上或是句法上對於熟悉中文的人而言都十分陌生。有趣的是王禎和的「鄉土文學」也是在現代主義的感性模式裡一步一步的進行實驗。不同立場不同世界觀的實踐，驗證了他們所師事的現代主義，及他們所運用的漢字書寫的彈性。幾乎少有例外的，這些人都出身外文系，或至少不是中文系出身的。於是李永平對學院棲身地的選擇，在那樣的時代是極其合理的。這就產生了一個問題：中文系神祕幽深殿堂裡的「中國性」，究竟是怎樣的一種機密，何以不能，無法，或保守的說，沒有投入新時代意義生產的行列裡？

外文系裡的中文書寫，在那時代裡，現代主義的美學守則自然的就是他藝術的基礎；在保守的中文系的旁側，就某種程度而言他和他尊敬的古中國經典保持著一個必要的距離：不受古典中文森嚴律則的限制，又可以自由的取資。選擇這偏安政權做為他政治認同的對象，位在大中國的邊緣，倒也為他保留了一個想像的距離。雖然，也許他做夢也沒想到，選擇在台灣做中國人，就意味著被歸類為台灣的「外省人」。當初幾近滅國而流散在外的支子別裔，在共產中國已壯盛為東亞霸權之後，那祖輩世居之土地已成為不可回歸之地。中國傳統由血緣定國籍的前現代身分認定也早已改為出生地主義：由出生地替代沒有地域、時間限制的血緣。在這種情況下，當（海外）華人堅持把中文華語視為文化屬性的標準，語言文字彷彿就象徵了民族的血緣。尤其那些刻意強化他私人書寫中的「中國性」的作家，更強烈的展示出他們這種血統的執著。李永平是一個重要的個案，因為他在藝術實踐上（迄今為止）遠逾（同鄉）儕輩，而特殊時代的各種要素（現代性、現代主義、鄉土、中國性……）在特殊個體身上的集結，卻生產出也許他自己也未曾預料到的豐富意義。

二、吉陵春秋：兒子與父親

討論李永平，他自己提供了一個最佳的入口：《吉陵春秋》（一九八六）。雖然在這之前他出版過兩本小說：《婆羅洲之子》（一九六八）、《拉子婦》（一九七六），之後又出版了

《海東青》（一九九二），對於這些作品而言，《吉陵春秋》仍然是一個門檻，及通道。

1.純正中文

為什麼是從《吉陵春秋》：原因很簡單，因為在這部小說裡，李永平「純正中文」的實踐達到空前的高度，不止在於他個人，而是以一九四九年以來台灣中文小說書寫的整體成績做參照——那令他獲得比較文學學者劉紹銘、余光中等的高度評價。在《吉陵春秋》的〈二版自序〉裡，李永平自述他鑄造《吉陵》的心曲：「作者一片衷心，為的還是中國文字的純潔和尊嚴」[2]，而希望在二版修訂之後使得《吉陵春秋》的「風格意境更能夠」

> 保持中國白話特有的簡潔、亮麗，以那種活潑明快的節奏和氣韻、令人低迴的無限風情。這一來，作者對中國語文的高潔傳統，就有了一個交代，而個人的文學和民族良心也得到撫慰。[3]

「文學良心」和「民族良心」相提並論，使得他的語言實踐並不僅僅是一種文學實踐，更涉

2 李永平，〈二版自序〉，《吉陵春秋》（台北：洪範，一九八六）。
3 同上註。

及深層的民族認同，血緣文化的屬性的自我認定。他所認定的白話文，他的美學實踐在《吉陵春秋》裡是循著一個理想模子來加以鍛鑄的。引文中對白話文的稱頌流露出他對愛戀對象物的深情，那也是他從一個理想對象（純正中文）中辨識出的本質，它深藏於漢文化典籍浩瀚的傳統裡，必須仰賴他那樣特殊的主體經由實踐方能使之具像顯形，賦予物質性的軀體。《吉陵春秋》便是這樣的一個結晶。之所以可以成為他個人書寫實踐的一個入口、通道，在於：在《吉陵》裡，他所進行的其實是一項「純化」（purify）的工程。所謂的純化，意味著對他所認定的「雜質」的去除。這涉及一個本質性的問題：什麼是中文？在這一點上，李永平強調外文教育的作用。他說：

> 讀了多年英文，我自認得到一個寶貴的收穫；外文教育培養我判別語言的能力。什麼是中文？什麼是英文？我不能忍受「惡性西化」的中文。[4]

他是經過深入學習殖民者的語言（東馬所在的半個婆羅洲原為英殖民地）而重新具備辨識「中文」的能力，藉由這麼一個強勢的他者以重新建立他的文化主體。然而問題是：為什麼這樣的「事件」發生在如此歷史情境下的台灣——而不是他自己的故鄉——在那裡他也學習英文、中文，甚至馬來文。為什麼經由英文的二度學習，而方始觸及「中文」的本質？再者辨識出「什麼是中文」的另一端，則是辨識出什麼是「雜質」，二者之肯定與否定，相互依存。根據李永平的自述，之所以上述「事件」發生在台灣而不在於別處，有賴於相關的機緣：大學國文課上樂蘅軍教授「以敏銳的感觸和豐美的詞藻，為同學分析中國語文的簡潔、剛健」，使他「當時內心感到極大的驚喜和震撼」（頁一二六）那是他單憑在故鄉學習的中文所無法感受到的，需有中國文化區內的導師為其開示啟發。她向他展示一個理想的範式，這個範式所有中文系的師生都極其熟悉，然而卻未必會和他同樣獲得那麼大的情緒上的震動，也罕有能把它從靜態的典則中導引出生產性。對於一個寫作者，一個生產者，一個中國文化區的外來者而言，情況則大不相同。國文課老師向他闡揚「純正」中文之時，他也透過異族的語言中發現了當時台北現代主義導引下的中文寫作的「病症」及其仿襲的模式：英文翻譯體。那被他稱為「惡性西化」的中文，也是他所識評的語言上的「買辦作風」（頁一二六），台灣的大學教育令他同時辨識出三者：什麼是中文，什麼是英文，及什麼是「買辦的冒牌中文」，後者也就是他所認定的「雜質」（雖然這種雜質在台灣極富時代意義），[5]該雜質也催發了他的否定（negation）力量：一個負面的對象物。也正由於彼時中文系師生在文學生產上的幾近於零（有的只是少量的仿古複製），加上文學創作者普遍的西風景從，從而令李永平「捨我其誰」的在《吉陵》中賦予自己文化使命。所以他說：

4 李永平，〈李永平答編者五問〉，《文訊》二十九期（一九八七年四月），頁一二六。

5 所謂的「雜質」指的是時代、區域特性在語言中的積澱，也是語言對具體時間的表徵。

後來寫作《吉陵春秋》，八年間，斷斷續續，苦心經營，為的就是要治煉出一種清純的中國文體。（頁一二六）

藉淨化中文以淨化自己，從外來的庶子一躍而成為血系嫡子。換言之，在淨化「惡性西化」的同時，他也為自己從故鄉帶來的語言進行淨化：去除土性、去掉來自故鄉土地的雜質。

2.大觀園

在《吉陵春秋》中為讓他所認定的中文之美徹底流露以致行逐行、字逐字，甚至連標點也不放過的逐一清掃，這一來把他自身存在的時空座標的痕跡徹底掃除，不止他成年後生活的空間（台北、高雄）連影子都不見，他來自的土地的歷史地理具體性、似真的細節及場景也幾乎點滴無存。在他淨化了語言的同時也淨化了世界。是以《吉陵春秋》的「背景」頗引起爭論，有心人自可發現中國小鎮或南洋華人小鎮的縮影，甚至更有人親臨李的家鄉（古晉），發現了小說中的印度巷、棺材店、觀音廟等等，而親身感受到它的「寫實性」。[6]問題在於這些孤立的能指（signifier）與實物指涉（referent）之間的關係早就被小說語言徹底扭曲，小說中的地名等等皆向內指涉，不論是「失語症的病變」，[7]還是藉書寫以徹底遺忘南洋，[8]都意味著在他刻意去除所有似真性的具體細節之後，那些原先具有指涉物的名相都被他改造成專名（proper name）。如此而幾近建構出一個只具小說文本配置（novelistic textual set）而不具小說文本以外的配置（extra-novelistic textual set）的小說世界和具體歷史發生的關係，只是解釋的結果。[9]純粹的語言世界，難以和歷史發生關係。

那是一種抽象的世界，建築在一塊無土之地，它不在這裡也不在那裡；小說中的人物對話用的語言和我們生活世界日常溝通的華語相當不同，不論是它的腔調還是常用的動詞；雖然它大體可以辨認出是中國官話系統的一個變種，令人既熟悉又陌生；占主導的敘事聲音也以模式化的話本語言及腔調、韻律、用語，彷彿在屬於過去的某個不確定時段，訴說一則中國偏僻鄉鎮的庶世傳奇。為什麼是中國？——因為語言的緣故。那樣的道白與聲腔，只有在中國內地與世隔絕之地方有可能，它未受現代文明洗禮，沒有異族，物種與語言的純粹性未受污染。它受純淨的小說語言的保護，而築構為一個自足的意識的「大觀園」。

在他企圖經由語言文字全面的與存在的現實斷絕往來之際，又在他所構造的世界內部演示

6 鍾鈴，〈我去過李永平的吉陵〉，《聯合報・副刊》，一九九三年一月十七日。
7 林建國，〈為什麼馬華文學？〉，《中外文學》二十一卷十期（一九九三年五月）。
8 黃錦樹，〈神州：文化鄉愁與內在中國〉，「東南亞華文文學國際研討會」論文（台北：淡江大學中研所主辦，一九九一年九月）。
9 Kristeva, Julia, "The Bounded Text," *Desire in Language*, trans. Thomas Gora, Alice Jardine, and Leon S. Roudiez (New York: Columbia University, 1980), p. 37.

一則「酒後亂性」、「道德失序」的道德寓言，且強調可以藉它反省「我們的社會」[10]（李永平，一九八七，頁一二六）。換言之，他把現世中的道德議題及敗德現象去掉它存在的現實具體性，把它抽象化、普遍化，之後搬到他用漢字細心構築的那個鎮子裡。如此，他的語言文字掌握了全幅景觀：不向外指涉，無指稱性，一切往內收斂，隨著說書人的聲音去尋找意義的箭頭，自足，不受其他世界的質疑。因而語言文字刻意的清純、標準便深入每一個文本單位的細部，由於業經陌生化處理而致使它的物質性處處裸露：他人罕用的字詞、句法、腔調而在小說中卻為作者私人常用，於是那純粹的中國性就在說書人的語調底層一再的強迫重複（compulsion to repeat），不論他訴說什麼，在達意（內在）、指涉之先，總已先意指那無所不在的幽靈，它是鬼、神、陽光、雨水、空氣……吉陵鎮裡的自然。

3. 位名

這樣的一種循環不已、強迫重複的底層韻律彷彿在喃喃的說出「這……」、「那……」，企圖以一種含混的方式去指示（demonstrate）或指出（designate）一個（特殊的）「空間」（「space」），一個「今後將成為對象物或指涉物的點」，[11]欲望投注之處。他企圖以這樣的方式一再的去命名一個幽深的所在，那地方彷彿就在他物種構成的基礎之處，似乎又在外部某處。如此，《吉陵春秋》做為李永平做為中國人——說故事者——文化生產者通過儀式（rite of passage）的必要獻祭，做為他「見山不是山」（「考驗技術、冶煉語言、建立形式」[12]）的必要過程，在純化語言的同時，他也純化了自身的血緣（華僑→中國人），造成文化血緣混雜的地域因素被排除之餘，他自身也必須倒溯（regerssion）到語言學習之初，倒退到他的幼兒期，以一種原始命名（archaic naming）的方式——它首先是一種空間性命名（spatial naming）——把自己與發言（enunciation）之處所或對象區辨開來，以重新設立起主詞單位的自主性（autonomy of the subjective unit），人稱代名詞轉換器（Personal pronoun shifter）——我。[13]

一個具純淨文化血統的發言主體（subject of enunciation）被建立於那樣一個通道口上。重新獲得語言，習得文法、構詞造句之道，意味著初次戰勝母親——「經由命名的簡單事實，建構出一與母親始終不確定的距離」。[14]

如此而進入伊底帕斯情結（Oedipus complex）的三角結構中，戀母弒父的欲望展現於語言的糾結：原始驅力的騷動和父親的法拉鋸，欲望投注對象選擇上的曖昧性（生物的／文化的）造成的性別錯亂及不斷的倒溯（regress）至前伊底帕斯情結及前進於伊底帕斯情結的門檻上，使

---

10 李永平，〈李永平答編者五問〉，《文訊》二十九期，頁一二六。
11 Kristeva, Julia, "Place Name," *Desire in Language*, p. 287.
12 李永平，〈李永平答編者五問〉，《文訊》二十九期，頁一二七。
13 Kristeva, Julia, "Place Name," *Desire in Language*, p. 289.
14 同上註。

得主體在建立的過程中處於搖擺不定的位子上，而造成了文體試驗的「漂逐」——文字修行三階段的遲延（詳後）。

在這樣的一個通過—獻祭—復歸儀式中，他所命名的空間顯然不是他的生身之土——婆羅洲，也不是台灣，甚至不是中華民國，而是一個比它們更純粹的他方：一個本質性的中國，一個他所想像的，理想的存有。一個隱喻「母親」。他命名「她」，生產出「它」，進入她的內部，讓她生產出具純粹血統的「我」。而此一「母親」是純粹文化性的，或者說，她的文化性已凌越了生物性——以文化性（中國性）來純化，重新定義她的物種屬性——她母憑子貴，她為了一個大寫的父親而存在，她象徵了象徵次第（symbolic order）中父親的法（the law of the Father）。他和他生物上的母親分離，以命名一個想像的、更為始源、更為純粹的母親：一個原始母親（archaic mother）。用李永平自己的話說，她可以類比為「女媧」，[15]中國的大地之母。李永平長期磨難於「見山不是山」的通過儀式、藝術造境的門檻上，為的是具體的經驗他所想像的父親的法，那只能透過創造——生產才可能體驗得到，因為那是一個近乎母體懷胎的過程。受孕、懷胎、生產，然後才能自由的沐浴日光，呼吸空氣，履踐大地。不斷延伸的第三境界，神話中非凡人物較常人更長時間的受孕，卻似乎意味著生產母親比生產子嗣更為困難。如果遲延成為一種必須……何以延遲成為一種必須？

4.文字旅行三階段論

李永平的小說創作三境界說最早提出於一九八七年。所謂的三境界指的是「見山是山，見山不是山，見山又是山」，類近黑格爾的正、反、合的辯證揚棄過程，也就是說，「見山不是山」是一個對前一個階段否定（**negation**）的過程，一個「迷」的階段，為了達致更高的綜合及超越。其時他說《拉子婦》和《吉陵春秋》「分別代表前兩個階段」。那時他說：

吉陵的建構歷時八年，原因很簡單：作者還陷身在「見山不是山」的境界裡掙扎纏鬥——考驗技巧、治煉語言、建立形式。這個實驗階段希望已經熬過了，從此水到渠成，返璞歸真，從事真正的文學創造，表現在目前寫作的一部以現代中國某大城背景的長篇小說裡。[16]

其時提及的那部長篇正是一九九二年出版的《海東青：臺北的一則寓言》，該書出版後，他對某位讀者重新提出該「三境界說」，只是在次第上有明顯的滑移：《拉子婦》仍屬於「第一個境界」，《吉陵春秋》則變為「介乎第一和第二境界之間，而《海東青》是第二境界的作品」。[17]四年前當它還在生產的初期，在期許中被認定為是「已悟之作」，在寫完之後卻發現

15 李永平，〈致黃錦樹私函〉（一九九三年五月六日）。
16 李永平，〈李永平答編者五問〉，《文訊》二十九期，頁一二七。
17 李永平，〈致林建國私函〉（一九九三年四月五日）。

「仍在迷中」。同樣的期許如今卻延伸到未完成的下一部作品，希望經過它能完成「見山不是山」的修煉，以「進入第三境界」。他用了同樣的修辭：「返璞歸真」，以便「可以盡情任性，優游於小說創作的浩瀚天地中」。[18]

從他的自我說明可以看出，他所期許的「合」、「反」、「又是」是一種主體精神上的自由狀態，這種「自由」相對於被語言文字、美學成規所拘限的不自由，那是一種「苦吟」，主體掙扎、彳亍蹣跚於語言物質性所構築的荊棘之路中，是陷溺於文字的苦海而無法超越。這便是李永平艱苦的修行；在「文字中國」[19]的深淵裡與他的愛戀物戰鬥。他所期許的「悟」顯然帶有中國古典神韻美學的色彩——「得意忘言」，「如羚羊掛角，無跡可循」——讓所要表達的「意」超越語言文字或任何藝術形式的人工形跡，泯除成心與刻意，以便主體精神能優游逍遙於「自然」之趣中。[20]從見林不見樹，到見樹不見林，至見樹又見林，方臻自在之境。

欲海浮沉。或許遲延——沉溺成為一種必須？

面對好事者針對他那「三境界說」前後自相矛盾的詢問，他回答原先的構想確是把《海東青》當作「第三境界的」：

但動筆後忽然念頭一轉：這樣的題材，應該讓我在「見山不是山」的第二境界中多迴迴一次，再修煉一番，反正我還年輕，仍在「流浪」——精神上、形體上的「漂逐」……。這一生，終究要進入「見山不是山」的第三境界的，否則我的寫作志業就不算完成。[21]

而在這封覆函裡，他把這「第三境界」的作品再度推遲至他的「終極作品」，尚不知其名為何，大概是一部「找中國人的根」的「創世記（紀）」，[22]尋自己宗族，及象徵意義上的整體中國人的根。寫作，修行，尋根；根，源，血系，起點。真正的謎也許不在於山，而在於水，原初的湧泉。對於「太愛中國文字」的李永平而言，離乎、超越於中國文字的根是遙遙不可及的，它隱藏於古老大地的內部，以語音的方式衍異播散，如非親履斯地則無從捕捉。而他畢竟一直在外，撫摸文字如古玉舊幣，在不斷強迫重複的漂逐遲延中，文字不斷的再生產，從《吉陵春秋》的三百頁膨脹至《海東青》的九百頁，卻仍是半部紅樓，後文待續。

18　同上註。

19　李永平，〈致黃錦樹私函〉（一九九三年五月六日）。

20　這當然只是一種推測。從李永平的表述來看不無可能——因為在中國古典以抒情詩為標竿的美學系統中，那是最被肯定的一種用言「境界」，從《莊子》、嚴羽《滄浪詩話》以降，已有十分完整的表述。這種尋求主體超越導向的美學主張恰和現代主義的精神相背：它首先企圖超越的正是現代主義緊捉不放的語言的物質性。果真如此，李永平的「超越」便是一種心理補償和白日夢。

21　李永平，〈致黃錦樹私函〉（一九九三年五月六日）。

22　同上註。李永平在函中寫的是「記」，訪問中邱妙津的記錄是「紀」。參邱妙津，〈李永平：我得把自己五花大綁之後才來寫政治〉，《新新聞》二六六期（一九九二年四月十二日）、李永平，《海東青——臺北的一則寓言》（台北：聯合文學，一九九二。）

之所以如此，部分原因可能在於李永平語言實驗的基本精神格局上：難以超越（transcendence），不求踰越（transgress）。

5.父法之文

李永平如斯苦心經營耗心力鍛鑄的「中文」自非一般常文，擺在中國古典詩學的脈絡裡，那自然必須是文字藝術最高境界的「詩文」。然而李永平所實踐的詩化文字，似乎和克莉斯蒂娃所一再致意的詩語言頗不一致——她所謂的詩語言雖是繼承自俄國形式主義的議題架構（problematic）卻補充進精神分析以為其精神基柢，在她的分析架構裡，把使語言運作的符表實踐（signifying practice）區分的相對卻不可區分的兩種功能：記號的（the semiotic, le semiotique）及象徵的（the symbolic, le symbolique），後者大體涵括了建立於超驗主體（transcendental ego）之上的意識哲學的基礎為各種語言哲學及意義理論所描繪的語言模態、功能及意義生產，它是可見、可以被形式化、「理性」的部分；而前者則是以精神分析為基礎的、前符號（pre-sign），以初始過程（primary process）為運作邏輯；它不可被形式化、為不可見、「非理性」的場域；人類無意識底層的欲力、欲望、本能騷動著。而她所謂的詩語言，便是那樣的一種特殊的語言運作——它表徵為對日常語言的遠離：句法（syntax）的脫離、語法的省略、主詞的失落……各種可被形式化的語言功能的崩潰及其重新配置，仿如語言的症狀，卻是le semiotique對le symbolique的穿越。它標誌著被壓抑的欲力（repressed instinct）的復活，踰越了語法規則，釋放出語言中被檢禁的異質性（heterogeneity）及無可決定（undecidable）的性質，[23]最終表現為對社會符碼（social code）及象徵次第的挑激與鬆動。

這樣一種放任欲望主體對語言的父權法則進行操弄的「革命」的詩語言，在李永平那裡顯然看不到。《吉陵春秋》的詩語言雖然已偏離了我們共享的普通話別（白話）——日常語言，卻並不是一種「扭曲」，對他來說，那毋寧是一種「更正」；他的詩語言相較於王文興、七等生、王禎和等人對漢文語法的違犯挑逗，毋寧更近於當一個法的維護者。藉書面蒸餾口語，王文興等人弒父式的符表實踐被他十分民族主義的排斥為「惡性西化」、「洋買辦」，以維繫父親血緣的純淨為自任，抗拒富於生殖欲望的母體表意鍊（semiotic chora）雜交的欲望。這樣的操作意味著被壓抑的欲力更為森嚴的禁制。然而問題似乎並不如此簡單。這涉及文類的問題。

如果要展現法的森嚴性，應該像中文系的老學究那樣選擇駢文、古文、古詩、近體或長短句，在那層層規範之下意義生產的空間小得難以立錐。寫作往往意味著法的演示及格套的複製，除少數巨匠外，對於大部分的寫作者而言，幾無生產性可言。在漢文學的文類中，除戲曲外（在晚清明初王國維的手上才獲得肯定），小說是最晚被文人認可的，它的價值也只有在白話文翻身之後才獲得普遍的肯定，方堪與詩文並列。李永平選擇白話而不是文言，選擇小說

23 Kristeva, Julia, *Revolution in Poetic Language*, trans. Margaret Waller (New York: Columbia University, 1984).

而非古典詩，在文類上，他選擇了父法最鬆弛的一環——雖則他師法明代白話小說的聲腔語調[24]——小說做為一種敘事文類，做為小說家的李永平又不願像武俠小說家那樣全然在古裝古道具的王國裡飛翔，勢必受到「本色」（寫實的逼真性）——存在情境中現實的具體細節及駁雜、喧譁的存在之聲的挑戰，現代化的器物、空間、感覺方式，在在都令他所鍾愛的那套乾淨的語言失卻了表徵現實的能力，所以《吉陵春秋》只能是他尋山覓水之途的一個過程，創作生涯中的一道深重的摺痕。在這樣保守的語言實踐中，他比較像是克莉斯蒂娃所描繪的「修辭學者」（rhetorician）而非「書寫者」（writer）、「文體家」（stylist）。前者「並不創造語言，被父性論述的象徵功能所吸引，他引誘它……沿用過去作者的少許破格，因而模仿一位憶起自己曾經是（某位）父親的兒子（或）女兒的父親，然而猶未至於說破箇中蹊蹺」，[25]反之，文體家「無需以修辭做作來引誘父親。做為贏家，他甚至可能丟棄父之名而採取一個假名……因而在父親的位子上，採取了一種不一樣的言說：即非自我的想像言說，也非超驗知識的言說，而是一種永遠從一者過渡到另一者的中間人（go-between）的言說，是符號與韻律、意識與本能性驅力（instinctual drive）之間的騷動。」（頁一三九）

在《吉陵春秋》的語言實踐中，他不斷的被父親引誘，也不斷的藉語言去引誘他。糟糕的是，他在性別上產生了錯誤辨識：那被他所命名的母親其實是父親。這是一個嚴重的後果，也是第三階段一再被遲延的根本原因。延遲之所以成為一種必須的原因在於，在伊底帕斯情結中的弒父戀母情結由於在想像界的性別錯置而造成結構的倒錯，而為弒母戀父。所以他才會一再的被父親所引誘，也一再的引誘父親。在父法再現之際，母親早已被犧牲，他已是父親的兒子而非母親的兒子，中國之子而非婆羅洲之子。

他把自己的發言主體（subject of enunciation）設置在那裡：象徵次第的執法者、父親的威權所在之處。父—祖做為一個血脈綿長的集體主體，允諾了中國性。條件是純粹——更準確的說，是一個永無止境的無限純化的過程。它要求沒有異質性、沒有他方、沒有異域，不斷的向一個幽深的中央回歸。回到文化血系的宗祠，在那裡給列祖列宗上香、淨身、跪拜敬酒，重新在文化宗譜裡被賜以姓名。調整走調的口音，修繕被他方水土所移易的容顏。他必須像他們。必須換血：以生身之母為祭。父權宗法社會所保障的血統上的中國性，一旦進入異域，它的純粹性便受到了挑戰。「亂源」不是別的，正是母親的身體，生物性的自然。皇宮一般的文化血系中，對血統純粹性的要求遠逾凡庶，因而當婆羅洲之子晉身為中國之子，番邦的母親（「拉子婦」這個名所象徵的）所占的位子就必然的被一個血統純淨的母親（「女媧」這個名所象徵的）所置換，而被廢黜於多雨的蠻荒。而在這裡，她也不過是執法之父的一個分身。這也說明了李永平在文字修行的過程中有意識或無意識地操作了大中國自我中心的排外邏輯。

24 蘇其康，〈李永平的抒情境界〉，《文訊》二十九期（一九八七年四月），頁一二九—一三〇。

25 Kristeva, Julia, "From One Identity to an Other," *Desire in Language*, p. 138.

6. 文體與現代性

在語法、句子、句法、修辭的層次上，《吉陵春秋》嚴守父法；可是做為經受現代主義洗禮的現代小說，李永平在其中也嚴格的實驗現代主義的小說技巧，[26]因而在敘事的層次上假使接受結構主義敘事學的觀念——所謂的敘事結構不過是一個延長的句子——倒也處處呈現出（敘事）語法的省略、句子的斷裂，以致一個長篇被拆分為十二個明顯相干卻難以重組成一個整體的短篇，各自獨立。事件、人與場景卻與他篇相關涉；各自為獨立的子句，欲連成一完整的長句又不太可能：總是有哪個局部長久的失落了，而另一些現存的局部卻又似乎過於臃腫……。因而它讓整體的意義不明確，敘事結構上的示意過程也被鬆動、質疑與自我質疑，符表（signifier）與符旨（signified）之間的任意性之鍵也遭到撕裂，變得難以決定。因而在它純粹、嚴整的內部，颳起了一陣曖昧的狂風。**le semiotique**藉現代主義的技藝而挑戰父法森嚴的中國性？西化教育所習得的美學上的現代性而企圖在文本的不同層次挑戰中國？母親藉「良性西化」而悄悄的復歸，在父法中製造意義的空洞？很顯然的，在語言文字之上、文體層次的「語法」因現代性的介入使得李永平《吉陵春秋》中的文字修行不至於讓中國性全面封殺了意義生產的可能性，在語言文字的純粹性之外保留了一定程度的異質性。然而這種異質性卻顯明的與地域—身體無關，而是另一種規律與法（現代主義）的產物。

另外，在內容的層次上，業已有論者指出，「書中主要人物大多屬『寡母—獨子』的家庭結構」，[27]也就是父親已經死亡的家庭結構。父亡，道德失序，法規蕩然——《吉陵春秋》裡充斥著色欲的罪惡，原因正在於那是一個嚴父已經亡故的空間。滿街的「潑皮」（流氓，小混混）和散發著經血、精液氣味的妓女巷，流蕩的欲望，復返的動物性，李永平的道德寓言：父法蕩然的社會，便是這麼一副末日景象。受難的母親（及女性），只是為了召喚一強有力的嚴父——保護者？不管怎樣，也就在這「內容」的層次上，李永平讓具有肉身的、生物性的母親出場，在父法森嚴的語言織就的父法蕩然無存的世界內，經受著人類動物本能及欲望的考驗。在語言試驗層次上被無限上升的神格化的主掌象徵次第的父親，在內容層面上我們卻目睹了他的終久缺席：他始終不在。已經物故？已被人子殺戮？從這裡，我們可以跨過《吉陵春秋》這一道門檻，去討論它之前及之後的作品，去面對它們的異質性。

---

26 參余光中，〈十二瓣的觀音蓮——我讀《吉陵春秋》〉，李永平，《吉陵春秋》（台北：洪範，一九八六）、曹淑娟，〈墮落的桃花源——論「吉陵春秋」的倫理秩序與神話意涵〉，《文訊》二十九期（一九八七年四月），頁一三六—一五一。

27 曹淑娟，〈墮落的桃花源——論「吉陵春秋」的倫理秩序與神話意涵〉，《文訊》二十九期，頁一四一。

三、婆羅洲之子與母親：地域—身體

1. 寡母—獨子

《吉陵春秋》常見的除了寡母—獨子的家庭結構之外，其實還可以以這樣的模式為核心演繹出一些相關的衍生結構，當作是「母親」角色的功能變奏：

↗觀音——大眾→昇華、超越者
母親→寡母——獨子→不健全的正常家庭
↘妓女——嫖客（潑皮等）→墮落、誘惑者

「寡母—獨子」的結構是正常狀況，維繫在人倫結構之內。觀音做為超越者象徵著母性的救贖與昇華，是吉陵鎮裡的自然化的超自然；而妓女則是母職的扭曲與失落，這在《海東青》中獲得大規模的鋪陳。

父母親與孩子是家庭單位的基本構成要素，也是李永平小說寫作的主題——意義的基本單位。然而值得注意的是，打從李永平那未被列入「三境界」的「前見山」時期的少作《婆羅洲之子》開始，箇中占核心地位的「家庭」就已是不健全的——父親已死，或身分不明。《拉子婦》中的幾個重要篇章也是父親無因缺席的「寡母—獨子」結構；到了《海東青》，基本上卻異化為「雛妓—嫖客」的橫向關係（女兒—父親的變奏），父母親雙雙隱退或病變，預示著「家庭」的瓦解，親屬關係的終結。[28]在《海東青》，敘事者從《吉陵春秋》的古典屏障中走出來，自暴身分，自稱是來自南洋的華僑，讓自己的母親以空洞的詞語的方式在小說中占據一個位置——也不過是「母親」這兩個字。[29]反之，穿過《吉陵春秋》進入他較具寫實意味的少作，母親的形象就極具血肉，且富象徵意義。

2. 母親—身體

《拉子婦》中有兩種重要的母親形象，一是〈拉子婦〉中的拉子婦（婆羅洲原住民之一的陸達雅人，當地華人蔑稱之為「拉子」），因被華人「頭家」作賤而下場悲慘；一是〈支那

28 李永平《海東青》中對台灣物質糜爛精神腐敗的憂心，表徵為小說中所有青嫩少女的被肉欲客體化，來不及長大、被催長、也無法長大。性失去生殖的目的和功能，同樣的那些從建立於生殖——血緣上的禁忌和倫理道德也全被拋棄，物質豐裕後家庭破碎的少女被擄獲為獻祭品。這基本上和《吉陵春秋》的道德失序同一題旨；就某種程度而言，朱天文的《荒人手記》以同性戀者的情欲立場提出同樣的問題：親屬關係瀕臨終結？

29 黃錦樹，〈在遺忘的國度——讀李永平《海東青》（上卷）〉，《馬華文學：內在中國、語言與文學史》，（吉隆坡：華社資料研究中心，一九九六），頁九五。

人——〈圍城的母親〉中的支那母親（華人被蔑稱為「支那」〔馬來文：Cina〕，「支那」此漢語形式沿自日本人的用法），而這兩種形象都展現於較具自傳色彩的篇章中；〈拉子婦〉中的敘述者「我」叫「阿平」，他喚那拉子婦為「三嬸」，二者的關聯建立在親屬關係上。然而她是他人的母親，混種兒的母親，雖則父親已經亡故，卻都是源出中國的「純種」漢人（「剪了辮子後不久，……家裡交不出租來，被地主逼得走頭無路，父親這才狠著心離開家鄉到這番地上來。父親一旦站住了腳，便索性把母親和我接了過來。」（頁三二—三三）），母子相依為命。小說寫的是漢人和原住民種族衝突下的圍城情境，曾經捐地協助地方上興學，戀家戀土的母親在眾人都離去後猶遲遲不忍離開，勉強登船，卻又中途折返。小說中的母親牢牢的與土地連結，寧願冒著生命的危險留守家園。默默跟隨著的兒子目睹且一同經驗了這一切。土地的經驗，人民記憶。

在另一篇支那母親的故事裡（〈黑鴉與太陽〉），一樣是寡母，精明能幹大膽的支那女人和她的一對幼年的子女，在殖民晚期，游擊隊（砂勞越共產黨）與英軍相殘殺，處處戒嚴管制的非常時刻，傳聞的死亡，目擊的屍體。暗自和游擊隊做買賣的母親，最終被一群馬來游擊隊員強暴而精神失常，他們並且「砸碎了爸爸的神主牌」（頁九二）。在這篇語言腔調已初步《吉陵》化卻仍受寫實性（地域性）制約的小說中，已經運用上許多隱喻、象徵、暗示的技巧，裡頭的母親不像〈圍城的母親〉那樣的樸實渾身帶著泥土氣息，在黑鴉的死亡／災難和太陽的血之陰影裡，她最終的遭遇被賦予了一層象徵意義：華人和馬來人彼時日益緊張的種族關係——

華人集體的尷尬處境。

3.母親—象徵

多年前曾因對李永平小說中重要的「母親」形象感興趣而去函向作者詢問，他的回答頗具參考價值：

> 事實上，〈黑鴉與太陽〉中的母親和〈圍城的母親〉中的那一位，都是象徵性人物——支那人的母親（你出身馬來西亞，當然知道「支那人」這個稱謂對我們的意義）。因此，〈黑鴉〉中母親遭受馬來兵強姦，有它象徵上的影射。這點太敏感，我不想多談。我只想透露一件事：我一直想寫一部長篇小說，名字就叫《母親》，把她提升到「中國大地之母」的境界——我的中國，可是包括「南洋」的哦！[30]

信中避開了自傳上的問題（他的母親的傳記材料——而他與母親的深厚感情，詳參景小佩

30 李永平，〈致黃錦樹私函〉（一九九三年五月六日）。

的敘述[31]）只談象徵，又因為政治敏感，在私函中也不敢多談。他生長在華人政治權益被馬來人大肆壓榨的歷史時刻，在中國置身事外的情形下，這些「支那人」猶如集體的失怙，母親的貞操也岌岌可危。在馬來化政策之下，中文教育一度幾將被撲滅，而中國人傳統上一向以文化來定義自身的種族屬性，如此的境遇，便等同近乎滅族。猶如早期西方的海盜殖民者，有的為了消滅一個島嶼的原住民，就盡屠島上的男性，姦淫所有的女性以便為他們生產他們的後代。那些以中華文化為自豪的華人，在被迫接受他族的語言之時，就早早的興起滅亡之感了——這就是李永平所謂的「象徵上的影射」？所以在那兩篇小說裡，父親早早就死了。支那人的母親憑她孤單之力，並無法保障孩子（文化）血統的純淨，所以孩子就注定要流離（到中國人的土地）？

函中李永平透露他企圖以中國性提煉、昇華母親的宏偉志願，雖然不知道那是一幅怎樣的景觀，可是從《拉子婦》到《吉陵春秋》確也明顯可以看到母親的歷史——地域上的具體性全被抽離，已從「支那人的母親」純化為「中國人的母親」，在那樣的中國性裡，失缺的是「南洋性」（**Nanyangness**）。離去，是唯一保持文化／血緣純淨的方式？從那塊陌生的土地上孕育出來，銘刻於母－子身上的異質性難道就沒有它自身的價值？《吉陵春秋》的純淨體現了文化潔癖帶來的所有尷尬，在它那裡，母親失缺了歷史的具體性，地域賦予的具生產價值的「雜質」被剔盡之後，它的存在變得空洞，時代給予的豐富性也被簡化、單一化。

李永平的「母親」緊緊跟隨著他的語言實驗，大致可以分為三個過程：

(1)《婆羅洲之子》、《拉子婦》：語言駁雜，混揉當地語言，不論是支那人或拉子婦，都帶著當地的「土性」。

(2)《吉陵春秋》：理念化、抽象的中國母親。

(3)《海東青》：「迌迌人」現身於親屬關係瀕臨瓦解的中國小鎮，把自己的「母親」留在南洋。語言駁雜，除了敘事語言猶古腔古調之外，對話中已雜進大量的台語、廣東腔華語、台灣國語等等。在這裡，他雖仍披著離開吉陵鎮時穿著的古中國外套，卻已正視他第二故鄉的歷史具體性，同時也給南洋母親留下一個topos。

4. 亡故的父

在追尋中國性的語言純粹化之途中，母親在象徵領域的質變和父的持久性缺席，在某種程度上倒也道出了李永平文字修行之路的深層矛盾：認同父之法致使他把異質性的母親的軀體象徵置換，而同時在作品的內容層次上卻以一種曖昧的方式讓母親的身影不斷的以稀釋的方式重現（肉身漸漸被抽離），以影子的形式在場——那似乎是一種壓抑的傷悼：以悼祭的方式讓母

31 李永平的母親一如許多那個時代南洋的「革命之母」，子女多，生活艱苦。她發過瘋，可是即使在精神病院內猶使勁叫嚷：「永平如果出任何事情，天塌下來，由我替他撐著——。」參景小佩，〈寫在《海東青》之前——給永平〉，《聯合報．副刊》，一九八九年八月一—二日。

親的幻影或靈在場。而父親的缺席，卻相對的自然化了——他一再重述著一個又一個父亡的故事。語言試驗中原該被釋放出來的母性的生產性騷動，被父之法所置換，因性別混淆而錯弒了母親，在內容、故事的層面上以靈的方式復返。在身影漸漸淡去的母親所占據的拓撲中，殘留的是主體無意識的傷慟。而在那裡，父親卻早已是一個煙消雲散的逝者。李永平的伊底帕斯情結，在語言試驗上的臣服，壓抑的弒父衝動轉向了內容故事的場景。然而他沒有演出弒父的場景，而是把弒父這個結果以謎題的方式呈現，且展示為過去式：他已經不在。父早已離奇失蹤或物故。那是一個事實，一個久遠的故事。他原就不存在。[32]而本體化了父之缺席。[33]以補償象徵次第上對母親的錯弒——卻因無可挽回而表現出無法自抑的傷慟。

5.身體—位名

從語言習得、精神分析意義理論的角度來看，這生身之地上的生身之母的重要性卻絲毫忽略不得，因為她給予這個兒子許許多多無可替代的初始經驗和意義。因為——

「母親的身體是分裂的場所（the maternal body is the place of splitting），……經由身體，注定確保物種的再生產，那婦女的主體，雖然是在父方功能（paternal function）的操縱之下……卻更像是一個過濾器（filter）——一個通道，一個門檻，在那裡『自然』與『文化』遭遇。」[34]

做為母親的孩子，他是在特殊的地域裡經由母親的身體遭遇自然與文化。在那文／野的門檻上，他模仿母親的發音，把無限可能的發音漸漸的收縮到一個民族語言的音素範圍內，以漸漸逼近意義的擄獲。另一方面，克莉斯蒂娃認為「母親身體是生物社會程式的基準」（The maternal body is the module of a biosocial program.）（頁二四一），它同時隱匿了關於生物與社會的物種密碼（ciphering of the species），那是前（pre）及超象徵的（transsymbolic）記憶，它未被語言化，是物種特性及性別差異的夢語言與無意識，提供了詩語言產生異質性的動力，以穿越語言，質疑它的意義基礎，探測其局限。而母職（motherhood）便是那樣的一種功能，一方面對源於生物性的母之醉爽（maternal jouissance）的檢禁或壓抑，以導入「理性」的程序；同時把幼兒帶向象徵次第，從主體尚未形成的生物性存有導向一象徵化的主體，穿過一個語言／象徵／父性（language · symbolism-paternity）——也就是自然／文化——的門檻（頁二四〇）。

在這門檻上，語言占有關鍵的作用。主體的形成也正是由於說話的作用：「主體存在只因

32 從另一個角度來看，他無所不在——他即是文字本身。文字即幽靈。
33 相對的，也就本體化了父之在場。
34 Kristeva, Julia, "Motherhood According to Giovanni Bellini," *Desire in Language*, p. 238.

它認同一個理想的他者——一個說話的他者，因其說話之故。」[35]所謂的（初始）認同（primary identification）亦然。

「當我吞入（incorporate）的對象物是他者的說話——正確的說，是一個非對象物（non-object），一個樣式，或模型——則我把自身與他綑綁於一初始的合併，共有、統一、認同。」（頁二四四）

「經由接受他者的詞語，同化、重複及再生產之後，我變得像他——『I』（One）——發言的主體（subject of enunciation）。」（頁二四四）

發生於口欲期的此種認同，先於任何確定的對象物投注（object-cathexis），且以父親為理想模子。認同是非對象傾向（not object-oriented）的，而是認同於一個象徵形構的大寫的他者（Other）。唯有經過這樣的過程方能建立起孩子的主體及他的主詞性單元（「我」），代價是必須與母親分離，在「母—子」的圓融親密中插入一個第三者（the third party），母親欲望的對象物。進入象徵次第，獲得語言，建立主體，與母親分離；經由初始的命名——「位名」（place name）——而命名他身軀所在的處所。

身為婆羅洲之子，他的初始命名不可能是他方，應就是那裡。當李永平一再強調「小說寫作三境界」，或許我們也必須把前述主體形成的認同過程隱喻化，以思辨的立場來審視他的寫作之路。換言之，與母親分離／母體物種性欲望的壓抑／語言獲得／認同父親這樣的過程並未終止於個體成長的幼年期，而是一再的復歸與重返、一再的重演，因而文字修行的「三境界」便是一個無盡的過程。

再者，在討論《吉陵春秋》時我們已發現，克莉斯蒂娃所說的「位名」曾經重演，到《海東青》時亦然，差別在於所指稱描繪的對象並不相同。同樣的，父—母—子的複雜關係也產生了不同的變奏，伴隨著他不同時期的語言獲得及失去。地域的差異，文化的差異，身分的差異，流離之子不斷的為自己的存在命名，名無定名，隨遇而適。當他一再強調他要寫一部「終極之作」——不論是「創世紀」、「女媧」、還是「母親」，儘管他企圖以愈來愈濃郁純粹的文化性（中國性）來併吞母親的地域性／生物性，似乎可以發現，位於自然與文化之間的「轉換器」——母體，幻想（**phantasy**）、陽性母體（**the phallic mother**）——仍然不斷的在運轉，儘管不斷的被架空、空洞化、虛化，可是卻仍然以一種無法完全擦拭乾淨的痕跡的方式存留在他的書寫裡，要求他重新通過／過濾，重新再從自然到文化，與（父）母親相遇。

也因為這樣，最後我們必須回到現在可以見到的李永平最早的作品，造訪那一位「原始母親」。

---

35 Kristeva, Julia, "Freud and Love: Tratment and Its Disconents," *The Kristeva Reader*. Ed. Toril Moi (New York: Columbia University, 1986), p. 252.

6. 望夫石

《婆羅洲之子》以大地之子命名，書中的敘述者「我」（「大祿士」）自小在長屋中長大，與達雅人（「拉子」）生活在一起。成年後在一次神聖祭典（長屋祭典，以雞血塗槍）中因屋長想讓他當祭典助手而引起敵對者的不滿，而質疑他的身分——指控他是「半個支那」，惟恐血統不純而激怒了神。經過一段長時間的追索之後，終於證實那被同族人暗殺於莽林中的父親其實是他的養父，親生父親卻是一位把母親遺棄而獨自回唐山的客家人，曾經是當地雜貨店的「頭家」。悲傷的兒子在族人的敵意中感嘆：「只因我是半個支那，我的母親便是半個支那的母親。」[36]母因子賤，猶如在〈拉子婦〉中拉子婦生下的孩子是「半個拉子」而子因母賤，流露出深深的雜種的悲哀。在這些原住民眼中，大部分華人頭家都是狡詐多計的吸血鬼，刻板印象凝結成一句諺語：「支那不好做朋友，石頭不好做枕頭。」（頁二五）種族衝突的思辨及其解消是全書的主旨，作者以理想的人道主義立場，呼籲消弭種族偏見，主張以大地為母體，以地域為各個異族定義共同的屬性——「大家都是婆羅洲的子女」（頁七八）——而描繪出一幅三族共和的遠景：

> 「這塊土地上有支那、達雅也有巫來由。[37]大家要像姆丁所說的那樣；你不再叫我支那，我不再叫他巫來由。

大家生活在一起，那我們的土地該會多麼壯麗！」（頁六七）

最終一場洪大災難迫使他們互助求存，終於在共患難中達致大團結的美麗好結局：支那人和拉子的心結被排除，他也重新被接受——身分、血緣都不是問題。

這是李永平小說中最早的「寡母—獨子」結構，其中的母親是原住民（大馬稱之為「土著」，原生於斯土之民族。馬來文**Bumiputera**，直譯為土地之子），兒子是混血兒——血緣不純粹。書名《婆羅洲之子》所指涉的正是這樣的一種特殊的族群身分，以一種比較樂觀、理想的視角去面對當地華人的處境。母親為他族，是父系社會所能容忍的極限；反之，父親為他族，在血緣上孩子即被劃歸他族。然而在「拉子」眼中，這反倒是可以接受的。

《婆羅洲之子》的「母親—兒子」的獨特性在李永平小說寫作的起點上頗具象徵意義——他以相當流利的華文寫作一則以「拉子」、「半個支那」為觀點的小說，以華文翻譯他們的對話，一些不可翻譯的，則直用音譯，且在文末加注。[38]因而除了語言（以相當接近華語的方式書寫，並沒刻意改變語彙與腔調——展示了「白話」暗含的文化包容性）呈現出頗為道地的駁雜之外，在主題上也正面的肯定地域的價值。然而，當穿過《拉子婦》，走入《吉陵春秋》之

36 李永平，《婆羅洲之子》（古晉：婆羅洲文化局，一九六八），頁一二一。

37 巫來由Malayu之音譯，即馬來族。

後，這一切都消失了。

初始的，以當地為中心的書寫，寫於他仍在當地之時；以近於當地華語的混種華語及以當地存在狀況為參照的似真性，寫出李永平早年的「本土意識」（「婆羅洲」而非「南洋」），以當地口音去命名當地的「位名」：婆羅洲。這篇「前見山時期」的作品，也許才是他真正的、卻被完全壓抑的「第一度見山是山」時期的代表作。進入《拉子婦》，在某些篇章裡語言聲腔已刻意模仿中國古典白話小說（尤其是〈黑鴉與太陽〉、〈老人與小碧〉），除了仍保留某些地方性的語言雜質之外，已相當接近《吉陵春秋》。斯時李永平已在轉變，強化的中國性混淆了原初的位名而穿過它去命名一個他者，終致令它消散於《吉陵》的清純與潔淨中，彼時婆羅洲之子和他的拉子婦母親已注定被留在南洋——南洋，這個以中國為中心的位名，也替代了較具地理意義的婆羅洲。代價是婆羅洲之子的生身之土令他帶著地域的永恆烙印，流離，沮沮，在那被他認定為真正的家鄉的那個他鄉。不管他企圖以怎樣純淨的文化來自我淨化，太過純淨卻是一種異類，猶如沒有瑕疵的鑽石泰半是假鑽；更尷尬的是台灣極具排外色彩的本土意識興起以後，致使他陷溺已深的中國性反倒成為沉重的負擔。《海東青》的語言被迫師法王禎和，被迫跨越自己祖籍地的語言（「客家」）去學習、咀嚼、吞沒另一種他人的語言（「台語」），而使自己像「他」——而這個時候的語言已不免因妥協（把台灣視為中國最後的繁華、物質糜爛之島，因而在對話中不免需對應台灣的現實而「南腔北調」）——然而已深入骨髓的中國性卻一再的干擾他的位名，從而把「台北」命名為「鯤京」。見山仍不是山，猶如他的流離，也是一種宿命。

就山言山。在大馬流傳著這樣的故事：在婆羅洲最高峰京那峇魯山（Gunung Kinabalu）——亦稱神山——之巔，有一塊望夫石。傳聞明代某中國將領隨艦隊歸返中國，留下該女子終日仰望他歸去之處，久而化為引頸望夫之石。是以神山，又稱中國寡婦山。她便是李永平拉子婦的原型？也是李永平小說中「寡母—獨子」結構的原型？不論她是拉子婦還是支那人的母親，在她目光仰望的方向，她的兒子渡海尋父去矣，卻在那偏安的島嶼上徘徊徂徂，無家可歸。

中國、婆羅洲、支那、台灣、吉陵、古晉……諸多的差異或重疊的專名，書寫者或迂迴或直

38　略舉小說後頭列的注解，如：

「杜亞魯馬（Tua-rumah）：長屋之首領，即屋長。

登步安（tempuan）：長屋裡的長廊。

都鴨（Tuak）：一種達雅米酒。

馬打（Mata mata）：警察。

卡基（kaki）：呎。」（頁七八—九）

注解共十四條，廣涉長屋特殊器物、裝置及已被普遍吸收入當地方言或華語中的常用動詞（如干納〔Kena〕、巴商〔pasang〕、交灣〔Kawan〕……），有些東馬特殊器物及用語，即使是西馬讀者也不熟悉。這些特殊語詞，向為大馬華文文學論者奉為馬華文學之所以為馬華文學的「馬華文藝獨特性」的表徵。

接的一再去命名它、指涉它，然而

「專名（雖）確切有實質的指涉，……但卻沒有確定的意義（signification）……，它起於一個發言主體身分上的不確定位置，且回頭指向命名的前伊底帕斯狀態。」[39]

專名、命名行為不斷的讓他倒退、回歸至前伊底帕斯狀態，彼時「我」的主體性在建立中，仍在混沌的母體濾器中摸索父之法，在文野之際。一條迂迴曲折不斷回歸到起點之路，使得李永平追索的「山」兀自在煙水茫茫中。

一九九五年九月三日初稿，一九九七年二月十三日修改

引用書目

李永平，《婆羅洲之子》（古晉：婆羅洲文化局，一九六八）。
李永平，《拉子婦》（台北：華新，一九七六）。
李永平，《吉陵春秋》（台北：洪範，一九八六）。
李永平，《海東青——臺北的一則寓言》（台北：聯合文學，一九九二）。
黃錦樹，《馬華文學：內在中國、語言與文學史》（吉隆坡：華社資料研究中心，一九九六）。
李永平，〈李永平答編者五問〉，《文訊》二十九期（一九八七年四月），頁一二四—一二七。
林建國，〈為什麼馬華文學？〉，《中外文學》二十一卷十期（一九九三年五月），頁八九—一二六。
黃錦樹，〈神州：文化鄉愁與內在中國〉，「東南亞華文文學國際研討會」論文（台北：淡江大學中研所主辦，一九九一年九月）。
邱妙津，〈李永平：我得把自己五花大綁之後才來寫政治〉，《新新聞》二六六期（一九九二年四月十二日）。

39 Kristeva, Julia, "Place Name," *Desire in Language*, p. 290.

蘇其康，〈李永平的抒情境界〉，《文訊》二十九期（一九八七年四月），頁一二九－一三〇。

曹淑娟，〈墮落的桃花源——論「吉陵春秋」的倫理秩序與神話意涵〉，《文訊》二十九期（一九八七年四月），頁一三六－一五一。

鍾鈴，〈我去過李永平的吉陵〉，《聯合報．副刊》，一九九三年一月十七日。

景小佩，〈寫在《海東青》之前——給永平〉，《聯合報．副刊》，一九八九年八月一一日。

李永平，〈致黃錦樹私函〉（一九九三年五月六日）。

李永平，〈致林建國私函〉（一九九三年四月五日）。

Kristeva, Julia, *Desire in Language*, trans. Thomas Gora, Alice Jardine, and Leon S. Roudiez (New York: Columbia University, 1980).

Kristeva, Julia, *Revolution in Poetic Language*, trans. Margaret Waller (New York: Columbia University, 1984).

Kristeva, Julia, *The Kristeva Reader*, ed. Toril Moi (New York: Columbia University, 1986).

黃錦樹，國立暨南國際大學中國語文學系教授。

異形

林建國

離家出走

水手長號（*The Nostromo*）太空商務運輸船，[1]在返航地球途中截收到不明星球上的訊號，導航電腦由於公司（Company）事前的設定，因此偏離了回家的航道。船員事前毫不知情，迫於公司合約的規定，只有接受安排，前往這座星球（後來的LV426）探測。[2]水手長號本只從

1 義大利文nostromo為水手長（boatswain）之意。而boatswain也是莎劇《暴風雨》（*The Tempest*）的第一句台詞。

2 LV426是《異形2》才出現的命名。本文所討論的「異形」系列電影為《異形1》（*Alien 1*, 1979），《異形2》（*Aliens*, 1986）和《異形3》（*Alien 3*, 1992）。這三部基本上是不同的電影（不同導演在不同時代背景的操作）；主要角色有所延續是後文參照前文的結果。導演簡介，以及「異形」系列和好萊塢的關係，詳《影響》雜誌第三十期的「異形」專號。至於「異形」系列的批評論述繁多，不及備載。必須指出的是《異形1》在影史上的地位，它復興了八〇年代以降科幻電影的風潮，帶動了批評家對科幻電影的注視（Kuhn, Annette, "Introduction," *Alien Zone*, p. 11）。

事單純的商業運輸業務（礦砂提煉和運輸），在通暢無阻的星際交通（communication）和交易（trade）的網絡中運作，確保資本主義體系的貫徹，並且兼有處理新知識的任務。知識是這龐大商業網絡（一如構造龐大怪異的太空船）的業務之一：從屬關係，目的在支配、操控、占有、開發和複製那未知的知識。但如果這新知識拒絕解讀，中斷溝通（交通和〔被〕交易）的價值，公司將陷入苦戰，商務船也就回不了家。為了收編這新的未知知識，公司寧可讓商務船冒一次風險，就算有人員傷亡也在所不惜。收編是危險的工作，處理不好將引發災難。謹提防新的未知知識的到來。

於是未知知識把人類再次帶離家，如此離家出走，遠甚於單純的商務出差。這些遠遠超出船員們的理解。他們是尋常百姓，沒氣質的抽菸用餐，說話缺乏詞彙，衣著邋遢，是我們熟知（！）類似《星際迷航記》（*Star Trek*）科幻片的嘲諷。水手長號上居住的是一群聽憑公司老闆吩咐的技術工人，[3]絲毫不察覺他們生活在錯位之家：在模擬地球家居狀況的艙內活動，把自己的家搬到他者之家，如此延續生存，遠離死亡。艙外近在咫尺的死亡之地被推移延宕到遙遠的邊界，而把遙遠邊界的家居狀況（地球）帶到了身邊。原來穿越時空旅行，在他者的中心旅行，如此不真實。直到未知知識的到來，死亡才被帶到眼前；直到異形將他們吞噬，船員才被迫思考死亡，發現自己已經離家出走。

可是公司所關懷的，並非這種有關離家、死亡和思考的知識。公司，匿名的帝國，一個擁有技術、醫療、交通、武力和資金的龐大機器，具有命名天體、設定星籍和解釋天象的權力和知識，可以下達指令，可以隔離（《異形3》的怒星161勞改營）。公司所關心的是那種可以觀察（窺視），可以分類（物種的辨認）和可以切割（支配）的知識，是生物學、科學的知識。《異形1》裡船員肯恩的臉被異形緊緊盤吸，他人又一籌莫展之際，便是擺在醫療間接受觀察。那正是公司所要的被觀察的知識。然而異形卻在我們的觀看中消失。透過我們的視網膜，進入我們體內，藏匿在不知名之處。直到異形從肯恩胸口穿出，從體內回復來，我們才知道異形的蹤跡。這知道並不從觀看得到；我們雖然透過觀看知道了異形寄生和穿透人體的恐怖景象，但這知道不屬於觀看，至少不停留在觀看的層次，不是觀看本身所能完成。由於這個知道使我們駭然，彷彿要從體內嘔吐出什麼，這知道只能用可以被穿腸破肚的人體去領受。不僅如此：我們還得陪牠一段，與異形周旋，抗拒牠、恐懼牠，使我們與牠親密在一起，最後或被吃掉或被寄生，逼迫我們思考死亡的問題。

Alien：外來者，化外之民，來到我們家裡的陌生客；操不同口音、不同語言的外邦人；甚至不是人，甚至沒有語言如卡力班，或等而下之，不能言語。我們在他者之地旅行，便如此稱呼那裡的居住者；在他者之家以Alien命名他者，而不是我們自己。「異形」是傳神的翻譯（譯

3 於是Newton對水手長號船名有了不同的解釋：「《異形1》太空船名 Nostromo，乃nostro homo，我們的人，當然引喻了康拉德（名叫Nostromo）的工人階級主人公。他是一個公司人（Company man），死時才了解是『物質利益』背叛了他。」（頁八二）

者待考）：異者，非我族類，口音、形貌、行徑怪異，處處令我駭然。甚至不能確定那是不是生物，恐怕只是某種能變異的形體，能進入人體寄生，以寄主形態破體而出。[4]《異形1》結束的異形有雙腿和尾巴，使我們看見另一個自己，我們的（變）異形（體）。

然而異形難道不是動物嗎？至少異形的「造型」沒有掩飾牠和已知物種的淵源。[5]至少可以百分之百確認的「物種」是越共，[6]因為異形擄人殺人技術高超，可以適應各種生存狀態，是智慧超乎人類的低等生物。牠們把商務船艙變成越戰前線，把回家變得不可能。《異形2》還變本加厲：異形們無懼於人類的致命武器，死到臨頭仍勇往直前。人類面對他者之家的居住者終得一死。如果有幸不死如女主角蕾莉（Ellen Ripley），便得在宇宙中流離，以空間和時間的推移增長對異形的另一種知識。蕾莉拒絕研究異形（科學上的異形知識），因為她拒絕無謂的冒險和死亡；反而她重新出發尋找異形（《異形2》），目的在將死亡還給異形，以交換異形給她有關死亡（但不止死亡）的知識。交換何以進行？異形不懼死亡向她走去，任她和夥伴們以重型砲火賜死。然而又是什麼使異形違反生物學法則向她走去，安然接受死亡？是什麼使異形不是將人大口吞噬，就是擄走「儲存」，把牠們心愛的小孩置入人體寄生，使人類成為牠們一員？（《異形3》蕾莉「懷孕」後對異形媽媽說：「別害怕，我是家族一員。」[7]）是什麼使人類成為異形的愛戀物，接受異形珍貴的禮物，並以懷孕這種如此絕對的方式和異形親密生活，成為異形的母親？是什麼使異形的依附如此粗暴又溫柔，如此交揉曖昧（ambivalent）？[8]答案是愛；是愛與死構成了異形給蕾莉的知識。只是這知識承受得如此駭然、強烈和絕對，一點轉圜餘地也沒有。

蕾莉遂在拒絕異形和撲殺異形的流離過程中，體會到了只有和異形親密生活才能獲取的知識。那不再是可以被審視出來的科學知識。如今公司要將蕾莉當作審視／窺視對象（《異形3》）；做為一個異形女人，蕾莉拒絕了。拒絕的理由複雜，雖然可以暫從兩性和權力的角度解釋。率領公司救援隊伍趕抵怒星161的合成生化人（synthetic humanoid）畢索二世（Bishop II）勸服蕾莉說：異形是了不起的物種，不該將之毀掉；妳只消我們動手術將之取出，仍然可以生兒育女。一個男性（不能懷孕）的機器人（不能生殖），竟然告訴女人有關生育的知識，這是科學的悲哀，蕾莉當然不為所動。顯然「異形」系列並非譴責科學罔顧人命的道德電影；thematically並未如此簡單。不是反科學，而是要告知，我們面對異形時，需要的不是科

4 蔡康永，〈不須看盡魚龍戲：從《異形》到《異形第三集》〉，《影響》三十一期（一九九二年八月），頁一三五。

5 容我引一段科學家的話備案：「我無法告訴你，其他世界的生物將會有什麼形狀；我的眼界深深的被限定在一種生命——地球上的生命內。有些科幻小說家和藝術家，曾經考慮過其他世界生物的模樣問題。對我而言，他們似乎深受已知生物的限制……。」卡爾．沙根，《宇宙的奧祕》（台北：桂冠，一九八九），頁五八。

6 有關「異形」系列和其他越戰傷痕電影、美國帝國主義等之關係，詳《影響》第三十期的專號。

7 “Don't be afraid. I'm part of the family.”

8 Ambivalence指「對單個對象物（如愛戀物）相矛盾的性向、態度或感受的同時存在——特別指愛與恨的並存」（Laplanche and Pontalis, *The Language of Psycho-analysis* [New York and London: Norton, 1973], p. 26）。

學的（窺視的、體制的）知識；或者異形能給我們的，不是科學（生物學）的知識，而是有關存在的知識，譬如愛和死，懷孕與流離。甚至是有關認識的知識：蕾莉懷著的（也一直抵死抗拒的）是知識之源，開啟了她對愛和死的認識。可是機器人——包括以為我們的在世肉身僅能提供科學認識的我們——無法理解。

蕾莉所謂的母職（motherhood）同時在她離家出走途中重新定義。從《異形1》到《異形3》，小異形破人體而出這母題的流變，逐漸向母職靠攏，對焦越來越明確。《異形1》裡這母題並未成熟，異形從肯恩胸口穿出，不過宣示另一種知識的到來，以猥褻的手勢（小異形挺拔如勃起的陽具），[9]侮辱科學的窺視，以暴露（而且特寫鏡頭）的暴力本質嘲弄藏匿窺視中的暴力。然而這另一種知識僅停留在開啟，因為肯恩不是女人，被異形寄生之後根本不知道這知識的到來。只有女人知道：《異形2》蕾莉與夥伴回到LV426，發現水手長號另一位被擄走的女性船員竟然活著，只是未及搭救，即遭小異形破體致死，之前她央求救援隊友不要殺她，顯然已知被異形寄生。《異形3》蕾莉發現自己被異形寄生，發現的緩慢過程成了情節推移的主力之一；而這異形寄生的樣態顯然是懷孕，使蕾莉知道異形媽媽把她當作家族一員（異形媽媽拒絕殺害蕾莉，似乎不願傷害未足月的小異形）。然而蕾莉的「母職」，早在《異形2》即開始了。從開場夢中的假懷孕，到她成為小女孩紐特（Newt）的代母（surrogate mother）等等皆是。特別是蕾莉直搗異形姆媽孵卵的巢穴，搭救遭俘的紐特，更把這母職發揮到極致。然而異形媽媽將紐特擄走，也是母職的發揮，純為物種的延續和改良。當人類和異形兩個物種的延續必須以對方的滅絕為條件，族裔中心論便成為無可避免的信仰，並有母職強化其正當性。但是蕾莉並未懷孕，她之兼負母職，是公司意識形態的操作，使公司能透過母職，對外發揮聖戰般的攻擊力量。蕾莉搶救紐特搗毀異形巢穴，腦袋裡被灌入的指令不是：因為我是女人；而是：宇宙間怎能住滿卡力班？[10]

換言之，不論蕾莉代母之職做得如何漂亮，她之做為母親的身體仍然不在場。推移到《異形3》母親的身體終於登場，然而蕾莉並不察覺，因為不知道自己已經「懷孕」。於是蕾莉「母職」的發揮、「懷孕」到母親身體的在場，呈逆向進程出現：她是在「懷孕」後（並且不知情）才和男人（照應她的醫師）發生性愛關係。那是她主動要求，理由是「離開地球太久了」——離家太久了（留意這句話的厚度）。於是她不是從「懷孕」而是從絕爽死（jouissance）那裡發現自己的身體，甚至是從她對絕爽死的渴求。如今透過男人，她擁有「進入體內」：她擁有「擁有」——這「擁有」包括擁有對身體在場的認識。認識到身體在場的那

9 異形的陽物造型已多有學者指出（如Newton 85; Creed 139-40），雖然彼等詮釋途徑不一，意見相當混亂。參Newton, Judith, "Feminism and Anxiety in Alien," *Alien Zone*, p. 85、Creed, Barbara, "Alien and the Monstrous Feminine," *Alien Zone*, pp. 139-140。

10 卡力班對普洛斯帕羅說：「是你阻止我（玷污米蘭達）了，否則我早把這島殖滿了無數的卡力班。」（《暴風雨》第一幕第二景；梁實秋譯文）

一刻，她絕爽死。可是她早已「懷孕」，這種認識遂是一種「後遺（移）」（après-coup）的認識；並認識了在公司的體制裡，沒有絕爽死的可能：在那裡她只擁有「母職」，並沒有「認識」和「在場」的可能。

可是認識到自己身體的在場，比任何事都難承受。首先蕾莉和異形之間，與她和公司的關係，有著相同程度的緊張。如果說在公司體制裡，蕾莉因母親身體的不在場，使她完成了「代母」之職，難道蕾莉就不是異形的「代母」，在她有了身體的在場之後？關係緊張，因為小異形是「進入體內」、是「擁有」、是「禮物」、是「知識」、是對體制的科學的公司之嘲諷，而從中蕾莉的母親身體消耗殆盡。在認識到身體的在場之後，蕾莉的身體即便承受另一種占用，另一種被匿名的過程。（我是代母，我是不可能的母親，可是——也因為——我有一個母親的身體，小異形的確透過我——而且即將穿透過我——成形，所以我是代母，也是親娘；我以成為親娘的方式成為代母。）原來在這裡——母親身體上——公司與異形近身肉搏，愛恨交揉地相殘，各以蕾莉發動犀利的代理人戰爭。戰事之所起，在於人類（Man）和異形知道，雙方都賴蕾莉進行物種的繁衍：她必須繁衍、成全；她的延續就是人類和異形的延續，雖然她會從中消失，雖然她比誰都知道延續是什麼。[11]於是再也沒有其他辦法可以發現自己身體的在場，除非她同時知道，女人是不可能的女人，母親是不可能的母親。

蕾莉終於越過他者之地裡，人類（而且是女人）到過最遙遠的邊界。她不可能回來，因為她無家可歸。死亡不是她的終結，漂流才是，而且沒有終結。

我要回家

無止境漂流的廹廹人靳五，中秋節深夜回／到了鯤島台灣。往後向哪裡漂流不能決定，因為他是「悄悄跑回來」，[12]「回國半年無聲無臭」（頁五一八），可能「又悶聲不響消失掉了」（頁五二七）的那種人。一如《海東青》的寫作計畫，是漫無目標的廹廹，[13]再來一遍多半面目全非；唯一不變的是廹廹。為什麼廹廹？難道台北鯤京不是他鍾愛的土地？李永平：「民國五十六年，我來到台北，下飛機那一刻，我差點要跪下來親吻這塊土地。」[14]因為愛「這塊土地」所以廹廹？因為愛是廹廹？還是因為，愛在廹廹？所以靳五不能愛，最深刻的時候僅僅是

11 「只有她（女人）了解諸如身體、性和繁衍的物質條件是什麼，而且是這些條件使得（人類）社群可以持存……。」（Kristeva, *About Chinese Women* [Oxford: Basil Blackwell, 1986], p. 140；筆者譯文）

12 李永平，《海東青：臺北的一則寓言》（台北：聯合文學，一九九二）。

13 《海東青》的封底介紹說本書「各章自成一格，而又環環相扣」，只是幽附迷說（euphemism）。

14 這裡刻意混淆了靳五和李永平兩個人物。他們的身世學歷雷同也許純屬巧合，不過《海東青》封底李永平的照片，卻制約了我們對以下這段話的想像：「靳老師……長得那麼大個頭又不刮鬍子，一八〇公分有吧？」（頁四九）使照片成為小說的一部分。參邱妙津，〈李永平：我得把自己五花大綁之後才來寫政治〉，《新新聞週刊》二六六期（一九九二年四月十二日），頁六六。

和亞星之間閃爍的戀情？[15]除了愛那遠在南洋的母親（所以他說他要回家）？但那是更深沉的沮迢，是家／國之間的斷裂，是臍帶和認同的矛盾，使他在鍾愛的土地上，在中國的中心（李永平：「台北就像中國的縮影，……全中國的南腔北調都匯集在這個地方。」[16]）裂成兩半。

於是強烈的政治認同（李永平：「〔我〕申請很多年中華民國籍，直到七十六年領到身分證的隔天，我馬上到〔大馬駐台〕辦事處去宣誓放棄馬來西亞國籍。」[17]）並不能解決人要不要漂流的問題；向一個超驗大系統靠攏（李永平：「〔我小時〕對中國就有一份強烈的憧憬，愛啊，我太愛中國文字了。在《海東青》裡就是把中國文字的美恢復起來……」[18]）也不能，而且往往是漂流的另一個開始。誰叫他有一個南洋？[19]其實他在南洋時期對中國「強烈的憧憬」，預示了他日後自南洋流離的宿命，在中國的中心，在《海東青》裡。

於是我們再也不能不談論漂流的「起點」南洋。可是南洋在哪裡？很不幸，這個曖昧名詞的意義必須以「中國」為參照，[20]只合在「中華大系統」裡定義，無法向外指涉特定的歷史時空。所以當李昂在馬來西亞說：「我對馬來西亞一直都有好感……。我一直都覺得很好奇，那是一個怎麼樣的土地，竟能培養出兩個這麼好的作家（李永平和商晚筠），所以我很想親自來看看……[21]」她的意思是要自己定義南洋；中華大系統不能支援，她必須自己出來看看。把她的意思翻譯成問句就是：南洋在哪裡？

李昂的問題終於由鍾玲來答覆。一九九二年杪鍾玲到馬來西亞，念茲在茲的不是當地的人與事，而是書本上的吉陵。一路相詢，忘路之遠近，她終於走到一座看不見的城市——古晉

（Kuching），供她印證書上的事物，果然沒有半點虛假。（我去過李永平的吉陵）彷彿後設小說的設計，敘述裡穿插遊客鍾玲和導遊何月雲的戲劇性對白，夾有引文注疏，構成繁複細密的教義問答（catechism），避免書上意義的流失。但是這還不夠，她們必須擁有紀念性的事物如建築物（不是居住），[22]像文字一般堅實，忠貞不渝，乃陸續在古晉找到了萬福巷（Lorong Ban Hock）、巷裡的棺材店和漆上「慈航普渡」大字的觀音堂。[23]然而「是磚瓦持久呢？還是文學持久呢？」鍾玲問道。當然是文學和文字，因為「古城的風味要到李永平的小說中才能夠嘗得

---

15 尤詳《海東青》第十三章（山中一夕雨）。景小佩：「多少，我可以揣出靳五，一個異鄉華人沉在心底的孤寂與落寞，濃烈地愛擠湧在距離外，找不到落實的根點。」（八月一日，頁二七）

16 同註14邱妙津。

17 同上註。

18 同上註。

19 《拉子婦》：「誰叫她是一個拉子呢？」李永平，《拉子婦》（台北：華新，一九七六），頁一四—一五。

20 許雲樵：「南洋者，中國南方之海洋也，在地理學上，本為一曖昧名詞，範圍無嚴格之規定，現以華僑集中之東南亞各地為南洋。」許雲樵，《南洋史（上卷）》（新加坡：星洲世界書局，一九六一），頁三。

21 瓊瑪，〈李昂、陳艾妮座談會紀要〉，《蕉風月刊》四〇二期（吉隆坡，一九八七年四月），頁三。

22 海德格：「我們並不因為蓋了建築物才居住；我們蓋建築物，並且蓋了建築物，因為我們居住，也就是說，因為我們是居住者。」（Heidegger, *Building Dwelling Thinking* [New York: Haper, 1971], p. 148；筆者譯文）

23 鍾玲文章之《聯合報》版，同時刊有三張照片：中巫文之萬福巷路牌、觀音堂和萬福巷內富豪古厝前之作者照。

到，才保存下來」：因為古城為李永平的文字而設，為書本遺留在那座看不見的城市。說出來也許沒人相信，鍾玲乃拎起她的相機，留住書上的默示。她拍照並且不斷地拍照，似乎相信，是磚瓦比文字牢靠。彷彿留住死亡的容顏，[24]她把浮動的文字翻譯成靜止不動的建築物，讓它們一起死去。沒有所謂持續，沒有未來，現在是不可能的計畫。不是嗎？鍾玲很肯定說：「這裡（古晉Kling街上的古城）就是古舊的中國。」離開台灣，吉陵是她到過最遙遠的地方，一個遊客，她的書中之書，和她的導遊。

為什麼不是去「印證」李永平更早一點的《拉子婦》？也許因為鍾玲只去過李永平的吉陵，沒到過李永平的古晉。因為她無法解決她和相機間的困難關係，她粗糙的操作嗜好，使它只能機械地感光。因為……。或許我們需要「文學」一點的理由：因為《拉子婦》寫得太「白」了，太容易了，沒有「印證」的必要和價值。因為《拉子婦》的中文不及《吉陵》「淬煉」，攙有雜質，不夠「中國」。因為《拉子婦》是少作，太多「南洋色彩」，不夠「中國」。……因為「印證」的結論必須是「這裡就是古舊的中國」；因為所謂「印證」就是在看不見的城市裡觀看。但是《拉子婦》不是一個城市，而是一座森林，[25]「印證」會失去神力，觀看會失去作用。雖然如此，雖然森林裡沒有地標和紀念性建築，只要遊客願意，仍然可以寫一篇〈婆羅洲熱帶雨林探險記〉來收編整座森林。可是《拉子婦》的森林太險惡了，觀光客務須止步：那裡有砂共游擊隊出沒，剿共政府軍伺候，[26]外加族裔間的流血相殘。進得來不見得就出得去。

而那是有人居住的森林，有著複雜的殖民和移民的累積。脆弱的生態體系一旦洞穿，各種族裔和身分的住民便在這座森林裡瘋狂地遭遇。〈支那人——圍城的母親〉：「拉子們（原住民）的稻子都已經死了。饑荒跟著便來到。起初，拉子們都到中國人的店鋪去賒糧食，但以後店家因為短了本錢，都不肯再賒。十幾天前的半夜裡，餓得發瘋的拉子竄進河上游的一個小市鎮，將一條街上的十多間店鋪放一把火燒了，所有可吃的東西都搶去。……英國人的洋槍早就擺好等著拉子們，他們僱用的馬來警察，也抖擻著精神，在鎮裡鎮外戒備著。整夜裡都聽見槍聲。」[27]然而這段文字讀來還是太鄉野傳奇了，反而是李永平對森林與河的描寫，對寶哥母子棄

24 根據羅蘭巴特，「攝影者想從此物體（被拍攝的對象）裡抽塑出一個場景，讓此對象以亡靈的影像居住在內。拍攝的過程就像一個預設的死亡過程……。」陳傳興，〈明室鏡語：由羅蘭巴特的《明室》談攝影美學的幾個問題〉，《憂鬱文件》（台北：雄獅，一九九二），頁一八二。

25 《拉子婦》：「進了山，才能見到真正的砂勞越，婆羅洲原始森林的一部分。」（頁一〇）楷體為筆者所加。

26 〈烏鴉與太陽〉：「縣政府四圍架起了鐵絲網，兩輛坦克擺在大門前，一個兵坐在坦克頂上吸煙。城心廣場邊沿一排電線桿上，又吊著幾個給斃了的游擊隊……。」（頁八〇）有關六十年代中期砂共在古晉地區的動亂，詳田農（頁四八—五三）。氏之砂共研究很可以是〈烏鴉與太陽〉的「導讀」。

27 李永平，《拉子婦》，頁二三。李永平不在寫出各族裔命運和處境的不同，而是類似，相互纏繞。同篇快結束前，李永平寫道：「人老的時候，便都是這個樣子，分不出是拉子還是支那」（頁四三）。按「拉子」為華人對砂勞越原住民的蔑稱（《拉子婦》：「在砂勞越，我們都喚土人『拉子』。一直到懂事，我才體會到這兩個字所帶著的一種輕蔑的意味」〔頁二〕），而「支那」又是其他族裔（如馬來話口語裡）對華人的蔑稱。

守家園躲避拉子，從河上出走復又折返家園的描寫，[28]使這種收編的讀法變得不可能。是森林與河推移著全篇的敘事，其氣味、聲音、色調、韻律和質感，是一座逼迫我們放棄想像、只能親近熟知的森林與河，不屬於遊客，只能居住，或者流離。

李永平，婆羅洲之子，[29]如此在台北寫下他的後殖民記憶。痕跡最明顯的是《拉子婦》中最晚完成的〈田露露〉（一九七四年四月）。小說以「大明帝國的艦隊」下西洋開頭（頁九五），寫英女王誕辰這天傍晚（頁一〇一），殖民地警司鄧遜邀約華裔女子田家瑛（田露露）晚餐的故事。時間坐落在比小說書寫時間早約十一二年，砂勞越脫離英國殖民統治前夕，其間交揉了華人祖孫的文化懷鄉、男女愛恨、異族情仇和政治恩怨。多元題材、多種族、多場景、多語言，〈田露露〉儼然一部長篇小說的開場，沒有完善處理的可能，又充滿各種發展的可能，[30]使《拉子婦》呈現了它的難度。

然而《拉子婦》的難度，更在它和中文的緊張關係。李永平以台北中心的中文（台北華語作家慣見的字彙、修辭和行文風格）寫作，[31]把《拉子婦》的世界「翻譯」出來。就語用層次，這是同一種語言內的「翻譯」。這點需要稍作解釋。砂勞越中國方言社群複雜，主要為福建兩廣，李永平即出身客家社群，[32]但社群間最重要的溝通語言是華語，如今並逐漸取代方言，成為大馬華人的母語。只是這華語早經各種方言「制約」，從發音、用語到句構，莫不深有方言的遺跡；實際運用時，發音含糊、腔調「怪異」、字彙貧乏，有如瑞士德語，[33]更是卡夫卡的布拉格德語：「凋零的語彙」加上「錯誤的句法」，構成了其「語言的貧瘠」。[34]然而大馬華語人口閱讀和書寫的均是「標準華文」，寫作時「台北中心」起來可以亂真。[35]所謂的「標準華文」

28 〈圍城的母親〉可以和丁雲的《圍鄉》（一九八二）參照閱讀。同樣處理因種族動亂而棄守／折返家園的主題，後者更突顯其間的政治警覺，結局也處理得更為拘謹和妥協。林建國，〈為什麼馬華文學？〉，《中外文學》二十一卷十期（一九九三年三月），頁一一二—一一三。

29 中篇小說《婆羅洲之子》應是李永平第一本書，一九六八年由婆羅洲文化局出版。李氏之文學活動並非始自台北，早年在砂勞越發表過一些詩和短篇小說，目前有待收集。詳馬崙，《新馬華文作家群像》（新加坡：風雲，一九八四），頁三九八。感謝李氏本人對上述資訊之提供與證實。

30 李永平（一九九三）：「事實上，當初寫〈田露露〉，是把它當成一部長篇小說的前奏或『試筆』（那時我才二十幾歲），打算隔個三、五年正式動筆，寫六〇年代英屬北婆羅洲的政治轉型期，重點在砂共（砂勞越共產黨）的『叛亂』（田露露後來變成共產黨，進入森林打游擊）。可是，這個題材太敏感了……。」參李永平，〈致黃錦樹私函〉，一九九三年五月六日。

31 參看前「北加里曼丹人民游擊隊」隊員范國強和黃賽鶯對森林「同志」的招安廣播，則是北京中心的中文。「中心」的選擇就是政治立場的選擇。

32 景小佩：「他一口標準國語，從來記不住客家話。但一遇到爸媽兄弟，就想起客家話的運用……。」景小佩，〈寫在《海東青》之前——給永平〉，《聯合報．副刊》，一九八九年八月二日，頁二七。

33 龍應台：「瑞士德語是一種『深喉嚨』的方言，說所謂標準德語的德國人聽不懂瑞士方言……。來到瑞士的德國人在背後說：這種方言能叫德語嗎？難聽死了，簡直是種喉嚨的病！」龍應台，〈媽媽說的話〉，《中國時報》，一九九三年三月二日，頁二七。

34 Deleuze, Gill and Félix Guattari, "What Is a Minor Literature?" *Kafka : Toward a Minor Literature* (Minneapolis and Oxford: U of Minnesota Press, 1986), pp. 22-23.

遂為書面語言（paper language），為「去畛域化」（deterritorialization）的運作，[36]任何一位出身大馬的華文書寫人包括李永平，都必須面對去畛域化的過程。因此與其說《拉子婦》讀來非常異國情調，不如說《拉子婦》的中文本身變得異國情調。致力於再現纏附他身上的後殖民記憶，李永平發動了對標準中文的去畛域化，以致我們在《拉子婦》裡，一方面讀不到人物的口音、嗓子、呼吸和語調節奏，失卻擬態（mimetic）的向度，另一方面卻使《拉子婦》素淨的標準中文，在平靜的敘事中灌上高壓電，詩一般幽暗深邃如〈圍城的母親〉裡的森林與河。[37]

於是李永平從《拉子婦》進入《吉陵春秋》其間過程的機轉，得有更困難的解釋。首先去畛域化是一個不安的過程，揭示了語言的嚴重錯位，使書寫行為本身成了一個問題（是誰的語言在誰的空間？），也是政治問題（該認同怎樣的集體性〔collectivity〕在哪一個「中心」？）。《拉子婦》撼人之處即在這裡：書寫人的歷史性（historicality）和標準中文的緊張關係，使語言的去畛域化成為必須，使歷史性本身成為發言（enunciation）。《吉陵》更進一步，把這種緊張關係推到極致，以致徹底撕裂。表面上看李永平的歷史性不復得見，實則如此撕裂更把他書寫的歷史位置凸顯出來；[38]表面上看《吉陵》的中文已「再畛域化」（reterritorialization），實則有《拉子婦》的去畛域化鋪路。[39]李永平去畛域化的不安與痛苦，有其歷史原由，如今不復得見，並不表示已經消失，而是在他中文的再畛域化中深化，隱身起來。

結果《吉陵春秋》成為李永平作品中最「容易」和「透明」的一部。這可能是深諳台北文化圈權力運作邏輯的李永平刻意的設計和嘲笑，也可能是不得已的迎合與必要，或者以上皆是，

以一部不折不扣的虛構（fiction），暴露權力暴風圈內的愚昧與瘋狂。[40]如果從《拉子婦》讀過

35 這點也和瑞士德語的情況類似。龍應台：「講『媽媽的話』（瑞士德語）的瑞士人，眼睛讀的、手寫的，卻是那傲慢的、令人討厭的、強勢中原文化的語言：標準德語。」同註33。

36 同註34，頁一六—一七。

37 「對面岸上，密密的叢林向東向西向北伸展開去，誰也不知道盡頭在什麼地方；這邊岸上，密密的叢林也向東向西向南伸展開去，也不知道盡頭在什麼地方。只有這條黃色的大河，在無邊無際的叢林中間劃下一道水路。我站在船後，凝視著水面。在黑夜裡，也可以看見河水渾黃的顏色，它顯得異常濃濁，船在水上行走。就彷彿在泥坑裡行走一般。」（頁三三—三四）在小說的敘述文脈裡，這段文字讀來清醒、冰冷、線條準確；淘乾、貧瘠、不安。Deleuze and Guattari：「語言既然貧瘠，就讓它以新的強度（intensity）顫動」，一如貝克特（Samuel Beckett），「以枯淡和清醒節制——刻意的貧瘠——行進，將去畛域化推到極致，以致除了諸多強度之外，什麼都不留存」。Deleuze and Guattari, *Kafka: Toward a Minor Literature*, p. 19（筆者譯文）。

38 林建國，〈為什麼馬華文學？〉，頁九八—一〇三。

39 「其中一種（去畛域化的）途徑是矯飾地豐富這德文，透過所有象徵（symbolism）的、夢（oneirism）的、異國情調意味（esoteric sense）的和隱匿符表（hidden signifier）的資源來膨脹拉拔這德文。……然而這一努力又意味了忘情地／絕望地尋求象徵性再畛域化的努力……。」（同註37 Deleuze and Guattari引文，筆者譯文）換言之，矯飾地以象徵等等別具目的論意味的策略去豐厚語言，成了再畛域化的操作。

40 只有王德威獨排眾議，認為《吉陵》只是「小規模的奇蹟」（一九八六），看穿其間原鄉主題的虛構與複製（一九八八）。參王德威，〈小規模的奇蹟〉，《聯合文學》二卷十期（一九八六年十一月），頁二一九—二二〇、王德威，〈原鄉神話的追逐者：沈從文、宋澤萊、莫言、李永平〉，《中國現代文學新貌》（台北：學生，一九九〇），頁三。

來，《吉陵》顯然是李永平寫作的「黑暗」期：早年的不安和痛苦不見了，他是不是知道它們已成為他者，而不是不存在？

於是難道《吉陵》就不是迌迌：語言的迌迌（再畛域化），書寫的迌迌（錯位之後書寫不在之地），台北文化圈內的畸形浪遊？於是在台北，你只有一個辦法閱讀這座城市：迌迌。這便是《海東青》的由來，《海東青》的敘事路線圖。婆羅洲之子靳五或李永平，對中國或中國文字有「強烈的憧憬」，「精神上他是此島外省人的第一代」，[41]和外省子弟一樣「沒墳可上」，[42]和一群無家可歸的人同行，只有以《海東青》無從計畫的書寫計畫面對台北。[43]如此一來，李永平給了台北非成為遊蕩場所不可的理由，充斥著靳五和安樂新這類邊緣人。台北鯤京做為一個熟悉的中心，逐漸因邊緣人的穿梭而怪異。除夕夜迌迌中，安樂新對靳五說「今晚走的路都好像沒走過」（頁五四九），顯然他們把台北走成了陌地。

多語言和多口音（海西腔，海東腔），更使台北鯤京的語言跟著穿梭的邊緣人荒腔走板，沒有中心可言。如今我們又怎能按「國語」字典的指示勘查鯤京的地形？抱著字典讀小說的劉紹銘，好不容易查出「迌迌」的意思指「近也……，狡猾也」（頁四三），不知道自己已經迷路，上路去迌迌。老道的《海東青》作者，如此誘拐了用字典收編他的人。招式之凌厲，在他繁複令人不知所措的文字。這樣想或有助我們重新思考王德威這段話：「李永平經營文字如此用功，往往產生過猶不及的現象。許多古靈精怪的字眼初睹新意十足，數章之後，竟自成為一種新窠臼。」[44]這段話用心良苦，或許可以這樣解釋：五光十色的修辭文采旨在誘拐，上路後就在原地迌迌，輾轉反覆。難道我們還有其他浪遊的方式？

浪遊的宿命，其實出在李永平辛苦以深詞僻字、拖沓語句打造出來的文字，他向摩西的神說話所用的聖語。[45]所謂抱著字典——字典比《聖經》還權威——讀小說，把小說扶正到字典的地位，揭示的正是《海東青》修辭的聖語姿態。[46]然而李永平不是客家人嗎？那麼客家話甚至星馬華語的殘跡在那裡？雖然靳五的「口音好像是客家人」[47]，而且「口音不太像本地人」（頁四一），但這斷斷不會發生在李永平「聖語」的口音裡。果然是「客家人愛漂流」（頁一三、二九）——是客家人李永平的語言經驗在漂流；漂流的結果使他深切體會中文（中語）

41 黃錦樹，〈在遺忘的國度：讀李永平《海東青》（上卷）〉，《台灣文學觀察雜誌》（一九九三年六月），頁八二。

42 李永平，《海東青》，頁八二五—八二六。

43 《海東青》不是「大河史詩小說」，於是有不得不然的因素。參王德威，〈莎樂美迌迌：評李永平的《海東青》（上卷）〉，《中時晚報》，一九九二年三月二十二日，頁一〇。

44 同上註，頁一五。

45 「白話口語是在這裡；工具語言是在處處；指涉語言是在那裡；神話語言是在之外。」（Deleuze and Guattari, *Kafka: Toward a Minor Literature*, p. 23.）

46 參看李永平《吉陵》的〈二版自序〉：「作者一片衷心，為的還是中國文字的純潔和尊嚴。……這一來，作者對中國語文的高潔傳統，就有了一個交代。……」李永平，〈二版自序〉，《吉陵春秋》（台北：洪範，一九八六b），頁i—ii。

47 李永平，《海東青》，頁八。

內的差異性，就算有「聖語」在場（成為全書敘述用語），也仍舊使他不安。當傑夫諾曼對女助教柯玉鬫「滿口洋京腔」地說：「您能賞個臉兒，鬫，讓我今兒個單獨請您看個電影兒嗎？」靳五在旁的反應是「打起冷疙瘩哈哈大笑」（頁二六八）。顯然一個外邦人（外國人、外族人），不知有意是無意肉麻當有趣，叫腔調失了準兒，一任京腔變外語，專屬外邦人，流落到台灣，使教外文為生的靳五反應五味雜陳，異常複雜（「冷」加「疙瘩」加「哈哈大笑」）。如此反應真正意思是什麼，大概靳五自己也抓不準。他是真的嘲笑洋京腔呢？還是落難台灣的京腔？反正標準中語的源頭（所謂的「北京話」）已經錯位，「源頭」走失了，「標準」只有有託孤給按想像的「聖語」訂製的書面語言。[48]這顯示《海東青》的文字操作比《吉陵》走得更遠，更能體會源頭的不在，更像迌迌。

於是隨著「聖語」的在場，方言受盡了奚落，雖然「聖語」在迌迌中，又被方言處處洞穿。《海東青》裡多的是「蒼涼海西腔」（只是存目，並未演出），但是廣東話、廣東腔或廣東國語不算在內，全裸演出之餘，無處不遭戲謔。[49]戲謔之間倒引來了笑聲：靳五看電視，聽到不倫不類節目中不倫不類的（廣東）國語，反應是「哈哈大笑」（頁五二五—二六）。引爆發笑的固然是不倫不類本身，一如靳五後來觀賞準牛肉秀時，神來之筆的「哈哈大笑」（頁六一四—一五）。但隨著廣東國語的在場，我們不禁要問：那笑聲是靳五不安的嘲笑？還是隨著「聖語」壓抑機制的暫時解放，讓他一頭栽進絕爽死？[50]所以聖語變得好笑，一如聖語中的廣東話很好笑？而面對海東方言（台語）時，「局勢」更是明朗：第十章〈春到人間〉「講一半國語一半本地話（台語）」，相雜來講，比較親切也比較有幽默」（頁六三一），顯然借了王禎和式的笑謔，解放全書「聖語」沉重拖沓的步調，帶來了更大的笑聲和絕爽死。

但是所謂被方言洞穿，有更激進的意義，力道來自「聖語」本身的運作。首先我們知道，前述第十章的敘述用語還不是台語（至少不夠道地），一如似乎聽不太懂海東話的靳五的處境；雖然這種不太懂，有意在海西中文的敘述中，以知情人（informant）的功能，告知非海東人（更多的讀者如劉紹銘）海東方言的意思：以海西中文支配海東方言。其間支配牽涉到詮釋的問題，以類近教義問答的方式進行。這裡有一個重要的例子：

靳五躐下了鞦韆板來〔問朱鴒〕：

「丫頭，上哪？」

「我們去迌迌。」

48 《海東青》的「京味兒」少之又少，不比《吉陵》，甚至《拉子婦》。

49 類近丑角的人物如黃城和何嘉魚教授，講的都是廣東國語，或發音有閃失。參較容嫂子對連續劇的批評：「可戲裡楊令公自己那口廣東官話，還帶南洋馬來腔！」李永平，《海東青》，頁五二一。

50 「……笑話呈示我們這樣的案例：壓抑的過程和能量的拘守（binding）兩者的瓦解（undoing），而且是刻意的瓦解。」（Wollheim, *Freud* [London: Fontana, 1973], p. 105.）

「剃頭？」
「嗯！海東話流浪的意思。」
亞星一粲：
「逍遙遊。」
「我們逛街去！」（頁二八六）

留意其間的詮釋進程：廹廹↓剃頭↓流浪↓逍遙遊↓逛街。翻成後設語言就是：方言↓誤讀[51]↓中語↓古經典↓當下台北的指涉。原來用台語方言指涉台北，必須繞那麼大的圈圈。從廹廹到逛街，語意一點一點流失，一點一點厚重：厚重的是語言本身的流浪本質，是語言在廹廹。教義問答的教學姿態，本在避免「真理」的遺落，可是當教義問答變得需要，無所不在，[52]便純粹加深流浪本質的無所不在。當「聖語」企圖收編帶著呼吸的方言，「聖語」只有跟著呼吸和廹廹。

熱愛中國文字的李永平，從他愛（以及打造書面語言）的那一刻開始，已經開始承受——其實是接續早年的——痛苦與不安，發現他在台北其實無家可歸。他吞噬，他寄生，他肥壯，他讓中國文字破洞；他用愛把她淘光吸乾，粗暴無比又極端溫柔，藏匿她懷裡像溫馴的胎兒，和她一起親密流浪。是他的愛跟著廹廹；因為只有愛，才有廹廹的可能。李異形離家出走，其中孤絕與孤獨，卻被中華大系統公司（重大業務包括印發「國語」字典，建立閱讀法統）相中，頑強地進行惡意的收編。只有中國文字悄悄被帶開，收下了有關愛與死的知識，在被掠奪與被吞噬的過程中繼續流離。

原來家一直都在：家就是那個他來自的地方，彷彿不能磨滅的印記一般，是他痛苦與不安的原由。誰叫他有一個南洋？所以中秋夜，靳五浪遊台北鯤京到天明之後會說：「我會回南洋的。……看我媽呀。」（頁四三）不安和痛苦，李永平用母親也用南洋，為《海東青》「留下一個切口」。[53]原來流離的宿命來自家。而似乎只有女人知道，和他一起到南洋去體驗居住的女人。她沒有觀看，她只是體會（「那晚，莽林中下了雨，我睡在條條木板上，聽屋外蟲『吼』聲，及滴淋在臉上，從原葉上滑落簷縫屋內的雨水，又想笑、又想哭。」）。[54]而那是愛與流離的啟始之地，不知該如何面對（「古晉那個鳥不拉屎的地方，教我簡直駭然。……」[55]）原來回

51 這誤讀深層的機制且存而不論。王德威倒提供了他的解釋：「然則迌迌也充滿了殺機。迌迌，剃『頭』也。」之前，王點出了李在書中所「發揮」的莎樂美「剃」施洗者約翰之「頭」的聖經典故。參王德威，〈莎樂美迌迌：評李永平的《海東青》（上卷）〉，《中時晚報》，一九九二年三月二十二日，頁一五。

52 對於小說各處有關鯤京路名典故之問答與答問，黃錦樹說：「在這樣的對談裡，作者試著為他的符碼進行示範性的解碼……。」黃錦樹，〈在遺忘的國度：讀李永平《海東青》（上卷）〉，《台灣文學觀察雜誌》，頁八四。

53 同上註，頁九四。黃錦樹：「……本著對母親的敬意，他不惜在小說中留下一個切口，一個位置，以安頓他的母親。」

54 景小佩，〈寫在《海東青》之前——給永平〉，《聯合報・副刊》，一九八九年八月二日，頁二七。

55 同上註。

家就是重新體驗駭然，並從這裡開始另一種非關遊客的旅程；點點點的省略號，從這裡開啟了無窮無盡的下文……

引用書目

蔡康永，〈不須看盡魚龍戲：從《異形》到《異形第三集》〉，《影響》三十一期（一九九二年八月），頁一三四—三六。

陳傳興，《憂鬱文件》（台北：雄獅，一九九二）。

丁雲，《黑河之水》（吉隆坡：長青書屋，一九八四）。

黃錦樹，〈在遺忘的國度：讀李永平《海東青》（上卷）〉，《台灣文學觀察雜誌》（一九九三年六月），頁八〇—九八。

景小佩，〈寫在《海東青》之前——給永平〉。《聯合報・副刊》（一九八九年八月一—二日），頁二七。

卡爾・沙根（**Carl Sagan**），《宇宙的奧祕》（*Cosmos*），蘇義穠譯，（台北：桂冠，一九八九）。

李永平，《婆羅洲之子》（古晉：婆羅洲文化局，一九六八）。

李永平，《拉子婦》（台北：華新，一九七六）。

李永平，《吉陵春秋》（台北：洪範，一九八六）。

李永平，《海東青：臺北的一則寓言》（台北：聯合文學，一九九二）。

李永平，〈致黃錦樹私函〉（一九九三年五月六日）。

林建國，〈為什麼馬華文學？〉，《中外文學》二十一卷十期（一九九三年三月），頁八九—一二六。
劉紹銘，〈抱著字典讀小說〉，《聯合報》（一九九二年三月二十日），頁四三。
龍應台，〈媽媽說的話〉，《中國時報》（一九九三年三月二日），頁二七。
馬崙，《新馬華文作家群像》（新加坡：風雲，一九八四）。
瓊瑪，〈李昂、陳艾妮座談會紀要〉，《蕉風月刊》四〇二期（吉隆坡，一九八七年四月），頁二一一〇。
邱妙津，〈李永平：我得把自己五花大綁之後才來寫政治〉，《新新聞週刊》二六六期（一九九二年四月十二日），頁六六。
莎士比亞，《暴風雨》，梁實秋譯（台北：遠東，一九八二）。
田農，《森林裡的鬥爭：砂勞越共產組織研究》（香港：東西文化事業，美里：《詩華日報》承印，一九九〇）。
王德威，〈小規模的奇蹟〉，《聯合文學》二卷十期（一九八六年十一月），頁二一九—二二〇。
陳炳良編，《中國現代文學新貌》（台北：學生，一九九〇）。
王德威，〈莎樂美迢迢：評李永平的《海東青（上卷）》〉，《中時晚報》（一九九二年三月二十二日），頁一〇、一五。
許雲樵，《南洋史（上卷）》（新加坡：星洲世界書局，一九六一）。

〈《異形》Alien3〔專題企劃〕〉，《影響》三十期（一九九二年七月），頁七〇—一一五。

鍾玲，〈我去過李永平的吉陵〉，《聯合報》（一九九三年一月十七日），頁二四。《星洲日報》（吉隆坡：一九九三年二月二日：星雲版）。

Alien, Dir. Ridley Scott. Story by Dan O'Bannon and Ronald Shusett. Screenplay by Dan O'Bannon. With Tom Skerritt and Sigourney Weaver. Twentieth Century-Fox, 1979.

Aliens, Dir. James Cameron. Story by James Cameron, David Giler and Walter Hill. Screenplay by James Cameron. With Sigourney Weaver and Michael Biehn. Twentieth Century-Fox, 1986.

Alien3, Dir. David Fincher. Story by Vincent Ward. Screenplay by David Giler, Walter Hill and Larry Ferguson. With Sigourney Weaver and Charles S. Dutton. Twentieth Century-Fox, 1992.

Alien Zone: Cultural Theory and Contemporary Science Fiction Cinema, ed. Annette Kuhn (London and New York: Verso, 1990).

Deleuze, Gilles and Félix Guattari, "What Is a Minor Literature?" *Kafka: Toward a Minor Literature*, trans. Dana Polan (Minneapolis and Oxford: U of Minnesota press, 1986).

Heidegger, Martin, "Building Dwelling Thinking," *Poetry, Language, Thought*, trans. Albert Hofstadter (New York: Harper, 1971), pp. 145-61.

Kristeva, Julia, "About Chinese Women," trans. Sean Hand, *The Kristeva Reader*, ed. Toril Moi (Oxford: Basil Blackwell, 1986), pp. 138-59.

Laplanche, Jean and J.-B. Pontalis, *The Language of Psycho-analysis*, trans. Donald Nicholson-Smith (New York and London: Norton, 1973).

Shakespeare, William, *The Tempest*, ed. Frank Kermode. 6th ed. (London and New York: Methuen, 1958; rpt. 1980).

Wollheim, Richard, *Freud* (London: Fontana, 1973; rpt. 1987).

後記：本文撰寫過程中承蒙各位師長親友惠賜資料，特此致謝——李永平教授、陳鵬翔教授、張小虹教授、林建良、黃錦樹、黃淑芬和沈志堅。

林建國，國立交通大學外國語文學系副教授。

祖國與母性
——李永平《海東青》之地形魅影

羅鵬（Carlos Rojas）

傳說維多利亞女王當時是如此癡迷《阿麗思夢遊仙境》一書，她甚至立即預訂同一作家的下一本書。然而當她第二年（一八六六）從一位Charles Lutwidge Dodgson收到一本非常難懂的，名為《行列式之凝聚》（*Condensation of Determinants*）的有關數學科技的書時，她不禁極為驚訝。這本書的作家，當然就是數學家兼業餘兒童作家Lewis Carroll的真實姓名。[1]而讀過今年在台灣出版的新小說《朱鴒漫遊仙境》的讀者們，也許會經歷與維多利亞女王剛好相反的一種反應。這是因為在一定意義上，《朱鴒漫遊仙境》可以被看成是出生於馬來西亞的台灣作家李永平六年前，即一九九二年，出版的五十餘萬字長篇小說《海東青》的非正式續集。而且如果說

1 在其《象徵性邏輯》（*Symbolic Logic*, 1896）一書的序裡，Lewis Dogson自己提到了這個故事，並否認了——「這種完全虛構的故事」參Williams & Madan, *The Lew is Carroll* (England: Dawson, 1979), p. 182。

《朱鴒漫遊仙境》在其主題與文學風格上接近Carroll的《阿麗思夢遊仙境》，《海東青》的難度便可以認為是接近於Dodgson的數學論文。[2]在此，我要藉《朱鴒漫遊仙境》的出版機會重讀小說《海東青》。

一、形之性別

在《原始社區中的性及其壓抑》一書中，馬林諾夫斯基（Broneslaw Malinowski）討論Triobriand島上的人強烈地否認父親與子女之間存在任何肉體或生理上的關係。他們將父親看成是母親與子女這種二分關係之間的一個侵犯者（侵略者）。然而，這種群體對父親關係的否認卻存在著一個很有趣的參照物，即托島人也強烈地否認母親與自己孩子在外貌上有任何的相似之處。對托島人的這種自相矛盾我們可以找到一個很容易理解的解釋，即他們認為母親是給孩子提供一種肉體上的「母質」（material matrix），而父親則是通過社會關係給孩子提供形／貌（form/image）。[3]

讓．約瑟夫．古（Jean-Joseph Goux）指明這個例子雖然有點極端，卻能代表其他一些也許更熟悉有關繁殖比喻的「形／物」二元對立觀點。比如亞里斯多德在其關於動物繁殖的寫作中，也認為胎兒的「母質」是雌性提供的，而其「外貌」則是雄性提供的（亞里斯多德）。[4]另外，在基督教裡，純潔受胎說也反映類似的一種觀念。以上的這三個例子反映了繁殖範例是如何被用來鞏固一些「形／物」之間形而上的二元對立關係。

李永平的長篇小說《海東青》利用一些象徵性的繁殖範例，來討論現代中國知識或歷史上類似的一個「形／物」對立。小說最明顯的主題之一便是「國父」孫中山與「母國」中國大陸對當代台灣社會及其「特色」的不同的貢獻。意即大陸做為「母國」為台灣提供其大部分的文化「物質」，而「國父」孫中山的思想為它提供具體的政治與社會框架。小說的最後一章比較直接地以繁殖象徵性的比喻闡明以上所述的對立關係。小說的兩個主人公，文學教授靳五與他的小朋友朱鴒有一天忽然聽見一首紀念「國父」孫中山的歌，於是靳五問朱鴒當天是什麼日子。按照日曆，當天不是國父紀念日，而剛好是母親節的前夜。[5]

---

2 《海東青》出版後，有一次臺大中文系教授吳宏一向李永平抱怨道，「我看你的書還要查康熙字典。」參陳雅玲，〈台北的「異鄉人」：速寫李永平〉，《光華》（一九九八年八月），頁一一〇。

3 Malinowski, *Sexual Repression in Savage Society* (New York: Harcout Brace and Co, 1953), pp. 218-19.

4 Goux, *Symbolic Economic after Marxand Freud* (Ithaca: Cornell University press, 1990), p. 213.

5 以下凡引文出自同一小說，僅以頁碼標示於文後。李永平，《海東青》（台北：聯合文學，一九九二），頁三一一—三二一。

二、失身時間

雖然小說一方面將這種十分清楚的斷裂：即來自大陸與台灣的「母質」性文化的連續性與其來自於「父系」的政治、社會及思想上的斷裂進行比較，另一方面小說也同時將上述概念導出爭論並將其複雜化。小說在藉用繁殖與家族的比喻來討論台灣文化與政治狀況的同時，又以更直接的方式使用繁殖與家族這兩種比喻。而最終小說又將家族、繁殖比喻延伸至其所比喻的對象身上。

《海東青》中一個不斷出現的主題便是關於母親與子女之間的關係，即一種常常被切割，斷裂的關係。最明顯的例子就是小說裡的人物安樂新——他一直在尋找母親，並且唱著一首流行的尋母歌曲：

噢！媽媽
妳敢是真正無情
媽媽喲
給阮找無妳
噢！媽媽

到底為著甚代誌

放棄子兒——（頁四八四—八五）[6]

這種尋母主題的深度卻很容易地脫離其原本的目的，變成一種尋找本身為目的。關於這一點我們可以在小說裡最後一次討論安樂新與其母親的片段中看出。靳五聽見樂新在唱歌，便笑著問他是否想念他母親，樂新也笑笑，回答說，「沒有啦，隨便唱唱！」（頁七九四—九五）

在另一個提到樂新的段落中一位出租車司機告訴靳五上海東人在找他們媽媽」。除了它提到「尋母」這個題目以外，這一段值得一提的原因是它也涉及了小說另一很重要的論題，即時間。具體地說，小說中有這樣的描述……靳五「嘆口氣望進虞鄉街，眺眺弘農路浦阪路口國民代表會門樓上的大鐘。四點零五分」。而陪著他的小朋友亞星指出代表門樓大鐘，「永遠都停在四點五分，好多年嘍！」（頁四八六）特別有趣的是，靳五看過大鐘以後立即也看亞星腕上的手錶（在下面我將更詳細地討論靳五窺看別人手錶這種怪僻），而發現她手錶的時間恰好與好幾年以來終止了的大鐘的時間只差五分鐘。

這一類有關時間的討論與上面提到的尋母一段的討論的同時出現，可以被理解成是一種暗

6 安樂新「尋母」這個題目也出現在頁一三〇、二一四、五三七、五五三、七九五。

示，即尋母這種現象也許會像大鐘上的時間一樣，是由於一種象徵性的時間終止造成的。同時，代表會大鐘的停止時間恰好與女孩亞星手錶的時間幾乎一致，這種古怪的同步性使我們聯想到一種母親迷失與女孩之間跨越時間性的移情別戀公式。當然，如果只是在依靠這一段情節為基礎，這些推測未免太主觀而缺乏任何實用的意義。但本文想說明的是李永平的小說本身以一種十分清晰的風格準確地闡明了這樣的論點。

首先，我們可以指出小說中的一個很清楚的論題：成年男人與年輕女孩之間的「戀女童癖」。比如說，小說直接地討論了當年在台灣和香港童妓日漸普遍的社會現象，也討論了日本文化與社會中所存在的「戀童癖」（小說中的一個人物稱其為日本當代日本文化的「母題」〔頁七二七〕）。更延伸至小說主人公靳五自己和他的年輕女孩朋友們之間那種微妙模糊的關係（比如說，小說第八章中靳五去亞星學校接她，而當她老師開始懷疑他的目的，他必須解釋說亞星是他的鄰居而且「她家出了事」〔頁四八一—八二〕）。上述的「失母」論題（即孩子離開其母親）與現在討論的「戀童癖」（即成年男人的性欲離開適齡的對象，轉移到「幼齒」的女孩身上），都被連接在另一種很有意思的現象上，即童年女孩的吸引力有時剛好恰恰因為她們擁有的「母性愛」。

這種自相矛盾的代溝在李永平小說有關日本文化與社會的討論中徹底而明確的體現，例如：在小說的第十一章中有幾位教授在討論日本電影，然後將話題轉到女明星宮條優子身上。一位叫何嘉魚的教授說，「回到剛才的話題——宮條優子雖然有十六、七歲，看起來大約只有

十二、三的樣子，可是她又具有男性永遠在追求著的母性愛……這種母性型的少女明星向來是日本男性觀眾的最愛……」（頁七四一）

從這種具體的關於日本電影的評論中，我們可以從一個更廣闊的意義上認為《海東青》所描寫的年輕古都擁有一個十分有趣的時間上以及性欲上的間隙。

一方面，正是由於她們自己相對未成熟的性而被他人所性化了，另一方面，她們也常常被做為「將來完成式」性化的對象，這是因為她們所擁有的「母性愛」又同時令她們接近「戀童癖」這種禁忌的另一個極端：戀母癖（即戀童癖與戀母癖都是亂倫禁忌兩個極端的象徵性的道德違犯）。上面曾提到靳五有一個古怪的行為，就是他經常看朱鴒與亞星（他的兩個最主要的女孩同伴）手錶上的時間。[7]這個表面上完全天真的行為，可以被理解是在拒絕年輕女性所存在的對時間連續性的威脅，而這種拒絕本身是通過她們身體被賦予的時間連續性來實現的。

三、界限鳥瞰

《海東青》有一個比較明顯的時間情境，因為它另一明顯的論題就是它對四十年前台灣與大

7 比如說，他看朱鴒手錶的一些例子出現在頁八七、八〇六、八一一、八九五、九〇三、九一四、九三六等。在頁七四六、八五七、八六四及八六九等有他看亞星手錶的例子。在頁四七一，宮青問他他自己為什麼從來不戴手錶。

陸分立的一種回顧的憂思（melancholic retrospective gesture）。然而小說同時也可以被認為是在回顧另外一個大約四十年前發生的事情，即錢鍾書一九四七年出版的《圍城》一書。而且，對這兩本小說之間關係的重視，也可以幫助我們重新理解李永平小說中「時間」與「空間」的複雜相互聯繫。

《海東青》與《圍城》兩部作品都是以主人公在海外逗留後回國做為開始（《圍城》中的方鴻漸在歐洲「留學」四年，而《海東青》中的靳五卻在美國教書八年）。另外，兩部小說的書名都十分相似地運用了與空間性和主體性相關聯的鳥類做比喻。眾所周知《圍城》一名出自一個古老的法國諺語，說婚姻是一座「圍城」。並且，小說中經常以鳥籠來替代圍城，另外小說裡許多人物的名字都有一個「鳥」字偏旁，這也進一步強調了這個鳥類的題目。

談到李永平小說的書名，上述關於《海東青》的討論也許會令人以為書名裡的「青」是「青年」之「青」。書名很可能確實含有這層意義，可是，它也有另一個更具體的意義，即像《圍城》一樣，也是在用一個鳥類的比喻來表示空間與主體的關係。在《海東青》的第六章裡，靳五給朱鴒與亞星解釋說——

——丫頭，在海西，在中國東北有一種鳥全身羽毛都是青色，很大很神氣，一天能飛千里，是全世界最美麗最大的鳥。

——牠叫做什麼？

——海東青。

——哦！大鵰。

——大鵬鳥。（頁三六一）

這段對話的上下文出自朱鴒與亞星對「國父」孫中山的崇拜。既然如此，亞星接下來的對話便是，「我們國父是牠（即「大鵬鳥」）的化身。」靳五也直接地贊同亞星的觀念，他說：「對，亞星。」不過朱鴒接下來幾句話，雖然在表面上看起來也許在補強上面的想法，實際上可以被理解成是一種對上述政治概念的一種挑戰。她說——

——我們老師教我們一句成語。

——什麼？丫頭。

——燕雀豈知鯤鵬志？（頁三六一）

靳五很積極地贊成她的話，說她「真上道」，「真聰明，懂事」。不過，如果我們更仔細地重讀這個成語，我們會發現它也含有一個更模糊的政治意義。該成語的原文當然出自《莊子·內篇·逍遙遊》，其描寫的是世界觀很窄的「鴳」（司馬彪：「鴳，鴳雀也。」鴳雀也是燕雀的同音詞）嘲笑大鵬之功勞：

彼且奚適也？我騰躍不過數仞而下，翱翔蓬蒿之間，此亦飛之至也。而彼且奚適也？

如果我們利用本文開始所建議的籠統範例來讀燕雀與鵬之成語，我們也許會把朱鴒間接提到《莊子》的成語理解成是一種贊成「雄性／父性」（即「鵬」——國父孫中山）對創造社會與政治「形式」的更具優勢貢獻的論點；比較而言「雌性／母性」（「燕雀」，即朱鴒等）只是相對卑微地為社會／政治提供一個文化「母質」（cultural matrix）的作用。

不過，在《海東青》提到「燕雀豈知鯤鵬志」的那段裡，「燕雀」，即喻指朱鴒自己；[8]而她自己不像《莊子》中蔑視鵬鳥，其實剛好相反，她十分佩服國父孫中山。

她這種對「鵬」的寬容對待也許可以理解成是一種暗示，即我們不可以用《莊子》開篇中的意義來闡釋小說中的成語，而應用於其第一篇的終結。後者關心的是要打破平常對「用／無用」對立的概念，以便說明甚至看起來最無用的東西（比如說小燕雀）也會有自己的一種特殊的高尚價值。在此，我認為應重讀小說引用《莊子》的這個成語。具體而言，我們應了解它在「解構」它本來所代表的兩種地位與「眼界」（perspectives）的不明確等級關係。

我在這裡想強調的是《圍城》和《海東青》裡鳥的比喻都直接跟時間與空間有關係。《圍城》中的「鳥的比喻」強調的是人的地位可以影響到他／她怎麼理解自己周圍的「地形」界限（這個當然也包括像婚姻這種社會範疇上的抽象「地形界限」）。然而，與此相反《海東青》

的鳥比喻暗示人的地位不僅會影響到他／她怎麼理解自己周圍的「地形」界限，並且也會影響到人本來能分別出哪些地形界限。比如說，李永平的小說指出兩類《海東青》（即大鵬鳥以及海東青年）所能識別的不同地形與時間範圍。前者（大鵬鳥）所居住的大體歷史空間與相關敘述：比如說大陸與台灣之間的地形界限；四〇年代與當代的時間界限。而後者（海東青年）好像遊動於一種更加親密，附隨地形／時間環境。前者「摶扶搖羊角而上者九萬里，絕雲氣，負青天，且適南冥也」，而後者無目的地「遊走」。總的來說，後者《海東青》只會間接地接近前者《海東青》的歷史性領域，「她們」只在本地路線圖上所出現的「大中國的縮影」才能偶然地接觸其根源之模糊幽靈。在此，我認為應重讀《莊子》的這個成語。我們應該「解構」它所代表的這兩種地位與出發點之間的表面等級關係，從而使它們成為具有同等價值的存在。

四、歷史空間

李永平的小說在兩個不同（可是互相關聯）的平面上討論時間與「時差」（即時間之斷絕）。在一方面有個人成熟以及發育過程中的時間，而在另一方面有歷史時間的範疇。小說

8 朱鴒（「鶺鴒」之「鴒」）以及她的兩個姊姊（即朱鸝和朱鳶）三個人的名字都有小鳥的涵義。

中，前者主要指女孩長成「母親」，而後者主要指台灣與大陸（東海與西海）四十年的分離。小說有一段描寫朱鴒考靳五對歷史地理的知識，而她選擇的方式剛好是讓靳五辨認台北路線圖上的地名的最初歷史出處（頁八〇六—七）。在第三章裡靳五用同樣的方式以便考安樂新的歷史地理知識（頁一二二—一二四）。第八章裡，簡許玉桂議員也討論這個時間／地形融合的現象：

日本中國相殺，日本打輸中國打贏，中國人就跑來我們這裡劫——收！國共兩黨相殺，國黨打輸共黨打贏，國黨就跑來我們這裡成立中國大總統府！亂亂改我們馬路名，沒有道理，笑死人！華陰路哦漢陽路哦歷山街哦天水街哦南京路哦桂林路哦峨嵋街哦，笑死人！假裝我們這個小島代表全中國！假仙！假仙！（頁四〇五）

這個現象的「最後」一個例子存在於小說的「序」中，李永平自己也提到這個「歷史地理」的現象：

瞧，小說中那一座氣象萬千燥熱，矗立東海惡浪之中的大城，金城湯池，三民主義的復興基地，城裡那些街名路名不正是大中國的縮影：徐州鄭州津州錦州甘州涼州，洛陽南陽衡陽華陰漢陰淮陰，庫倫哈密西昌安東。條條大路通向市中心中華民國總統府。大江南北大河上下，千年的城闕，五族的都吧，繁星般，璀璨在中華民國臨時首都的市街圖上，可不像極一幅海棠無恙、萬古常青的中國大地圖？《海東青》這部寓言，因此也是一則預言。書中描繪的那座城市，那萬種風情千樣繁華萃於蓬萊仙島的奇境，十年、二十年或五十年之後，在三民主義大纛下，豈不是可能出現於十數億炎黃子孫棲息的古老中國大地，每一個角落每一座都城？

朱鴒，願你好好長大。（頁四—五）

我，像李永平一樣，也認為小說提到的地圖，除了顯而易見的地形意義之外，也有一種時間意義。不過，跟李氏不同的是，我認為不必將其理解成一種「預言」，而應賦予其一種「回顧的憂思」（melancholia）的涵義。如果回到以上所做的分析，我們可以指明小說所描寫的東海路線圖在一定程度上像小說中的女孩子們一樣。就是說，地圖與大陸之間的反射以及魅影（specular and spectral）關係不像女孩與自己要長成的成年女人之間的「預言」關係，而更加像女孩憂思對已經丟失的自己母親這樣一種關係。

因此，朱鴒考靳五地圖／地理知識可以被理解成靳五自己窺看朱鴒（與亞星）手錶時間那種怪癖的一個反面。兩個伊子者表現人物怎樣以本來象徵著時間斷裂就變的叉點做為時間連續性本身的一種反諷式的象徵。由此，我們甚至可以進一步地說李氏的「序」裡提到的這種地圖比喻的結果是在給序（甚至整個小說）提供一種「時間之否認」的特色。就是說，靳五看朱鴒與亞星的手錶可以被理解成是潛意識地否認她們未成熟的身體，以及自己本身的存在成熟性時間的挑戰。李永平自己的地圖比喻也可以被理解成是一種象徵性的看手錶的怪癖。換言之，儘管李永平企圖按照時間的進程（以及與本文最早提到的繁殖與家族比喻有關）看待歷史，而我卻認為小說實際所含的時間斷裂隱喻卻質問這些歷史觀念的合理性和有效性。

在小說的第七章中，年輕的張彬告訴靳五，「咱們這個寶島呵呵三民主義的模範省，最不仁的地方，五兄，就是不讓小女孩子們有成長的機會。」（頁四三一）第十一章中有類似的一句話：「咱們的社會最不人道的地方就是不許小女孩好好長大，妳知不知道？」（頁七四四）本文強調的是小說中歷史（國家）與個人（性欲）發展之間的互相疊蓋與互相移情。因此，我們可以用這種密切的關係來重新理解上面提到的兩句話。就是說，也許小說本身對戀童癖與青年女孩的關心可以理解成有象徵性的移情作用，並且其結果在於它「不許」小說自己關於台灣社會發展過程的想法「有成長的機會」。

＊本文為一九九八年八月哥倫比亞大學舉行的「歷史，記憶，與文化批評：台灣眼界」討論會中發言英文論文的修訂中文翻譯本。中文譯稿承蒙張潔的協助，謹此致謝。

引用書目

李永平，《海東青》（台北：聯合文學，一九九二）。

陳雅玲，〈台北的「異鄉人」：速寫李永平〉，《台灣光華雜誌》（一九九八年八月），頁一〇八—一一一。

亞里斯多德，《物理》，1.9.192a23。

Goux, Jean-Joseph, *Symbolic Economies after Marxand Freud*, trans. Jennifer Cage (Ithaca: Cornell UP, 1990).

Malinowski, Bronislaw, *Sexual Repression in Savage Society* (New York, Harcourt, Brace and Co, 1953).

Williams, Sidney, & Falconer Madan, *The Lew is Carroll Handbook*, Folkstone (England: Dawson, 1979).

羅鵬（Carlos Rojas），現任美國杜克大學亞洲與中東研究系副教授。

如何書寫台灣

——李永平小說裡的跨國地方認同[1]

詹閔旭

李永平與台灣

李永平，一九四七年誕生於英屬婆羅洲砂勞越邦古晉城。一九六七年，他赴台灣念書，就讀臺大外文系，深受白先勇、王文興等現代派小說美學風格影響。一九七二年，他在一本名為《文學雜誌》的台灣刊物上發表〈拉子婦〉，正式揭開李永平與台灣文學場域長達近半世紀的互動。李永平曾在婆羅洲故鄉出版第一本小說《婆羅洲之子》，然而，小說家此後作品均在台灣出版，包括代表作《吉陵春秋》（一九八六）、《海東青：臺北的一則寓言》（一九九二）、《大河盡頭》（上下卷，二〇〇八、二〇一〇）。李永平活躍於台灣文學場域，並在二〇一六年獲頒台灣國藝會「國家文藝獎」，該獎項是台灣最具指標性的藝術成就獎，而李永平是第一位榮獲此殊榮的馬華文學作家。

儘管李永平與台灣關係密切，相關研究卻較少觸及此議題。李永平研究的論述取徑可分為三大類。（一）「中華性典範」：主要出現在一九八〇年代，強調中華文化影響論。早期研究者如余光中、蘇其康、曹淑娟等人將李永平作品放在中華性典範加以理解，強調他的小說散發鮮明中國情懷，無論語言、結構、母題、關懷都朝中國書寫傳統典範靠攏。[2]（二）「馬華典範」：第二種典範由一九九〇年代以後在台馬華學者所構築，理論肌理為離散論述，林建國、黃錦樹、張錦忠等人的論述可做為代表。他們不反對以中華性為核心的論述取徑，而是進一步主張，李永平小說的中國情懷源自南洋離散華人身世，《吉陵春秋》的純正中文正是企圖淨化南洋血統的具體徵狀。[3]（三）「婆羅洲典範」：自從李永平交出以婆羅洲為小說背景的「月河三部曲」，[4]婆

1 本篇文章濃縮改寫自我的碩士論文：詹閔旭，《跨界地方認同政治：李永平小說（一九六八—一九九八）與台灣鄉土文學脈絡》（新竹：國立清華大學台灣文學研究所碩士論文）。

2 余光中，〈十二瓣的觀音蓮——我讀《吉陵春秋》〉，收錄在李永平著，《吉陵春秋》（台北：洪範，一九八六）。曹淑娟，〈墮落的桃花源——論《吉陵春秋》的倫理秩序與神話意涵〉，《文訊》二十九期（一九八七年四月），頁一三六—一五一。蘇其康，〈李永平的抒情世界〉，《文訊》二十九期（一九八七年四月），頁一二八—一三五。

3 林建國，〈為什麼馬華文學？〉，《中外文學》二十一卷十期（一九九三年五月），頁八九—一二六。黃錦樹，〈流離的婆羅洲之子和他的母親、父親〉，《馬華文學與中國性》（台北：元尊文化，一九九八）。張錦忠，〈（離散）在台馬華文學與原鄉想像〉，《中山人文學報》二十二期（二〇〇六年四月），頁九三—一〇五。

4 「月河三部曲」包括《雨雪霏霏》、《大河盡頭》（上下卷）、《朱鴒書》。

羅洲典範在二〇一〇年代之後漸漸浮出檯面，討論重點從離散理論轉移到文化混雜。李宣春碩論《李永平婆羅洲書寫研究》（二〇一三）[5]詳盡而全面地爬梳此議題，陳大為、鍾怡雯合編《犀鳥卷宗：砂勞越華文文學研究論集》（二〇一六）特別闢畫一輯討論李永平作品「書寫婆羅洲」的意義。[6]李有成、高嘉謙有關李永平婆羅洲書寫的論文也值得參考。[7]第三種論述取徑是近年新興研究趨勢，此一轉折提醒我們，「馬華」（以西馬為主）和「婆羅洲」（東馬，全境由馬來西亞、印尼、汶萊三國管理）兩個用法涉及不盡相同的文化、歷史與政治意識形態。

正如我前面提到，儘管李永平本人及其作品與台灣文壇互動密切，目前研究卻較少處理到這一塊。這是饒富趣味的現象，背後涉及僵化的族裔身分想像。美國歷史學家德里克（Arif Dirlik）有關亞美文學的批評值得參考。德里克認為將亞美文學與離散、原鄉、去疆域等流行理論連結，往往放大了亞美文學的族裔色彩，進而陷入族裔牢籠（ethnic prison-house）僵局。[8]循此思維，當李永平研究只能放在馬華文學、婆羅洲文學等框架，無疑也鎖進族裔牢籠。我想強調的是，如何突破族裔身分想像的封閉性，闢拓新論述空間，成為李永平研究進一步發展的基石。[9]

本文試圖從跨國移民視角討論李永平的地方認同。以往討論李永平的認同往往強調離散作家與文化原鄉的糾葛，這樣的討論模式也使得李永平相關研究不脫「中華性」、「馬華」、「婆羅洲」等論述框架。不禁讓人想問，台灣呢？李永平曾在訪談表示，「書寫台灣」是刻意為之的寫作計畫，一方面出自於拓寬寫作題材的企圖心，另一方面也可和其他馬華作家有所區隔。[10]然而，李永平書寫台灣的動力恐怕沒那麼簡單。本論文擬集中討論李永平如何透過小說創作與移居地（台灣）社會對話、互動，進而建構獨樹一格的跨國地方認同實踐。

我將依序分析《吉陵春秋》、《海東青》、《朱鴒漫遊仙境》三本小說。[11]《吉陵春秋》是李永平留學台灣後的代表作，我認為這本小說的創作動機與台灣社會脈動息息相關，不妨將之視為「台灣製造」。《海東青》與《朱鴒漫遊仙境》更是李永平具體「書寫台灣」的寫作成果。這篇論文關切的議題包括：李永平的跨國移民身分與焦慮如何投影在這幾部與台灣社會密

5 李宣春，《李永平婆羅洲書寫研究》（國立中央大學中國文學研究所碩士論文，二〇一三）。

6 陳大為、鍾怡雯合編，《犀鳥卷宗：砂勞越華文文學研究論集》（桃園：元智大學中文系，二〇一六）。

7 李有成，〈《婆羅洲之子》：少年李永平的國族寓言〉，《南洋學報》六八期（二〇一四年十二月），頁三一一五。高嘉謙，〈性、啟蒙與歷史債務：李永平《大河盡頭》的創傷和敘事〉，《台灣文學研究集刊》十一期（二〇一二年二月），頁三五—六〇。

8 Arif Dirlik, "Literature/Identity: Transnationalism, Narrative and Representation," *The Review of Education, Pedagogy, and Cultural Studies*, 24.3 (2002): 218-219.

9 我在碩論提出這樣的批評，十年過去了，台灣學界只有黃錦樹、陳允元提出進一步研究，顯然情況並未好轉。相較之下，隨著華語語系研究（Sinophone studies）接受度越來越高，英美學界出版不少關注李永平的研究，包括Jing Tsu、Brian Bernards、Alison Groppe等學者。

10 詹閔旭，〈大河的旅程——李永平談小說〉，《印刻文學生活誌》四卷十期（二〇〇八年六月），頁一七九。

11 這一篇論文不討論《婆羅洲之子》和《拉子婦》，因為這兩部早期作品刻畫婆羅洲多元種族與華人移民遭遇，與本論文關懷相差甚遠。至於《朱鴒漫遊仙境》之後出版的「月河三部曲」雖都涉及台灣，但這三本小說的寫作背景穿梭在台灣與婆羅洲雙鄉之間，議題更為複雜、難纏，需要另文討論。

切關聯的作品？他「如何」書寫台灣？

《吉陵春秋》的「台灣製造」

「史拉末！」

母親抬起頭來，看了他一眼，也同樣地回答了一聲：

「史拉末？」

他咧著嘴笑起來。這個人的身材特別瘦長，使人一眼便認出，他是鎮上洋行的經理。這個英國人平日喜歡咧著嘴向人笑，使他那兩撇長長的黃鬍子高高地翹起來；鎮上的人都覺得，他和那些冷頭冷臉的英國人不一樣。[12]

以上這一段文字選自〈圍城的母親〉，收錄李永平在台灣出版的第一本作品《拉子婦》（一九七六）。李永平這時期以婆羅洲為小說場景，描寫當地華人社群與多元族群在文化、經濟、政治的角力過程，無論是人物（拉子、英軍、馬來人）、場景（雨林）、語言（馬來語）等都極富異國風情。儘管《拉子婦》故事多半著墨在人性與思鄉情緒的刻畫，文化鴻溝不深，這本小說在台灣卻沒有引起太多討論。

隨後，李永平交出代表作《吉陵春秋》，方才引起評論家注意。《吉陵春秋》小說場景丕變，小說家弱化南洋風土，戮力經營一座古意盎然的中國小鎮奇觀。《吉陵春秋》講述在一個迎神祭典夜晚，名為長笙的少婦遭酒醉鎮民強暴，鎮民眾目睽睽見少婦受辱，卻無人出手相助，隔日，少婦上吊自盡，故事便在少婦的丈夫尋仇、鎮民人心惶惶的詭譎氣氛中揭開。李永平在《吉陵春秋》展現精緻現代主義美學技巧，分別以十二個短篇，截然不同的敘事觀點，還原少婦受辱現場及後續效應。相較於《拉子婦》，這本小說在一九八六年出版後引起評論界高度關注，日後入選「二十世紀中文小說一百強」，也分別出版英、日語譯本，可見《吉陵春秋》在李永平文學事業里程碑般的意義。

《吉陵春秋》最為人稱道之處，恰如龍應台所言「一個中國小鎮的塑像」。[13]前行研究者通常著墨在李永平驚人文字表達能力，我同意這種評價，於是乎，《吉陵春秋》一改《拉子婦》大量婆羅洲方言、外語雜處，李永平把日常人物對話、稱謂淬煉成極度純化的中文敘述。

> 「你老人家評評看！還像個未亡人嗎？從早到晚，穿著一身孝坐在門口看人，一碗供養她死去男人的白米飯，堂屋裡，擺了三天！她娘家媽媽遠從魚窩頭走了五里野路來看她，一腳

12 李永平，《拉子婦》（台北：華新，一九七六），頁二一。

13 龍應台，〈一個中國小鎮的塑像：評李永平《吉陵春秋》〉，《當代》二期（一九八六年六月），頁一六六—一七二。

踏進門檻，包袱還來不及放下哩，端起那碗飯，放在鼻頭上嗅一嗅，一聲不響，拿到後院去倒了——」

男人從長櫃後轉了出來，瞇起眼睛，笑嘻嘻接過了打油瓶。

「人家門裡事，你管得許多？」

一個年輕街坊婦人，叫二玉嫂的，攤開心口奶著懷裡的孩子，笑嘻嘻的走進店堂來。「她娘家媽媽叫她改嫁哩！說是呢有一頭親，對方也才死了女人，在北菜市街上開一爿豆腐坊——」[14]

《吉陵春秋》的中文使用深具意義，這是為了營造一個中國式想像，讓小說人物對話、稱謂都吸納進傳統中國想像世界。我卻想進一步指出，如果要打造充滿中國味的小鎮，光有精緻文字是不夠的。小說家還必須掌握詞彙、俗民信仰、果報輪迴、復仇觀、中文小說傳統等各項知識，才能進一步訴諸於文字。因此，除了文字，這本小說是傳統中國文化知識的表演台。舉例來說，《吉陵春秋》小說背景原型是李永平自小生長的南洋古晉[15]，然而，從文學史的意義上，吉陵鎮也取材司馬中原、朱西甯筆下刀客橫行的中國小鎮傳奇。李永平自承他早期的小說深受司馬中原等人影響，把《吉陵春秋》放置在司馬中原等人的書寫系譜之中，可見小說語言、鄉土想像等一脈傳承的連貫性。這些文學寫作典範的調動都讓這本小說更傳統、更古典、更中國。

順著以上論述脈絡，《吉陵春秋》除了是台灣現代派文學里程碑，[16]這部作品在台灣文學場域尚具備兩項意涵。第一個意涵，這部作品展現台灣移民作家透過展現中華文化知識，融入台灣社會的嘗試。《吉陵春秋》隱含的核心議題是：為什麼小說家要把這本書寫成這樣？如此寫法具備什麼樣的企圖與效力？答案和李永平的移民身分息息相關。論者指出，《吉陵春秋》彰顯小說家以純正文字洗去南洋味，展示華人身分認同的純粹度。[17]我想再推前一步，《吉陵春秋》建構的中華符號帝國不只是完成離散華人認同的淨化——畢竟只要李永平自居為離散華人，就算他沒有前往台灣，也可能在婆羅洲萌生這種淨化欲望。事實上，《吉陵春秋》是一種台灣製造，這部作品流竄著一股移民作家渴望獲得移居地社會接受、認可的欲望。儘管李永平這本小說是在美國留學完成，他的預設讀者和對話對象顯然指向台灣文化場域。《吉陵春秋》透露給台灣讀者的訊息是，李永平不只能夠寫《婆羅洲之子》、《拉子婦》等婆羅洲為背景的小說，他也有足夠的知識與文化資本創作出以中國為背景的小說，藉此融入當時自詡為中華文化復興堡壘自居的台灣。

14 李永平，《吉陵春秋》（台北：洪範，一九八六），頁九五。
15 林建國，〈為什麼馬華文學？〉，《中外文學》二十一卷十期（一九九三年五月），頁九三—一〇三。
16 張誦聖，《文學場域的變遷》（台北：聯合文學，二〇〇一），頁一二。
17 王德威，〈原鄉神話的追逐者——沈從文、宋澤萊、莫言、李永平〉，《小說中國：晚清到當代的中文小說》（台北：麥田，一九九三），頁二七二。黃錦樹，《馬華文學與中國性》（台北：元尊文化，一九九八）。

《吉陵春秋》在台灣文學場域的第二項意涵，在於這本小說不只展現小說家豐富的台灣「在地」知識（中華文化是彼時台灣的在地主導文化），它更主動介入中國民族主義敘事保衛戰。這本小說自一九七〇年代中期以後起筆，[18]李永平在《吉陵春秋》自序強調，「當初寫作這部作品時，自以為在文字上所努力的，是對台灣文化界目前流行的那一類惡性美國化的中文，以及東洋風，表示一種反動和糾正的態度。」[19]這段宣言徹底暴露出小說家的發言位置。一九七〇年代，台灣鄉土文學論戰風起雲湧，反西化呼聲高漲。在這一波反西化浪潮底下，湧現一大批崇尚寫實技巧、批判殖民經濟與跨國企業的鄉土小說，包括黃春明《我愛瑪莉》（一九八三）、王禎和《玫瑰玫瑰我愛你》（一九八四）、陳映真《華盛頓大樓》（一九八三）系列作品等。《吉陵春秋》標榜古樸白話小說文字，確實有正本清源重建中國鄉土敘事的企圖，呼應一九七〇年代台灣勃發的中國民族主義敘事。這本小說與一九七〇年代反西化鄉土小說無疑是同形異構的文本，皆意圖經營現代都市／傳統鄉土的二元對立現代化隱喻，召喚鄉土，以批判西方現代都市的種種缺失。將《吉陵春秋》放到台灣反西化意識的脈絡中考察，可一窺小說家經營純正中文的用心所在，不單純是個人南洋性的淨化，更是對過度現代化、西化社會的一種矯正。

《海東青》與《朱鴒漫遊仙境》的台灣書寫

李永平於一九九二年出版《海東青》，隨後又在一九九八年推出《朱鴒漫遊仙境》，前此論者多將兩本著作並列觀之，主要原因在這兩本作品無論是人物、場景、情節、敘事脈絡、甚至作家核心關懷都相互呼應，形成同質異構的書寫實踐。[20]接下來，我想討論這兩本小說書寫台灣的策略，以及移民者創作如何介入台灣一觸即發的民族主義亂鬥，標示他的認同位置。

《海東青》全書分三部，照時間季節序排列，分別描寫秋、冬、春三季的台北，唯小說地名均經過符號代換：「台灣」為「海東」、「台北」為「鯤京」等等。小說故事主軸圍繞剛自美國返台的大學教授靳五，與他鄰居小妹妹朱鴒和亞星，時常偕伴同遊台北，透過敘事者靳五的目光，一一勾勒台北一九九〇年代怪現象：賣淫、牛肉場、飆車、賭博、鬥毆、以及滿街男男女女耽溺在資本主義欲望泥淖。《海東青》故事軸線採單線發展，小說家卻旁徵博引，處理到

18 《吉陵春秋》首篇〈萬福巷裡〉完成於一九七八年，最後一篇〈滿天花雨〉發表於一九八五年，全書出版時間是一九八六年，共歷時八年。也就是說，李永平是接續著鄉土文學對於反西化的時代氛圍，來展現其關懷。當然鄉土文學的意義與其關懷複雜而牽扯甚廣，並有其轉折，從初始的反西化、反帝國主義傾向，到後期對中國主體性與台灣主體性的區辨。本文在這裡使用鄉土文學一詞主要聚焦於《吉陵春秋》與反西化的驅力，而無意涉入國家政治意識形態的混戰。主要原因在於小說主要是於美國求學時間書寫，我推斷對彼時身處美國的李永平來說，一九七九年的中美斷交衝擊，應該大於美麗島事件的風起雲湧。

19 李永平，《吉陵春秋》（台北：洪範，一九八六），頁i。

20 儘管這兩本書有諸多相似，卻在小說氛圍的營造上出現截然不同的差別：《海東青》鬱暗如鬼域，而《朱鴒漫遊仙境》則為明亮的仙境。關於兩本書小說形式的進一步討論，可以參考張錦忠，〈在那陌生的城市：漫遊李永平的鬼域仙境〉，《中外文學》三十卷十期（二〇〇二年三月），頁一二二—一二三。

的主題相當駁雜，包括欲望市場經濟的批判、學院知識分子假道學姿態、不同民族歷史記憶的爬梳、理性／欲望兩股力量消長、殖民遺緒的安置等等。靳五、朱鴒、亞星，三人遊逛台北，共同目睹城市亂象，也暗示兩個女孩未來將面對的成人世界。

到了《朱鴒漫遊仙境》一書，靳五退場，朱鴒躍升為敘述者，跟隨著她的六個同班同學，一齊穿梭出入於台北大街小巷，好似俠女路見不平拔刀相助，一一針砭大人社會種種光怪陸離的現象。《朱鴒漫遊仙境》的主題與《海東青》一脈相承，只是更加絕望哀傷。《朱鴒漫遊仙境》小說結尾，李永平安排朱鴒消失於城市，彷彿暗示了傳統道德底線的全面潰敗，少女終究難逃受辱厄運。《海東青》不乏憤悶之氣，《朱鴒漫遊仙境》則抒情哀傷，兩本書筆觸有所不同，唯李永平皆透過這兩本書頻頻急呼，救救孩子。表面上救孩子，其實內裡要談的是，如何在資本主義市場吃人的欲望台灣復興禮教中華。

簡言之，這兩本一九九〇年代出版的小說具有兩個共通點。首先，這兩本小說關注在西方資本主義價值觀衝擊之下，傳統中國道德體系難以迴避的潰散。資本主義大舉入侵台灣，點出現代化反思的必要。這兩本書另一個共通點，在於展現了小說家「書寫台灣」的企圖。《海東青》固然承繼《吉陵春秋》對於小說美學的高度重視，不過，小說場景從不辨地理指涉的吉陵更換到海東鯤京，一個影射台北的小說故事，明確地理指涉標示出《海東青》的社會介入性。到了《朱鴒漫遊仙境》，小說家更是毫不隱蔽讓地名直接還原成台北，標舉出李永平社會參與和歷史想像的座標所在。

然而，我們必須進一步探問，對一位移民作家，李永平如何書寫台灣？《海東青》和《朱鴒漫遊仙境》這兩本小說都有一個共通的特殊形式：城市漫遊。透過小說主角漫遊城市，我們得以隨著敘事者目光瀏覽城市的種種人事風情。李永平的台灣書寫透露高度知識展演的特質。

「澳門賽狗賭不賭？老師，我不告訴過你今晚帶你來見識咱們寶島這兒的賽狗？全島幾條戰備跑道？二十條？今晚少說就有十場賽狗，滿坑滿谷的男女老小在看熱鬧，簽賭票押注！老師」

「賽狗？」

「另有個名字，飆車。」[21]

「庵仔魚一到春季肚皮就變粉紅——」

「粉紅！」

「他們叫它婚姻色。」

「呃？」瓊安瞅乜著靳五癡癡一笑：「婚姻色的魚好吃？」

21 李永平，《海東青》（台北：聯合文學，一九九二），頁二四四。

「交配期啊。」一顫，靳五睄睄瓊安：「交配期的魚又肥又嫩叫人看了忍不住流口水！後來有人嫌網魚麻煩就乾脆去藥房買幾顆氫酸鉀，一等春天，半夜庵仔魚從潭底鑽上水面交配，就丟下幾顆毒藥，月光下一整個水潭立刻翻浮起成千上萬粉紅色的魚屍。」（頁六七—六八）

第一段引文描述亞星的哥哥小舞帶靳五去見識台北知名的飆車，第二段是靳五化身在地導遊，帶領瓊安去看捕魚，並解說台灣庵仔魚的捕撈情形。不管以學習者或導遊者為出發的城市漫遊，這兩段引文更大層次透露了隱身在後的小說家李永平本身對在地知識的熟稔。小說甚至不斷穿插台語歌謠出現，包括〈雨夜花〉、〈媽媽請你也保重〉、〈素蘭小姐要出嫁〉、〈天黑黑〉等，營造濃濃台灣味。

更深一層來看，李永平也借鏡黃春明、王禎和等台灣鄉土文學筆法，展現他對於在地文學傳統的浸淫，這也是一種在地知識的融合。比方說，《海東青》反覆登場的日本觀光客，典出黃春明〈莎喲娜拉・再見〉的日本千人斬買春團。《海東青》、《朱鴒漫遊仙境》為了符合地方再現的忠實性，我們更可見其對在地社群方言知識的掌握，小說大量摻雜台灣方言、外來語：

回頭朝堂屋裡喚了兩聲：

「阿母啊阿母。」

「啥啦？」

「郎客來啦。」

一笑，門洞口綻出了兩齦白瓷門牙：

「特馬利是莫？先生。」

「唔是啦。」

「求客？有有。」

靳五搖搖頭，掰開了脖子上箍著的十指尖尖蒼冷的蔻丹，風溲溲，猛一嗆，兜起行囊踩著窪窪燈影逡巡過京觀里閨門口一簷一簷水霤紅。（頁三三）

這一段引文出現了台語、日語、中文等語言並置，不禁讓人聯想到王禎和《玫瑰玫瑰我愛你》筆下多種語言、文化軌跡混雜交錯的痕跡。王禎和刻意摻雜日語、英語、台灣化日語、台灣國語等小說語言，語言雜燴的特殊形式帶有顛覆正統中文權威性的意涵。[22]李永平語言策略則產生另外一種效果。李永平雖然在小說裡頭同樣塑造了台灣化日語、福佬話、廣東國語等不同語言雜處的語言拼盤，這些方言都被限制在小說對話裡頭，主要敘述語言仍然是以古奧難解的純化中文為主。堂屋／郎客、風溲溲／唔是啦、一簷一簷水霤紅／特馬力是莫，前者是小說主要敘述語

22 邱貴芬，《仲介台灣．女人》（台北：元尊文化，一九九七），頁一六六—一六八。

言，屬於純正中文範疇，而後者則是小說人物的俗民話語，將兩者並置可看出兩種語言之間呈現出一股極具張力的雅／俗語言權力政治鬥法。中文和方言以一種相互角力、不妥協於對方的姿態出現，反而意外銘刻一九八〇年代台灣場域裡頭語言權力政治更為複雜的運作模式。

《海東青》、《朱鴒漫遊仙境》偏好使用冷僻中文，讓論者津津樂道，事實上，李永平炫耀他對於台北城市近乎鉅細靡遺的知識，同樣耐人尋味。學者批判，《海東青》、《朱鴒漫遊仙境》採取文獻寫實主義傾向，不厭其煩記載城市街道、地景、習俗、娛樂、歌謠等，導致這一場漫遊台北之旅瑣碎冗長，了無新意。[23]我想我們可以換個角度，從移民作家角度去理解李永平在這兩本書所流露的知識炫技。對一名跨國移民作家來說，書寫台灣本身勢必仰仗在地知識的嫻熟掌握，唯有掌握了在地知識，跨國移民作家的在地認同的建構才有可能。從這個角度來看，幾近文獻寫實主義的在地知識炫耀，不厭其煩的重複地方細節，出自於異鄉人大量鋪排自己所知所感的在地相關知識。越重複，越冗長，越瑣碎，就代表跨國移民作家打入在地社群的欲望多麼強烈；相對地，《海東青》和《朱鴒漫遊仙境》的篇幅有多長，不正清楚標示了在地社群對於跨國移民作家的考驗有多麼艱難而永無止盡嗎？

地方與民族想像（不）共同體

打入在地社群何以不容易？原因是地方內涵絕非固定不變，涉及地方內部不同意識形態的爭奪、糾葛、對峙。《海東青》、《朱鴒漫遊仙境》不單純是地方景觀再現的小說，而涉入地方再現與詮釋權的爭奪，與一九八〇年代以後台灣的重層民族歷史（時間）敘事纏繞糾結。以下，我擬討論小說如何呈載不同的民族敘事，主要包括兩組民族敘事的角力：西方與中國、中國與台灣。

1. 西方 v.s. 中國

如前所述，《吉陵春秋》已經觸及西方與中國兩種民族主義的對峙，《海東青》則進一步梳理兩股力量的糾葛。[24]《海東青》厚厚五十萬字，開頭第一個場景是留美華僑靳五搭乘飛機於夜霧中抵台。從小說線索得知，敘事者靳五是來自於婆羅洲的客家人，曾在台灣念書，對台灣人事風景並不陌生。當敘事者靳五自機場抵達台灣，小說暗示台灣空間景觀的變化：

23 李奭學，〈再見所多瑪〉，《聯合報》讀書人版，一九九八年八月三日。黃錦樹，〈漫遊者、象徵契約與卑賤物〉，《謊言或真理的技藝：當代中文小說論集》（台北：麥田，二〇〇三）。

24 從這裡就必須注意到《吉陵春秋》與《海東青》的類似性，兩者皆呈現出關懷道德淪喪，而又該如何撥亂反正的命題。黃錦樹更直指《海東青》為《吉陵春秋》重寫，可合稱「海東春秋」。參見黃錦樹，〈漫遊者、象徵契約與卑賤物〉，頁六六。

一堂光明。歡迎光臨海東！大廳口，蹬著高跟鞋守著個女郎，挺窕亮一襲藏青色小腰身短旗袍紮著月白毛線衣，背著手，溫婉地瀏覽旅客，點頭。襟口別著服務證。靳五回頭望望。出國八年，半夜回來海東的姑娘突然變了個樣，飛颺睥睨起來這一個名字叫向潔，燦白一廳的日光燈下，兩圈紅絹帶拴住腦勺上一髫黑，揚起臉，綻樣開兩渦子笑靨。不知怎的，靳五想起了秋棠。（頁一）

這一段引文最後一句耐人尋味，「靳五想起了秋棠」。對於李永平作品不熟悉的讀者，恐怕一頭霧水，秋棠是誰？事實上，秋棠是李永平前作《吉陵春秋》的一名角色，一位住在「遙迢，遙迢的一片綠柳村莊」的少女。靳五從機場服務員想起《吉陵春秋》的秋棠，然而，守候在飛機場入境國門口的空服人員早已不是「兩條小花辮紮著紅頭繩」，那陷落在《吉陵春秋》古舊中國小鎮裡的少女秋棠，而是「蹬著高跟鞋」的摩登女郎，簡明俐落。

李永平《海東青》一開頭便將《吉陵春秋》的秋棠和時尚摩登的空服員向潔參差對照，具體描寫兩人的衣著、體態、工作，透露出不同時空底下女人的差異。改變的不只是女人，一併產生變化的還包含文本中再現的地理景觀。有別於《吉陵春秋》時代未受現代化污染的風土景觀，那意欲透過純正中文抵擋惡化西潮所建構的紙上小鎮，《海東青》開卷則明白揭示了由「水霓紅」、「紅晶燈」、「水銀燈」、「日光燈」等五彩繽紛色調組成的極具現代感的摩登台灣，藉此暗示鋪天蓋地而來且難以抵擋的現代化夢魘。這是靳五回台以後的第一印象。

《吉陵春秋》全書主要寫於李永平美國攻讀博士班時期，人在異國，卻以紙筆文字堆疊出他的心靈遙想所在。問題是台灣經歷一九七〇、一九八〇年代工商業經濟快速起飛階段，經濟蓬勃發展，早已不可同日而語。從《吉陵春秋》到《海東青》於是浮現了銜接斷裂的困難：《吉陵春秋》若是企圖打造一個精神上的文化原鄉，《海東青》則呈現精神與現實的鴻溝。古舊的中國畢竟已經過去了，迎面而來的「家鄉」總是燈火通明又欲望高燒。

一部小說從北寫到南，可不管住在哪裡，推窗一望，總也會看到台灣的燈火撲面而來：北投溫泉鄉，樓台縹緲中，那漫山繚嬝的硫煙和一谷旖旎的燈火；南投貓羅溪畔，煙雨蒼茫水田中兀自旋轉閃爍著三色燈。咦？紅藍白三色燈，那不是我們挺熟悉的理髮店標誌嗎？如今，一盞盞搔首弄姿，出現在台灣田野，怎也變得如此燦爛冶豔起來？（頁二——三）

李永平二〇〇六年再版《海東青》，自述《海東青》創作緣起是基於留美返台以後，目睹台灣種種深受西化思想的荼毒，導致質樸善良的人心終究也著魔癲狂，即便偏遠山區亦遭現代化入侵：重打扮，迷流行，浮誇不實。燈火是小說重要的隱喻。燈的明亮延宕了白晝時間，象徵理性知識克服了野性自然，啟蒙（**enlightenment**）一詞便隱含「點亮」（**enlighten**）的意義。不過，李永平這裡卻逆寫了燈火的正面涵義，他認為燈與魔相互連結，燈火不單純是人類的高度理性的昂揚，更直指源源不絕的私欲執念。在高度發展的摩登都市，色情、飆車、賭博等副產品橫行霸道。「摩登台灣」頓成「魔燈台灣」。透過燈火隱喻的雙面性，李永平反諷都市理性文明興起之後，人類欲望無有節制，終將在靳五回國以後一一凸顯。

值得注意的是，李永平的現代化反思顯然遵循民族敘事邏輯，與其說他反對資本主義，倒不如說是反西方。《海東青》關懷的不是庸俗文化，抑或是人類科技文明發展對生態造成的傷害，小說的現代化反思命題是從民族敘事裡頭開枝散葉出來的一種變奏。《海東青》屢屢提及靳五的外文系同事傑夫諾曼調戲台灣女同事，正是很好的例證。換言之，《海東青》與《朱鴒漫遊仙境》雖然號稱為寓言，打算穿花撥霧探究台灣都市的黑暗之心，說實話，一九八〇年代末李永平都市反思作品仍延續一九七〇年代初台灣鄉土文學的論述取徑：反西化取向的中國民族主義敘事。

有趣的是，台灣步入西方現代化，並不暗示舊有秩序全然崩塌，反而巧妙地形成多種民族時間敘事共存的複雜狀態：

夕陽斜，岳飛銅像長長的陰影下，麥當勞大樓門口一柱擎天，星條旗飛颺。（頁一六四）

「那個鐘停了好久了，丫頭。」

「喔！」

「想上哪玩？」

「隨你。」

「想不想去美國走走？」

「去美國？」

「……」靳五哈哈大笑一把捉住朱鴒辮梢上那兩縷子飄颺的白絲線，扯了扯，弓下身瞅住她眼睛。人潮洶湧街道上，大小兩個扠起腰大眼瞪小眼對峙起來。「那不就是？溫娣漢堡。」（頁三一三）

美國怎麼去？李永平說，溫娣漢堡是也。其實不只是溫娣漢堡，麥當勞、肯德雞、包括最新崛起的星巴克都不是一間餐館、一間咖啡店，建築物背後幽幽躲藏美國文化價值的魂魄。有趣的是，這一段引文可以窺見西方文化雖然在台灣地理空間鋪天蓋地往橫向開枝散葉，與之相對比的，卻是垂直時間軸的停擺：「那個鐘停了好久了。」停擺的時間軸即是以岳飛銅像為代表的中國民族時間敘事想像，對比於西方摩登男女來來往往人潮沓雜，中國敘事只能淪為銅像，以僵硬的姿態讓後人憑弔。「夕陽斜，岳飛銅像長長的陰影下，麥當勞大樓門口一柱擎天，星條旗飛颺。」中國民族敘事表現為停擺、僵硬、夕陽西下、攤成地上一道陰影；而西方民族敘事則是高高聳立、飛揚、活潑的現在進行式。李永平透過建築物兩相對照，洩漏了西方／中國民族敘事的內在肌理。

中國民族敘事也完完整整濃縮在朱鴒父親的屋子：「整個屋子暗沉沉的像殯儀館一樣。」[25]朱父拒絕燈光，拒絕現代化，寧願房間陷入一片死寂，一個人獨自窩在家中，反覆收看二十年前的少棒賽。

比賽那晚，嗳，丫頭呀，這整座從北到南從城市到鄉下，家家男女老少半夜兩點鐘守在電視機旁，看我們中華娃娃兵為國奮戰！全國百姓看得又是流淚又是歡笑，手掌都拍痛了，那股子愛國家愛民族的勁兒，當年奮震多少民心士氣呀。（頁九一）

朱鴒父親透過觀看少棒賽，一方面回味台灣經濟尚未起飛時期，全國百姓團結一心為出國西征的棒球小將加油打氣；另一方面透過影像召喚昔日榮光，將自我主體認同縫合進中國民族敘事。朱鴒一句：「爸，您落伍囉。」（頁九一）精準指出朱父的時間刻度停留在二十年前少棒球賽，與現在（西方）時間不同步。這裡又再度說明了台灣並存有兩種時間觀想像——西方與中國——互不同調，且西方為摩登、為進展時間，是現代進行式；而中國時間想像則是遺失刻度的落後時間，無有前進，無有後退，陰影般存有。

一個很有意思的地方，中國民族敘事的尋回不是從古籍、遺跡、食物，或文稿，居然是透過錄影帶這等現代科技。一九八〇年代末期的合法電視頻道不像今日，仍是以無線三台為主，電視台忙於捕捉主流觀眾的脾胃，實在難以照應到所有收視人口的需求，導致電視台的市場預設依照多數人喜好為主。相較之下，一九八〇年代錄影帶出租店則照顧到了更大、更多元而另類的收視人口，較電視頻道更具有開放性；[26]另外一方面，錄影帶可以反覆播放，完整保留住每個稍縱即逝的當下，凝滯了時間的前進，提供了時間另類想像的可能。於是朱父的少棒錄影帶可以重複看幾十遍，影像將對抗西方民族敘事的中國性巨大幽魂一而再、再而三召喚回返。

總的來說，倘若《吉陵春秋》誕生於一九七〇年代鄉土文學氛圍下的反西化思潮，建構一個抵抗西方的中國鄉土，從《吉陵春秋》到《海東青》的轉折，則是小說家不得不正視西方文化力道之大，早已覆寫在台灣空間地理景觀與人心價值觀的評斷。因此，《海東青》與《朱鴒漫遊仙境》明顯暗示了西方過於強大的民族敘事力道，導致縱向的中國文化想像的時間系譜癱瘓。這兩本小說顯然大力批判西方文化，對行將就木的中國民族主義致以最深沉的哀悼。

25 李永平，《朱鴒漫遊仙境》（台北：聯合文學，一九九七），頁九〇。

26 根據葉龍彥的研究，台灣自一九七八年開始發展錄影帶工業，初估當時在台北市擁有錄影機的家庭至少有一萬家以上；一九八二年，全台至少超過三十萬戶家庭有錄影機；一九八四年，全省登記有案的錄影帶業者共有超過三千三百一十八家，但若加上非法營業的錄影帶出租店，恐怕高達六千多家了。由此可見，台灣一九八〇年代錄影帶業的高度興盛，以及收視人口的需求。參考葉龍彥，〈錄影時代的來臨〉，《竹塹文獻雜誌》二十三期（二〇〇二年四月），頁六四—六九。

2.中國v.s.台灣

若將《海東青》與《朱鴒漫遊仙境》的民族敘事簡化為「反西化」，恐怕無法全面關照到李永平「書寫台灣」創作裡的民族敘事難題。事實上，台灣民族敘事與中國民族敘事在小說文本同樣處於對壘衝突的狀態。李永平於一九八四年從美國完成博士學位，返回台灣，正逢解嚴前夕台灣社會力最為旺盛的時刻。討論李永平返台後創作的《海東青》、《朱鴒漫遊仙境》這兩部作品，不應該忽視台灣從戒嚴到解嚴、台灣意識逐漸崛起的重要轉折時代。

這兩本小說最能凸顯中國民族敘事與台灣民族敘事交鋒對峙，恐怕是台灣立法院打鬧不休，拳腳相向的大混戰：

「幹！妳們四十年前是光著屁股逃來咱寶島的！」

「放屁！我們是捧著黃金來的！那時你們窮得連大人都穿開襠褲哩。」

「幹妳娘！你們這些阿山婆最會黑白亂講。」

「放你爸的屁！你們才胡說八道。」[27]

這一段描述本省籍立委和外省籍立委相互詮釋國民黨政府撤退來台的「真實情況」，雙方不滿意對方版本，一言不合，相互謾罵。《海東青》裡的外省人將國民黨政府遷移來台形容為

「避秦」：「怎麼會流落到海東？」「避秦。」[28]相較於此，本省籍立委的聲音則試圖重新爭奪台灣的歷史詮釋權，賦予國民黨政府失敗者的意涵——「妳們四十年前是光著屁股逃來咱寶島的！」

本省籍立委不單批判黨國政府歷史想像，也一併責難執政者強將中國文化與價值觀灌輸於本省人：

你們在大陸打輸了，就把中國北京故宮弄到我們寶島上來，想要把你們支那四千年血淋淋的邪惡歷史，強加在我們寶島人民頭上！〔……〕路上經過故宮博物院，一看見它，心裡就想起腦袋後面拖著一根豬尾巴的支那人，越看越生氣，越想心越煩。那間看起來像支那皇帝陵墓的博物院，如同整部中國歷史血淋淋站在我們土地上〔……〕咱攏總放一把火燒得乾乾淨淨，順便燒掉你們邪惡的支那中國歷史！[29]

27 李永平，《朱鴒漫遊仙境》，頁二五五。
28 李永平，《海東青》，頁二八七。
29 李永平，《朱鴒漫遊仙境》，頁二七八。

故宮博物院遷移到台灣，對外省人來說，那是送給台灣人「中國四千年的寶物」。[30]這份寶物卻涉及特定意識形態的再生產。故宮是博物館，是紀念碑，更是歷史的傳聲筒，將中國歷史想像、價值判斷，與政權合理性降靈於建築物之上，故宮從北京移往台灣已經蘊含了中國歷史正統性的承接。因此，本省籍立委才會說故宮「如同整部中國歷史血淋淋站在我們土地上」，他使用「血淋淋」，暗指中國歷史建立其正統權威性時，採取暴力手段抹殺了在地傳統。燒掉故宮，對本省籍的立委來說，便是一種對於中國性歷史想像發動的抗拒，一種對中國中心敘述史觀的抹殺。

本省籍立委對外省籍立委的質疑，凸顯出一九八〇年代至一九九〇年代台灣意識與中國意識之間壁壘分明，台灣社會潛藏豐沛多元的話語交鋒對峙。這兩段引文均說明，本省籍立委登上一向由外省人把持的政治舞台，並生產不同於國民黨政府版本的歷史詮釋。當本省籍與外省籍立法委員以「你們」、「我們」的集合性主詞凸顯族群共同體想像，區別族群內部與外部的分野，透露一九八〇年代以降台灣意識與中國意識重層的民族敘事。

面對台灣的族群撕裂僵局，《海東青》、《朱鴒漫遊仙境》二書採取一種非常耐人尋味的回應方式，「家庭」。在《朱鴒漫遊仙境》這本小說，朱鴒與六個同伴檢視自身身世，自己究竟是本省人還是外省人？六個同伴當中，兩個是外省人，四個是本省人，外省人比本省人少正好對應了台灣本省人多於外省人的現狀。至於朱鴒父親是外省人，媽媽則是本省人，也透露出第二次世界大戰結束後，外省來台人士與本省人通婚的常態：

感覺上，就好像有兩股血液在我血管裡，亂竄亂流，好像兩個大人在我身體內打架，每天把我整得暈頭轉向坐立不安，在家裡實在待不住，煩躁得要死，只想逃到外面大街上亂跑亂逛，有時候好痛苦喔。（頁三〇一）

從《海東青》開始出現的朱鴒，一直以來的形象是早慧又喜愛在街上遊逛的小姑娘，而小女娃何以不喜歡待在家？這一段告白洩漏了真正的原因：家庭失和。小說中朱鴒的外省父親整日待在家裡收看少棒錄影帶，本省媽媽則時常跟鄰居組團到日本參訪。[31]朱鴒父母感情失和深具隱喻性，此情節設計隱喻了台灣與外省、台灣民族主義與中國民族主義的齟齬對立，像是兩股互不相容的血液纏鬥著。混血的朱鴒在台灣意識與中國意識決裂之際，顯得進退維谷。

中國為父，台灣為母，李永平在小說拒絕只往單一系單一脈溯源追流的家譜清償，而是強調唯有父母俱在的「家」才是「家」。換言之，《海東青》、《朱鴒漫遊仙境》站在混血朱

30 李永平，《朱鴒漫遊仙境》，頁二七六。

31 《海東青》與《朱鴒漫遊仙境》裡頭朱鴒的父親為外省人，母親為本省人，而母親又屢次到日本參訪，與日本人相好私通。朱鴒父母輩的關係與其各自族群身分，恰好彰顯李永平理解的台灣歷史的縮影，這中間折射出李永平認為中國與台灣的結合為明媒正娶，而台灣與日本之間則是私通，不道德的關係。

鴒的立場，試圖以混雜文化回應地方的民族主義對壘。李永平的思考呼應一九八〇年代末期至一九九〇年代緩緩浮上台灣文化場域的四大族群論述，企圖以台灣全體住民為肌理，意圖打造一種台灣想像共同體與台灣認同，進而建立跨族群共存共榮的想像。[32]

換句話說，李永平的台灣書寫並非是中性的地景描寫，並非單純勾勒地方風土的變遷，《海東青》、《朱鴒漫遊仙境》的台灣書寫業已捲入民族敘事的鬥爭，帶入「我們」與「他們」的想像區別以及意識形態的爭辯：這是誰的地方？如何再現地方？誰對地方具有言說詮釋權？什麼是原屬於地方的在地文化？何為外來文化？李永平的答案不是去追索原初，而是將視角聚焦在文化不斷流動與互匯的同時，究竟滋養出何等新的文化現狀與地方想像。值得注意的是，這樣的想法也呼應李永平的移民身分，透過更寬闊對於地方的思考，為自己在台灣找到發言與書寫的位置。

以在地知識驅近地方

本文關注李永平小說在台灣脈絡的意義。在台馬華作家李永平的重要小說幾乎都發表在台灣，他也於一九八〇年代入籍台灣。在這一位小說家漫長的創作歷程當中，他交出好幾本書寫台灣的作品，包括《海東青》、《朱鴒漫遊仙境》、《雨雪霏霏》，即便小說場景曖昧的《吉陵春秋》也與台灣一九七〇年代鄉土文學反西化氛圍的台灣社會脈絡大有關聯。在此前提下，我試圖思考跨國移民作家與台灣移居地之間的對話、協商、回應，乃至於所面對的挑戰。

談到地方，我們總會聯想到地方感性、在地性、地方認同等相關概念，但卻極少考慮到這些抽象的概念要如何落實。我在這篇文章試圖指出，在地知識舉足輕重，我以為跨國移民作家建構跨國地方認同的過程，可以窺見他們不斷展現對地方溝通、認同、協商的誠意，而在地知識的學習與展演成為談資籌碼。這種以在地知識接近地方的策略，反映了跨國移民作家認同建構的欲求，也暗示了地方（移居地，非原鄉）在移民作家書寫的深刻重要性。

以在地知識趨近在地文化的思考，彰顯出地方論述不足之處。德里克認為「地方」與時俱進，不必將地方視為封閉絕緣於外在社會情勢流變，他進而提出「在地」（place-based）、「縛地」（place-bound）的區辨——在於地，但不縛於地——認為地方內跨文化流動既會改變地方的僵化定義，更能建構與生成新的在地文化脈絡。[33]借鑑於德里克對於地方定義的高度彈性，從一九六〇年代開始逐漸在台灣開枝散葉的在台馬華文學雖是外籍兵團，其在台灣文學場域的存

32 張茂桂，〈台灣族群和解的坎坷路〉，收錄於施政鋒編，《國家認同之文化論述》（台北：台灣國際研究學會，二〇〇六），頁五三。

33 Arif Dirlik, "Place-Based Imagination: Globalism and the Politics of Place," in Roxann Prazniak and Arif Dirlik eds., *Places and Politics in an Age of Globalization* (Lanham: Rowman & Littlefield Publishers, 2001), pp. 21-24.

在已久，自然應放在台灣文學脈絡裡檢視。[34]然而，這樣的說法彷彿暗示在台馬華文學是「自然而然、久而久之便成為在地」，一方面忽視在台馬華文學仍多被視為外籍兵團，與在地社群與本土文學史書寫之間仍持續引發曖昧複雜的辯證；另一方面也對在台馬華作家長期積極介入台灣文學場域的努力過程視而不見。跨國移民作家如何進入地方？如何不斷自我充實地方知識，介入在地社群？這恐怕是德里克地方論述未能關照之處。

從這個想法來看，立基於德里克的「在地論述」、「縛地論述」，我覺得有必要提出「驅地想像」（place-driven imagination），捕捉跨國移民作家趨近地方的過程。有別於「在地」或「縛地」爭辯地方究竟具備多大開放性，「驅地」則關心地方界限的封閉性，以及地方內部排外政治（politics of exclusion）的運作。只談地方如何流動開放，卻沒有照應到流動開放社會裡遭到壓抑的異己，也沒有體認到異己追索在地認可的種種努力與頹喪，根本無助於我們針對文化差異議題進行深刻反思。地方概念的重探，勢必要著重開放性與封閉性的相互辯證與拉扯。

我所謂的「驅地論述」指涉兩種層次：一是驅動力，可以探討作家對自身文學屬性的焦慮，作家如何展現他融入地方的驅力，以及由地方共同體驅動所產生的排斥異己力道如何挫折作家的寫作；二是趨近力，討論作家如何挪用在地知識趨近地方，將在地知識視為與在地文化對話、輸誠、角力的文化資本。基於此，在地知識於地方論述和地方認同形構過程中，扮演了吃重角色。然而，我雖強調在地知識可以供給作家趨近地方，並不暗示作家可就此獲得穩固的在地性。地方對於異己的檢視過程並非短暫，而是一個長時間協商的反覆辯證動態旅程。驅地認同談的是一種趨近，但不抵達，一種不斷趨近的過程。

《海東青》的主角靳五是一個剛完成學業自美國返台的馬來西亞僑生，主角的設計明顯疊合李永平個人身分，然而在現實生活中，他不只是剛回國的僑生，更是努力要拿到中華民國身分證的僑生。李永平表示：「申請很多年中華民國國籍，直到七十六年領到身分證的隔天，我馬上到辦事處去宣誓放棄馬來西亞國籍。」[35]這一張身分證代表的是他境內的證明。然而，當他人質疑該如何定位他的文學國籍時，他只能立刻拿出身分證，以茲證明。[36]異鄉人的焦慮成為揮之不去的問題，不斷騷擾跨國移民。

由此可見，李永平對身分認同與入境與否的焦慮，並沒有因為拿到身分證而安定下來。移民者最主要的難題在於如何向地方文化輸誠，如何展現其對民族國家的向心力，實際的作法就是要比當地人還要更像當地人，藉此擺脫異鄉人的容顏。只不過，此過程並非一蹴可幾，而是緩慢而長久的自我反覆檢視，書寫台灣成為不得不上路的計畫，也意外嫁接上台灣鄉土文學發展

34 邱貴芬，〈與黃錦樹談文學史書寫的暴力問題〉，《文化研究》二期（二〇〇六年三月），頁二八〇—二九一。

35 邱妙津，〈百合說謊夢大愛．海東青捲浪淘沙〉，《新新聞週刊》二六六期（一九九二年四月），頁六六。

36 陳雅玲，〈台北的「異鄉人」——速寫李永平〉，《台灣光華雜誌》二十三卷七期（一九九八年七月），頁一一〇。李永平對於身分認同，在不同時期有不同說法，這又是移民作家謹慎在移居地發言的特點之一。最新的訪談可參考：詹閔旭訪談，〈與文字結緣：李永平談文學路〉，《人社東華》十期（二〇一六年六月）：http://journal.ndhu.edu.tw/e_paper/e_paper_c.php?SID=167。

出反西化、關注台灣現實、再現台灣風土的特色。

話說回來，書寫台灣何嘗容易。難處不在於像不像，精不精準。我在這一篇文章試圖指出的是，書寫台灣展現了什麼樣的驅力與焦慮？調動了什麼樣的文化資本建構筆下的台灣？他在台灣一九八〇年代以後族群意識撕裂之後的意識形態光譜上，位居什麼位置？這些問題都複雜化了跨界作家與現居地之間的對話語境，將地方書寫扣緊更為難纏的地方認同政治議題。

引用書目

王德威，《小說中國：晚清到當代的中文小說》（台北：麥田，一九九三）。
李永平，《拉子婦》（台北：華新，一九七六）。
——，《吉陵春秋》（台北：洪範，一九八六）。
——，《海東青》（台北：聯合文學，一九九二）。
——，《朱鴒漫遊仙境》（台北：聯合文學，一九九七）。
李宣春，《李永平婆羅洲書寫研究》（國立中央大學中國文學研究所碩士論文，二〇一三）。
邱貴芬，《仲介台灣．女人》（台北：元尊文化，一九九七）。
施政鋒編，《國家認同之文化論述》（台北：台灣國際研究學會，二〇〇六）。
張誦聖，《文學場域的變遷》（台北：聯合文學，二〇〇一）。
陳大為、鍾怡雯合編，《犀鳥卷宗：砂勞越華文文學研究論集》（桃園：元智大學中文系，二〇一六）。
黃錦樹，《馬華文學與中國性》（台北：元尊文化，一九九八）。
——，《謊言或真理的技藝：當代中文小說論集》（台北：麥田，二〇〇三）。
李有成，〈《婆羅洲之子》：少年李永平的國族寓言〉，《南洋學報》六十八期（二〇一四年十二月），頁三—一五。

林建國，〈為什麼馬華文學？〉，《中外文學》二十一卷十期（一九九三年五月），頁八九—一二六。

邱妙津，〈百合說謊夢大愛．海東青捲浪淘沙〉，《新新聞週刊》二六六期（一九九二年四月），頁六六。

邱貴芬，〈與黃錦樹談文學史書寫的暴力問題〉，《文化研究》二期（二〇〇六年三月），頁二八〇—二九一。

高嘉謙，〈性、啟蒙與歷史債務：李永平《大河盡頭》的創傷和敘事〉，《台灣文學研究集刊》十一期（二〇一二年二月），頁三五—六〇。

張錦忠，〈（離散）在台馬華文學與原鄉想像〉，《中山人文學報》二十二期（二〇〇六年四月），頁九三—一〇五。

——，〈在那陌生的城市：漫遊李永平的鬼域仙境〉，《中外文學》三十卷十期（二〇〇二年三月），頁二一—二三。

曹淑娟，〈墮落的桃花源——論《吉陵春秋》的倫理秩序與神話意涵〉，《文訊》二十九期（一九八七年四月），頁一三六—一五一。

陳雅玲，〈台北的「異鄉人」——速寫李永平〉，《台灣光華雜誌》二十三卷七期（一九九八年七月），頁一〇八—一一一。

葉龍彥，〈錄影時代的來臨〉，《竹塹文獻雜誌》二十三期（二〇〇二年四月），頁六二—

七六。
詹閔旭採訪，〈大河的旅程——李永平談小說〉，《印刻文學生活誌》四卷十期（二〇〇八），頁一七五—一八三。
——，〈與文字結緣：李永平談文學路〉，《人社東華》十期（二〇一六年六月）：http://journal.ndhu.edu.tw/e_paper/e_paper_c.php?SID=167。
龍應台，〈一個中國小鎮的塑像：評李永平《吉陵春秋》〉，《當代》二期（一九八六年六月），頁一六六—一七二。
蘇其康，〈李永平的抒情世界〉，《文訊》二十九期（一九八七年四月），頁一二八—一三五。
李奭學，〈再見所多瑪〉，《聯合報》讀書人版，一九九八年八月三日。
Dirlik, Arif, "Literature/Identity: Transnationalism, Narrative and Representation," *The Review of Education, Pedagogy, and Cultural Studies*, 24.3 (2002): 209-234.
——, "Place-Based Imagination: Globalism and the Politics of Place," in Roxann Prazniak and Arif Dirlik eds., *Places and Politics in an Age of Globalization* (Lanham: Rowman & Littlefield Publishers, 2001).

詹閔旭，國立中興大學台灣文學與文化研究所助理教授。

在那陌生的城市

——漫遊李永平的鬼域仙境[1]

張錦忠

你始終不得進入
一扇窄門
手提箱裝滿引文，咯咯推饗
天涯客，閑遊人
別有所喻——
——而這些震鑠

——特里·伊葛敦：〈向卞雅民致敬〉[2]

李永平的長篇小說《海東青》於一九八七年八月動筆。「一九八七年」這真實的歷史時間相當接近書中所建構的敘事時間：一九四九年，摩西．蔣介石與國民黨人離棄南京、北京、上海等中國城池，南下台灣偏安海東，到了一九八七年，已是「出埃及第三十八年」。小說至一九九一年七月方告完稿。從開筆到出版，耗時四年有餘。而小說中的敘事或事件發生經過，卻不過大半年光（從中秋到暮春）。換句話說，小說的敘事時間進程與真實歷史時間同步。作者在動筆之際，反思再現的是一九八七年至一九九一年間「極樂台灣」的社會亂象，但小說中充滿微言大義的大半年卻花了作者四年的光陰；顯然就書寫而言，幾乎是在第二年中葉之前，真實的歷史時間即已停頓（小說故事中於一九八八年春）。到了小說書寫結束的一九九一年，凝視眼前變成了回顧過去。作者六年後出版的《朱鴒漫遊仙境》，寫的是一九八九年夏天的故事，從寫作時間看來（一九九四年至一九九六年），更是回首前塵之作。事實上，《海東青》

1 本文原宣讀於國立交通大學語言與文化研究所暨新興文化研究中心主辦之「離散美學與現代性：李永平和蔡明亮的個案」研討會，二〇〇一年十一月三十日，新竹市。會議論文原題〈海東軒渠錄：閑遊李永平的鬼域仙境〉，書寫形式步趨卡雅民商場計畫文體，原是刻意為之。後修訂為學術期刊論文格式，更名為〈在那陌生的城市——漫遊李永平的鬼域仙境〉刊登於《中外文學》三十卷十期（二〇〇二年三月），頁一二一—二三；增刪之間，有得亦有失。感謝原會議策劃人林建國邀稿美意，讓我有機會閑遊新竹，體會界定亞洲地區離散美學與現代性的疑義。事隔多年，昔日頗「現代」的3.5磁碟片（FD）早已是骨董，儲存此文的檔案也已煙消雲散了。感謝現任助理施乃安重新鍵入文檔。

2 這是我的譯本。譯詩原刊《中外文學》的「翻譯的詩作與詩人」專號二九卷一期（二〇〇二年六月），頁七六—八五。「卞雅民」即台灣學界常譯為「班雅明」或大陸學界多譯為「本雅明」的**Walter Benjamin**。

的視野，並未停留在那大半年，或那四年的台北，或蔣介石「出埃及」四十年間的台灣，而是中國人離散的歷史地理。不管是四十年或四千年，在書寫的場域，其實都是當下的歷史。

摩西．蔣「出埃及第三十八年」的那大半年，對小說中人靳五來說，可能是一段瑣屑歲月（a year of no significance）。眾所周知，這個片語乃套用黃仁宇的《萬曆十五年》英文書名。回顧那半年發生在靳五身邊的事，的確無關宏旨，微不足道（是為「小說」），跟八〇年代末海峽兩岸驚天動地的政治社會事件比起來（尤其是一九八九年五、六月間發生在北京的事），更是如此，話說那年秋天，靳五留美學成歸來，重履海東／台灣任教母校，結識芳鄰小女生朱鴒、亞星，三人課餘沒事（或蹺課）鯤京／台北街頭閑遊。日出日落，冬去春來，半年後朱鴒「家變」，準備搬家，亞星下落不明，小說上卷終了。靳五／李永平無能力阻狂瀾，只能消極地祈願道：「朱鴒，願你好好長大」／「丫頭，不要那麼快長大！」李永平在書末寫下「丫頭，不要那麼快長大！」時，距離朱鴒放聲大哭已三年多，小說家還在慢條斯理地寫小說，朱鴒等七仙女已進入遊仙窟，小女孩想必早已被迫長大。

然而作者正是要借這「四海昇平，……並無大事可敘」[3]的半年敷演一則令靳五震鑠的台北寓言故事。批評家如林建國曾經對靳五這個「無止境漂流的迌迌人」[4]感到興趣，並試圖替他找尋家鄉所在。結果找到的不是流浪的台北人的家園，而是婆羅洲之子的家鄉。然而找到了吉陵原鄉又怎樣？李永平早已離家棄國，流放他鄉，成為永遠的自我放逐者。黃錦樹則說，「我們必須談而始終沒辦法談（的）是那個叫做『靳五』[5]的敘述者。他沒有生平他只有母親。他來自南洋，他是客家人。」[6]問題是，「無止境漂流的廹廹人」可能有原鄉麼？其實，靳五既是天涯客，也是閑遊人，跟無家可歸的街頭混混安樂新一樣，都是鯤京／台北這個城市的邊緣人、旁觀者。《海東青》不是他們的故事，他們只能是遊手好閒的閑遊人。說《海東青》不是他們的故事，其實也不全對。他們需要像台北這樣一座似家非家的城市落腳，台北也需要閑遊人來漫走。

他們——或我們——所漫遊的《海東青》裡的台北，是一座象徵的、符號的、看不見的城市。李永平描繪解嚴前後的台北圖誌，將台北的地理空間建構成文化符號空間或符號域界（semiosphere）。[7]小說副題「臺北的一則寓言」，已明確點出其非寫實旨意與結構。李永平並未企圖描繪一座寫實的、看得見的台北，或書寫一本王拓的《台北台北》那樣的社會寫實小

3 黃仁宇，《萬曆十五年》（台北：食貨出版，一九八五），頁一。
4 林建國，〈異形〉，《中外文學》二十二卷三期（一九九三年五月），頁七八。
5 就敘事學觀點來說，靳五其實不是《海東青》的「敘事者」，而是「被敘事者」。
6 黃錦樹，〈在遺忘的國度——讀李永平《海東青》（上卷）〉，《馬華文學：內在中國、語言與文學史》，（吉隆坡：華社資料研究中心，一九九六），頁一八三。
7 這裡借用羅特門的用語。羅特門原將「符號域界」界定為「眾語諸言存在與產生作用所需的符號空間」，亦即「該文化的整個符號空間」。Lotman, Yuri M, *Universe of the Mind: A Semiotic Theory of Culture* (Bloomington: Indiana University, Press 1990), p. 123, 125。

說。《海東青》裡的台北甚至不叫台北，叫鯤京，台灣也不叫台灣，叫海東。李永平將台北符象化的意圖不言而喻。台北做為形成符號域界的文化空間，其中充滿羅特門（Yuri Lotman）所說的「不規則性」與「異質性」。我們所「看」到的李永平筆下的台北，不管是語言或社會現象，均非常態。

《海東青》裡的台北其實是一座人間鬼域，或與人間對照的鬼域。黃錦樹論及李永平的故鄉時說，「那是一個充滿死屍和死亡威脅的死城。……不論『吉陵』還是『海東』，都是死亡國度。」[8]黃錦樹的觀察耐人尋味，而且是最早連結《海東青》與「死亡國度」的說法，可惜他只是一筆帶過。王德威近來撰文，多論及二十世紀末華文小說中的「鬼魅論述」，訓鬼為「歸」——回歸依戀不捨的人間，「因此占有一模糊空間，在其中傷逝與招魂、已知與不知、記憶與幻象，相互交錯。」[9]王德威點評的這批世紀末鬼魅書寫作家包括黃錦樹與黎紫書，他沒提到李永平，倒是在一篇《海東青》的書評中寫道：「靳五與他的小莎樂美漫遊海東鯤京，其實都是在死亡與墮落的淵藪邊緣。」[10]書中處處皆鬼聲魅影。安樂新除夕夜與靳五外出夜遊時，即聽到公寓樓上傳來「妳是勾魂的女妖，看妳一眼就要死亡，死亡——」的「鬼歌」。

我們讀基督教聖經，知道摩西出埃及後在曠野中餐風宿露四十年，終於看到迦南美地。我們也讀過一點中華民國現代史。國共內戰不出五十年，摩西．蔣從唐山過台灣。一九四九年，國民政府遷台。台北成為中華民國的臨時首都，隨著國民政府南遷的中國各省軍民文員商賈，暫時在台北築家建巢，也使台北成為一座大陸南北各省口音混雜、各種飲食口味紛陳的城市。

「台北人」代表的正是這樣一種多元性的城市居民，而不是外省人／本省人，或外省人／台灣人的習慣性褊狹或二元性劃分法。一九四九年以後，現代中國歷史進入中華人民共和國與中華民國分立海峽兩岸的局面，中間夾著香港與澳門這兩個英國與葡萄牙的殖民地，一直到上個世紀末年。三十五歲的歸國學人靳五自美國應聘來海東大學／臺灣大學任教時，已近八〇年代末，解嚴的時代了。他在八年前離開海東／台灣，之前的身分是婆羅洲留台僑生，去台赴美八年後重遊舊地，台灣已幾近改朝換代，南洋人靳五記憶中的鯤京／台北也已物非人非，好比八年抗戰歷劫歸來。而記憶中的真實的、看得見的台北已經失落，已經向下沉淪為鬼域。他的迦南美地在哪裡？我認為這就是小說家念茲在茲的問題，也是《海東青》所追尋而不得的答案。

《海東青》即靳五以大學教授／閑遊人身分在鯤京／台北街頭迌迌的海東軒渠錄。小說開卷時，他一下飛機，即直奔火車站附近，為讀者展開一幅上一個千禧年世紀末的霧中風景。夜霧中恐怕不宜寫生寫景，只宜寫意。此乃寓言書開頭筆法。問題是，如果鯤京／台北已淪為鬼域，如同靳五約半年後再度一下飛機即偕朱鴒浪遊以淪為鬼域的鯤京／台北街頭，則台北寓言

8 同註6，頁一八六。

9 王德威，〈壞孩子黃錦樹：黃錦樹的馬華論述與敘述〉，《中山人文學報》十二期（二〇〇一年四月），頁一〇。

10 王德威，〈莎樂美迌迌：評李永平《海東青》〉，《眾聲喧嘩以後：點評當代中文小說》（台北：麥田，二〇〇一），頁九七。

的寓意何在？「出埃及」四十年後，離散中國人的迦南美地究竟在哪裡？如果斯土非美地，不是「三民主義模範省」，書中所描繪的那個城市，「那萬種風情千樣繁華薈萃於蓬萊仙島的奇境」（頁v），即使十年、二十年或五十年後在彼岸海西大陸出現，又有何意義？《海東青》的寓意與預言又是什麼？

卞雅民／波特萊爾的發達資本主義時代都市街頭閑遊人，或為偵探，或為罪犯，但是八〇年代台北的大學教授（或戴上大學教授面具的作家）何以無所事事，遊手好閒，在街上遊蕩，既像街頭混混招搖過市（還帶著課本上風月場所），又像私家偵探般冒險犯難？在英國，十九世紀六〇年代初的某一個夏天，牛津大學的數學教授查爾斯・陸德威・道奇森（Charles Lutwidge Dodgson）帶著三個小女生去遊船，三年後出版了《阿麗思漫遊奇境記》（*Alice's Adventures in Wonderland*）。顯然靳五並非唯一身兼閑遊人的大學教授。大學教授靳五帶著一個或兩個小女生在街上遊蕩，經過許多風月場所，經過貞節牌坊，經過許多國父銅像，不斷行禮，不停地看時間，[11]不停遊逛，他本來就不在尋找什麼。

客自天涯歸來，闊別八年，台北遠觀、近看都已不存在記憶中。靳五遊蕩了整夜，尋尋覓覓的地址，已因「鬧鬼」而拆除了。過去與現在之間，已沒有連貫，過去的經驗（Erfahrung）已無法再現，真實的、看得見的台北不在了，眼前是令人駭然震鑠的經歷（Erlebnis）與見聞。取代八〇年代末以前的台北的，並非美麗新世界，而是世紀末向下沉淪的所多瑪。台北已是一座陌生的城市。現代顯然不是個進程，儘管時間並沒有停擺。取代真實的、看得見的台北的，是一個四處迷霧的鬼域。《海東青》實乃靳五／李永平的震鑠（Shocker）之書。鬼域，當然還是比喻，也許說是人鬼雜處的陰陽界（limbo）更貼切。

於是我們展卷，追隨靳五的腳跟，跟著靳五的眼光，去經歷，去看他遊鯤京／台北的邊緣／異域世界（other world）。書一開卷，但見靳五入境中正機場，從那裡出發，由同是客家人的計程車司機運載（現代的渡船夫？）車過小龍江，到鯤京／台北市中心火車站，只見他獨自從霧中啟程，「馬路滃滃勃勃瀰漫開了大霧」，走入的正是一座陰風陣陣的鬼魅世界。李永平的「寓言」，開宗明義以鬼域喻台北。書中不勝枚舉的那些彰顯「鬼域效果」的符號，顯然意在製造地府氛圍。現代的迦壬（Charon）載客渡過小龍江（經過奈何橋）抵達火車站希爾頓／喜來登飯店附近，閑遊人第一回合開始。親愛的讀者，時值中秋，秋風秋雨愁煞歸人，靳五獨自個夜遊西門町／小紅町，「馬路滃滃勃勃瀰漫開了大霧，滿町淒迷」（頁一一一），才到高昌路一帶，已見觀光理髮廳與賓館等西門町象徵空間標誌。這時讀《海東青》，簡直在讀《夜雨秋燈錄》。

11 羅鵬（Carlos Rojas）在討論《海東青》的地形魅影時特別指出書中時間的象徵性與同步性。詳羅鵬的兩篇論文。羅鵬，〈祖國與母性：李永平《海東青》之地形魅影〉，《書寫台灣：文學史、後殖民與後現代》（台北：麥田，二〇〇〇），頁三六一—三七二。Rojas, Carlos, "Paternities and Expatriatisms: Li Yongping's Zhu Ling Manyou Xianjing and the Politics of Rupture," *Tamkang Review*, 29.2 (Winter, 1998), pp. 22–44。

西門町是鯤京／台北的遊廊紅燈區，遊人容易目迷，容易為之色授魂與。小說開始不久，靳五即一時（自願？）受惑於安樂新，隨他進入玉女池，結果沒有失身，卻失落了書，失去了理性與知性的象徵，而且錯將男兒身的小琪當作女兒身。陰魂不散的真正街頭混混「鬼仔新」安樂新後來一再為靳五帶路指引。二人出入風月場所「玉女池」，不無諧仿但丁的中世紀寓言《神曲》中但丁遊地府的意味。《神曲》地獄篇細描地獄各界、逐層呈現犯七宗罪者下場，《海東青》中縱情聲色的世界庶幾近之。李永平寫《海東青》，其實就是在寫二十世紀末台灣版的《神曲》，否則大可不必把三民主義模範省寫成春色無邊的鬼域。

不同的是，靳五有了「玉女池」的經歷之後，成為中年的「麥田捕手」，開始不務正業地接送朱鴒、亞星上下學，陪她們走過鯤京／台北大街小巷，一起遊遍邊緣／異域世界。靳五已非需要他者帶路指引鬼域的但丁，而已易位為理性的象徵味吉爾。正如味吉爾替但丁開路指點迷津，沒有男性的「長者」靳五引路護衛，朱鴒、亞星遊鬼域，難免如羔羊入群鬼虎口，何況一路上小鬼安樂新虎視眈眈，我們也難免迷路。將鯤京／台北寫成鬼域，而非刻畫繁榮富足，似乎有違三民主義模範省的形象。李永平描寫鯤京／台北「紅塵蔽天華燈滿城」之處不少，已可將之視為書中的現代性的模題。是的，如前所述，李永平在自序中問道，台北「那萬種風情千樣繁華薈萃於蓬萊仙島的奇境，十年、二十年或五十年之後，……豈不可能出現於十數億炎黃子孫棲息的古老中國大地，每一角落每一座都城？」即便是出現了又如何？有一回已故小說家朱西甯漫遊台北遠企大百貨，覺得「真像當年南京的某個商場。……但見四下裡處處歌舞昇平紙醉金迷，……新街口附近便開了一家遠企版的新型大商場，其氣派奢華幾近威脅，走在其中令人覺得寒傖和渺小無力。」[12]可見「紅塵蔽天華燈滿城」早在摩西．蔣渡海之前已在海西的南京出現，更不用說解放前或開放後的「上海摩登」了。發達資本主義使人渺小、使人疏離，也使人「飽暖思淫慾」。《海東青》是在寫鯤京／台北而預言上海嗎？我們不是看過侯孝賢拍上海而寓言台北的《海上花》嗎？如果《海東青》是預言美地在淫亂中化為廢墟的寓言書，那我們讀聖經就好了。

靳五三、四人遊鬼城鯤京／台北半年多，所遊之路線，大體上是從忠孝西路火車站前，經過南陽街往西門町，有時則是從羅斯福路臺大附近，經福州街南昌路，再經南門往西門町，或走遠一點，到華西街龍山寺一帶。有時目的地明確，如到臺大文學院，或二女生的學校補習班，或靳五隨小舞看飆車時出東門由中山北路往北，或到公賣局體育館看女籃，更多時候就是閑遊，或徂徂。閑遊漫無目的地，目的卻很清楚，就是閑遊；不然還能是什麼？閑遊人不是家不在台北，就是沒有家，不閑遊，還能是什麼？於是閑遊人閑遊鯤京／台北，既樂在其中，又能發揮導覽功能，讓略知人事的朱鴒亞星、讓你讓我，看盡人間鬼域諸殿各種樣態。

李永平所重新描繪的鯤京／台北，其實充滿政治符號。摩西．蔣渡紅海、出埃及固然是政治

12 朱天心，〈《華太平家傳》的作者與我〉，《漫遊者》（台北：聯合文學，二〇〇〇），頁一六三。

論述，書中鬼城街名路名更是如此。日本據台期間，將清朝治理下台北城地名改成什麼町什麼町的。國民政府遷台之後，台北城變成縮小版的中國，街名路名多依中國地名城名重新命名。「海東軒渠錄」變成「海外軒渠錄」的「小人國遊記」。李永平寫《海東青》，配合他的「文化中國」意識形態，復重新替各街道取名——成周路三吳路小紅町——路名街名更有古意，李永平顯然另有一套政治符號學。由此觀之，城市其實是政治的符號域界（the city as political semiosphere）。城市的公共空間多半難免有硬性政治符象，例如政治人物銅像、意識形態標語。靳五自言在李永平的鯤京／台北尋找「孫逸仙博士」，雖似戲言，但看他每逢各小學國父銅像必鞠躬敬禮，也有幾分真實。「毋忘在莒」等朱紅標語在那個年代的台北更是隨處可見。

有趣的是，摩西．蔣渡紅海、出埃及的政治論述，其實不是靳五的說法，而是朱鴒父親上教堂聽道後的心得。這個朱父的政治寓言，後來又被李永平借用，在〈《海東青》序〉中複述。靳五與朱父皆是無能對抗鬼域力量的長者。靳五祈願小女孩不要長大，可是到了書末，朱鴒所懂的事故與世故，已令他大感震鑠，小女孩已長大了。朱父只能目睹家變，讓心裡頭的時間停止在二十年前。眼前的家已因日本榮民進出台灣與家門及妻子進出日本而家不成家了。最後連不成家的家也得搬了。朱父的「台灣經驗」只能儲存於記憶與過去的時間裡。朱鴒搬家，亞星狀況不明，無人陪靳五浪遊，《海東青》上卷只好告一段落。

《海東青》將鯤京／台北寫成鬼域，《朱鴒漫遊仙境》則喻台北為仙境。李永平只需再寫一本煉獄，就可以完成他的《神曲》了。鬼域為暗喻，仙境則是明言。沒有了副題的「台北一則寓言」，《海東青》這書名並不像寓言，倒像武俠小說，[13]而《朱鴒漫遊仙境》書名乾脆「派樂弟」卡羅的寓言／童話《阿麗思漫遊奇境記》。寫《海東青》時，李永平將真實城市隱去，重新替台北與台北街道命名，假語城言一翻。到了《朱鴒漫遊仙境》，他索性讓台北現形。

事實上，《海東青》只寫了西門町。書中沒寫的日本人「極樂台灣」的中山北路與林森北路那條通，則留待《朱鴒漫遊仙境》補遺。就這點而言，《朱鴒漫遊仙境》自然可當作《海東青》下卷。不過，《朱鴒漫遊仙境》不是《海東青》續卷，靳五才可以消失。《朱鴒漫遊仙境》是一個朱鴒與六個同學，七仙女漫遊奇境的故事，所以朱鴒不太認得安樂新。沒有了靳五導遊，漫遊最後變成踏上不歸路。但是，就敘事時間而言，《朱鴒漫遊仙境》的確是《海東青》的下卷。因此，在上卷與下卷之間，是李永平沒寫出來或還沒寫出來的中卷。且看下列敘事時間表：

《朱鴒漫遊仙境》夏一九八九年朱鴒小學二年級暑假

《海東青》中卷（？）春一九八九年朱鴒小學二年級

13 熟讀金庸小說的李永平，當然知道《海東青》其實是《倚天屠龍記》中人。

冬一九八八年朱鴒小學二年級
秋一九八八年朱鴒小學二年級
夏一九八八年朱鴒小學一年級暑假
《海東青》上卷春一九八八年朱鴒小學一年級
冬一九八七年朱鴒小學一年級
秋一九八七年朱鴒小學一年級

沒寫出來或還沒寫出來的中卷正是李永平沒寫出來或還沒寫出來的《海東青》「煉獄篇」。消失的大學教授靳五在中卷發生了什麼事，因為沒寫出來或還沒寫出來（還是寫到還沒寫完的《迌迌集》裡去？），我們不得而知。在《海東青》中，靳五閑遊雨霧中的京觀里時即哀呼：「我要回家」。相對於同是天涯浪遊人的安樂新，他看似有家有鄉有母親，也回過家鄉去看望母親。他是個從來沒提到父親的「外移者」（expatriate）。[14]但是，身為一個在鯤京／台北落腳的華人／華僑，究竟他鄉關何處？他的主體與位置在哪裡？那年春節大年夜，靳五外出歸來，發現安樂新早已不請自來：

「你找我——」

「找哥一起過年。」

「哦？你怎不回家過年？」

「無家可歸。」

「亂講。」

「同是天涯淪落人！哥。」

……

「我們出去逛逛。」

「哥！你也無家可歸。」（頁五三三）

安樂新這一語，道出了靳五的心境：天涯客變換身分，成為台北閑遊人，但依然是「無止境漂流的徂徂人」。一個「也」字，將兩個原本不同身分與階級的「台北人」擺在同一邊

14 如前所述，李永平也的確如此詞的英文所指，放棄原國籍，移居國外。Expatriate來自拉丁文，其詞幹的patria意指「祖國」、「原鄉」，源自patrius，即「父親」、「父親的」之意。Expatriate靳五只遙念母親，不提父親（只提「國父」），恐怕不是沒有原因。沒有消失或消音的父親，如《海東青》裡頭的朱爸爸，是個失敗的父親，無能的丈夫。關於李永平「父親的缺席」，詳黃錦樹（一九九八）的論文〈流離的婆羅洲之子和他的母親、父親：論李永平的「文字修行」〉，《馬華文學與中國性》（台北：元尊文化，一九九八），頁二九九—三五〇。

緣位置。靳五這樣的一個迌迌人，在《海東青》裡頭，除了不時無力地哀呼：「丫頭，不要那麼快長大！」又還能做什麼？他自己就是一個「流離失所」（out of place）的「畸人」（stranger）。除了「無止境漂流」，他又能到哪裡去？

在同樣是大學教授道奇森所寫的寓言／童話書《阿麗思漫遊奇境記》結尾，阿麗思一覺醒來，「就站起來往家裡跑去，一頭跑著一頭還戀戀不捨地回想那場夢真多麼離奇有趣兒」，[15]反而她姊姊受到夢境感染，迷迷糊糊彷彿進入夢中，「最後來，她又想像同是她這一個小妹妹，日後自己也長成一個女人，想像她成年以後一生總是保存她小時候天真爛漫的心腸；……而且想像到將來她一定……總還常常戀記著她自己小時候的情景，和那些快活的夏季天。」（頁一七九）道奇森自己常常戀記那年夏天與三小女生泛舟閑遊的情景，終於在三年後的一八六五年以筆名路易思・卡羅（Lewis Carroll，趙元任譯為「路易斯加樂爾」）出版《阿麗思漫遊奇境記》。[16]《朱鴒漫遊仙境》畢竟不是童話書。朱鴒等人大多家不成家，即使要尿尿也無法往家裡跑去（還有什麼比在家裡尿尿更令人感到家的安全的情境？），只好跑進不得超生的鬼域。若干年後，就算他們回想的那年夏天，也不是「快活的夏天」。李永平筆下的仙境，其實還是鬼域，而且還是無法回歸人間的鬼域。

白景瑞當年拍《今天不回家》[17]時，不回家的是大人，是男人。《朱鴒漫遊仙境》高唱今天不回家的卻是小女孩，小學生。這才是本書令人嘆息的地方。《朱鴒漫遊仙境》寫城市漫遊，卻將矛頭指向背後看不見的家。從看不見的城市到看不見的家，我們看見了什麼？家，在現代後的情境中，到底已變成什麼樣態？《朱鴒漫遊仙境》中，除了〈漫遊之二：父與女〉中略微描述朱家內景外，全書幾乎都是街頭外景。家在朱鴒等眾女生心中，顯然不是可有可無就是痛苦的來源，絕非神聖溫暖的所在，所以她們寧可在倫理經已消失的街頭流離失所。家也是違反靳五心願（「丫頭，不要那麼快長大！」）的惡源，難怪作者沒以經營「空間詩學」之心去刻畫家與人的親密關係，反而將人的活動空間擺在陌生的城市街頭——城市閑遊人的家，其實就在街頭，在家以外的空間，不管是鬼域或仙境。不管是鬼域或仙境，其實都是家疏離化後的結果。這樣看來，《海東青》既寓言又預言城市存在者的流離失所，《朱鴒漫遊仙境》則幾乎是哀家庭之式微的悼亡書。

15 路易斯加樂爾（Lewis Carroll）著，趙元任譯，《阿麗思漫遊奇境記》（*Alice's Adventures in Wonderland*）（台北：水牛，一九九〇），頁二〇四。

16 本文的《阿麗思漫遊奇境記》引文出自趙元任譯本，趙譯本「漫遊」採通用的「漫游」。路易思．卡羅此書坊間譯本不少，我當年讀的是商務印書館的趙譯本，故引之。商務版可見若干大學圖書館，市面流通的趙譯本乃水牛出版社一九九〇年出版的《阿麗思漫遊奇境記》，書名的Alice不作「阿麗思」，而是「阿麗絲」。

17 張艾嘉也導有影片曰《今天不回家》，可見每個年代都市男女都在搬演「今天不回家」的故事。

引用書目

路易斯加樂爾（Lewis Carroll），《阿麗思漫遊奇境記》（*Alice's Adventures in Wonderland*），趙元任譯，（台北：水牛，一九九〇）。

黃錦樹，《馬華文學：內在中國、語言與文學史》（吉隆坡：華社資料研究中心，一九九六）。

黃錦樹，《馬華文學與中國性》（台北：元尊文化，一九九八）。

黃仁宇，《萬歷十五年》（台北：食貨，一九八五）。

李永平，《海東青：臺北的一則寓言》（台北：聯合文學，一九九二）。

李永平，《朱鴒漫遊仙境》（台北：聯合文學，一九九八）。

周英雄、劉紀蕙（編）《書寫台灣：文學史、後殖民與後現代》（台北：麥田，二〇〇〇）。

朱天心，《漫遊者》（台北：聯合文學，二〇〇〇）。

王德威，《眾聲喧嘩以後：點評當代中文小說》（台北：麥田，二〇〇一）。

李永平，〈宿緣〉，《中外文學》二七卷二期（一九九八年七月），頁一〇九—一一一。

林建國，〈異形〉，《中外文學》二十二卷三期（一九九三年五月），頁七三—九一。

王德威，〈壞孩子黃錦樹：黃錦樹的馬華論述與敘述〉，《中山人文學報》十二期（二〇〇一年四月），頁一—一五。

Lotman, Yuri M, *Universe of the Mind: A Semiotic Theory of Culture*, trans. Ann Shukman

(Bloomington: Indiana University Press, 1990).

Rojas, Carlos, "Paternities and Expatriatisms: Li Yongping's Zhu Ling Manyou Xianjing and the Politics of Rupture," *Tamkang Review,* 29.2: (winter, 1998) 21-44.

張錦忠，國立中山大學外國語文學系副教授

性、啟蒙與歷史債務

——李永平《大河盡頭》的創傷和敘事[1]

高嘉謙

前言

二十一世紀的第一個十年，兩位在台的馬華作家李永平（一九四七－）和張貴興（一九五六－），分別交出足以奠定雨林敘事規模的代表作。張貴興在二〇〇〇年出版了被視為他目前最好的作品《猴杯》，獲得中國時報文學獎推薦獎。隔年又出版《我思念中沈睡的南國公主》（二〇〇一），此書在二〇〇七年受到美國出版社青睞，還發行英譯本。而李永平的雨林書寫也不遑多讓。他最早以《拉子婦》（一九七六）深入婆羅洲雨林內部的原住民婦女和族群矛盾，算是第一位在台灣訴說雨林故事的馬華作者。中期作品雖轉向處理台灣都市和原鄉想像等景觀，但隨後出版的《雨雪霏霏》（二〇〇二）又回到婆羅洲地景，以懺情的自傳色彩開始寫作他的「婆羅洲三部曲」。至到二〇〇八年，李永平再次寫出《大河盡頭．上卷／溯流》，以繁複的雨林奇觀和成長故事，開展雨林書寫的大河敘事，被《亞洲週刊》選為全球十大華文小說。到了二〇一〇年《大河盡頭．下卷／山》的出版，上下合集超過五十萬字的長篇鉅作，終於替氣勢磅礴卻又幽婉動人的雨林故事劃下句點。然而，這只是李永平「婆羅洲三部曲」之二，雨林敘事顯然意猶未盡，還有續集。

回顧這十年在台馬華文學的小說景觀，可以說從雨林開始，也從雨林結束，儼然一波雨林敘事的高潮。這幾本質量不錯的小說，似乎印證了雨林書寫已頗為壯觀成熟，大體也據實呈現了在台馬華文學的既定印象和基本面貌。[2]李永平和張貴興都是出身於英屬婆羅洲砂勞越（Sarawak）的馬華作家，先後移居和入籍台灣多年。其中張貴興在一九九〇年代出版的《賽蓮之歌》（一九九二）、《頑皮家族》（一九九六）和《群象》（一九九八）開始藉由系列雨林故事確立的風格和敘事類型，成功締造在台馬華文學的雨林標誌。這些描述婆羅洲雨林歷史、家族、成長和冒險故事的長短篇著作，既深化了馬華文學的國族寓言書寫和殖民、後殖民景觀，渲染豐富魅惑和斑駁的南洋色彩，同時形塑了更鮮明的雨林奇觀。儘管論者不乏異國情調

1 本文曾刊載於《台灣文學研究集刊》十一期（二〇一二年二月），頁三五—六〇。

2 陳大為在二〇〇一年一篇導讀馬華文學的文章裡，指出雨林對華文文學的讀者而言，已是馬華文學中的一個強勢圖像，成為「第三大馬印象」。就小說文類的閱讀和消費的既定格局而言，雨林印象藉由小說傳播勢所難免。詳陳大為，〈躍入隱喻的雨林：導讀當代馬華文學〉，《誠品好讀》十三期（二〇〇一年八月），頁三二—三四。

的解讀，或是指責其對在地歷史的認識不足和迴避，[3]但仍無損於讀者對雨林書寫的認識和著迷，並引起論者和創作者對雨林譜系的追索和填補。[4]這說明雨林文學已成為一種現象，其具備的文學視域和能量更值得注意，尤其當雨林書寫的翻譯，或電影改編，都已有明顯可見的成果。[5]

但做為小說世界架構的雨林風景，「雨林」的文學魅力和文學效應，對台灣文學而言，書寫的意義何在？在跨國離散的華語語系文學脈絡裡，「雨林」彰顯的地域特色和敘事風格，放在兩岸三地的華文書寫，或更大的華文文學接受圈內，凸顯的是離散華人的獨特文學風貌，或做為「弱小文學」（minor literature）呈現的後殖民視野？尤其台灣做為雨林書寫的重要生產地，馬華文學的學術研究成長最快的地區，[6]雨林書寫以迴異的熱帶題材和複雜的群族故事，成功在台灣的華文書寫版圖建立起風格獨特的標誌。那些發生在婆羅洲的殖民政治、華人／異族的生存處境、雨林冒險和物種繁衍的生態，既不同於台灣可見的鄉野傳奇寫作，亦不同於國共政治或兩岸大遷徙的鄉愁書寫。婆羅洲的傳奇世界，像是一個從天而降的歷史地理時空，在華語文學世界發生著微妙的變化和意義。

台灣的熱帶想像

事實上，這些述說南洋群島、婆羅洲雨林經驗的故事，對台灣文學不算陌生。在台灣文學眾多文本中，依然可見跟熱帶牽連的歷史創傷和記憶，包括日據戰爭時期龍瑛宗對南方戰場的熱情想像和懷疑矛盾（〈死於南方〉〔一九四二〕）。其中又以台籍日本兵的遭遇最為刻骨銘心，如陳千武從印尼爪哇群島戰場歸來的親身自述（〈獵女犯〉〔一九七六〕）、黃春明的鄉

3 部分論述流於批評在馬（東馬）／在台的雨林書寫誰比較「真實」的言論，則顯得褊狹和焦慮。關於雨林書寫的代表意義，及其引發爭端的來龍去脈和討論，詳陳大為，〈當代馬華文學的三大板塊〉，《思考的圓週率：馬華文學的板塊與空間書寫》（吉隆坡：大將，二〇〇六），頁五八—六三。沈慶旺，〈雨林文學的迴響：論當代馬華散文的雨林書寫〉，陳大為、鍾怡雯、胡金倫編，《赤道回聲：馬華文學讀本II》（台北：萬卷樓，二〇〇四），頁三〇五—三一七。

4 關於雨林書寫引發的創作效應，詳鍾怡雯，〈憂鬱的浮雕：論當代馬華散文的雨林書寫〉，陳大為、鍾怡雯、胡金倫編，《赤道回聲：馬華文學讀本II》，頁三〇五—三一七。鍾怡雯，〈砂華自然寫作的在地視野與美學建構〉，《馬華文學史與浪漫傳統》（台北：萬卷樓，二〇〇九），頁二〇三—二四三。近年由砂勞越作家提出的「書寫婆羅洲」概念，既有砂勞越在地文學創作傳統的地緣關係，也可看作對在台雨林文學熱潮的回應和批評式的迴響。詳田思，〈「書寫婆羅洲」v.s. 砂華文學〉，《星洲日報》，二〇〇八年六月二十九日。

5 《我思念的長眠中的南國公主》已有英譯本（*My South Seas Sleeping Beauty: A Tale of Memory and Longing* [New York: Columbia University Press, 2007]）的出版，《群象》則有日譯本《象の群れ》（京都：人文書院，二〇一〇）。二〇〇九年台灣導演沈可尚以《賽蓮之歌》的電影改編獲得金馬創投的百萬首獎，電影將在二〇一二年開拍。美國已有多本博士論文和學術論文以張貴興的雨林書寫為對象。

6 單以學位論文而言，這十年來涉及馬華文學寫作的碩博士論文有近二十本之多，產量豐富。當然，這不能簡單理解為馬華文學的閱讀人口大量增加，而是在過去十年蓬勃的台灣文學研究風潮中，「在台馬華文學」逐漸也成了研究對象和議題。

土世界裡從南洋戰場歸來後瘋啞的台灣人（〈甘庚伯的黃昏〉〔一九七一〕，陳映真的〈鄉村的教師〉〔一九六〇〕）、李喬的《寒夜三部曲》（一九七七—一九七九）都觸及太平洋戰爭中南洋戰場的線索。更多發生於南洋戰場的史實和口述歷史，證明了台灣文學裡有其自身的熱帶憂鬱，甚至熱帶創傷。[7]因此，李永平〈望鄉〉處理終身淪落婆羅洲不得返鄉的台灣慰安婦，不過是在台籍日本兵的戰場上，另闢一個台灣熱帶想像的脈絡。另外，更多遊記體裁和報導文學都從不同層面展開各自的熱帶經驗，諸如簡媜、陳列、焦桐、徐宗懋等人都有涉及雨林的文字。另外吳濁流《東南亞漫遊記》（一九七三），《濁流詩草》（一九七三）內的東南亞雜詠，都算是一脈相承的熱帶文學譜系。

如此說來，當我們重述在台馬華作家的雨林敘事，熱帶想像不僅是這些來自熱帶的文學尖兵的個人欲望，卻辯證性的對應上台灣文學視域內，那一條從戰前戰後鋪陳不甚完整的熱帶經驗和書寫。相較起來，馬華作家的雨林故事雖然說得華麗、魔幻，難掩傳奇色彩；但其跟台灣文學的關聯，恐怕不僅僅是雨林世界的後殖民經驗值得參照，更有趣的是兩地作者曾在遷徙路徑上疊合的傷痕與鄉愁，形成了我們討論馬華作家雨林敘事的張力。

歷來論者以李永平、張貴興小說為對象的雨林論述談得最多，也最為深刻。[8]其中原鄉、烏托邦、女性、罪惡、漫遊、中國性等主題的探索也多有見解，不必贅述。但其中一個面向還未充分論述展開：做為雨林敘事的關鍵環節，為何離散的主體意識總容易回到一個啟蒙的視點，一個成長故事意義下的雨林冒險、族裔衝突、家族史或砂共鬥爭脈絡的鋪陳？為何李永平、張貴興站在一個跨國回顧的距離，婆羅洲的歷史欲望和個體啟蒙才有可能？他們調動哪些部件來啟動雨林的敘事？僑生來歷，離散的主體位置，總是人事已非的故土和永遠錯過的時間，成為小說的潛在意識。李張二人探求婆羅洲的熱帶景觀，徘徊於拓殖、族群歷史和雨林奇觀的回顧和重整，彷彿越能回到原初，回到一個南洋時間追蹤婆羅洲的變遷，「書寫婆羅洲」才能印證個體寫作的意義。如此一來，值得追問的是，馬華文學／台灣文學裡，以「雨林」的冒險或成長故事形成的「感覺結構」（structure of feeling）和「文學地景」（literature landscape）到底是怎麼一回事？可能在台灣文學場域內產生什麼意義？我們如何理解這些迥異於兩岸三地的熱帶敘事？

恰恰這些提問，在李永平身上尤其有著關鍵意義。至今為止，李永平在台灣書寫婆羅洲的三部作品《拉子婦》、《雨雪霏霏》、《大河盡頭》，敘述主角和敘述時間都回到青春期或青少年時期。除了可以對應作者離鄉來台的自傳性背景，做為小說的敘事視角，〈拉子婦〉的阿平兄妹，〈圍城的母親〉裡的寶哥，《雨雪霏霏》懺悔的童年，至到《大河盡頭》少年永的溯河

7 李展平，《前進婆羅洲：台籍戰俘監視員》（台北：國史館台灣文獻館，二〇〇五）。關於此議題最近的文學書寫，可參考龍應台，《大江大海》（台北：天下文化，二〇〇九）。

8 關於李永平的評論可參考後續的篇目。至於張貴興的評論，黃錦樹、張錦忠都有重要的書評和論述。代表性的評論之一，可參黃錦樹，〈從個人的體驗到黑暗之心：論張貴興的雨林三部曲及大馬華人的自我理解〉，《謊言和真理的技藝》（台北：麥田，二〇〇三），頁二六三—二七六。

旅程，這些青少年視野下的婆羅洲故事或記事，越來越推向一個啟蒙意義和自我成長的雨林體驗，以原始蠻荒地表上的奇觀和歷史事件，替自己的敘事動機和來歷附著意義。

事實上，從《海東青》、《朱鴒漫遊仙境》以來，李永平小說敘事的基本底蘊經已成形，那藉由文字釋放的欲望，那說故事者的角色，李永平操作嫻熟，尤其在標榜自傳色彩的婆羅洲書寫中，最能發揮功效。朱鴒以純粹又世故的小女孩走進李永平的小說世界，尤其成為《雨雪霏霏》裡傾聽李永平婆羅洲童年記事的關鍵角色，扮演「靈媒」，不可或缺的召喚故事的媒介。婆羅洲，或雨林故事體的「傾訴—聆聽」結構已再清晰不過。[9]在新作《大河盡頭》裡，朱鴒更成為故事進行的關鍵中介，以領路鳥的姿態，在溯河之旅引導出不同人物的譜系和發展，以隨意被調度的「傾聽」角色介入敘事，讓作者抒情的欲望更為飽滿。

《大河盡頭》大概可以看作李永平頗具企圖心的自傳性書寫。單從小說字數和文字的華麗展演而言，已屬華文世界裡目前最大部頭，也頗具看頭的雨林書寫。李永平一改過往聚焦婆羅洲砂勞越故鄉古晉的寫作，將故事發展的地點轉向印尼加里曼丹省，西婆羅洲的坤甸，做為十五歲少年「永」（自傳性不言而喻？[10]）的啟蒙之旅。雨林仍做為故事體的有效背景，敘事轉向少年永跟一位住在坤甸與自己父親相熟的三十八歲荷蘭女子克絲婷，沿著流經大部分西婆羅洲地表的卡布雅斯河（Kapuas River）溯流而上，最後登上河流的發源地——聖山峇都帝坂（BatuTiban），完成少年永的成長之旅。兩人開始以姑姪相稱，最後關係越趨曖昧。他們加入一群由白人組成的探險隊，在雨林溯流的歷程遭逢不少鬼事奇遇，以及情慾糾葛。「大河盡頭」因此可以具體化為地景的象徵，一條橫跨「蘭芳大總制」疆域的大河，恰似小說著力刻畫的華人勞動移民落腳、發跡，甚至籌組公司（**Kongsi**）制度的土地命脈，寓意了華人移民的生命紋路。溯流到大河的「盡頭」卻是回到了起點，以大河見證過往的拓殖、暴力、傷痕，回應婆羅洲大地需要的「重生」和「養息」。那也是李永平選擇回顧南洋華人移民史的文學視角。

《大河盡頭》因此回應了我們對雨林書寫預設的提問。本文試圖從以下兩個部分觀察，一個成長或啟蒙的視點，如何調動可能的敘事部件，構成雨林書寫的特殊視域，以及李永平藉由「文字」重生的重要特徵：

一、奇幻的時空體如何覆蓋為雨林的敘事，讓雨林變得可能，展現和召喚一個原始又傷痕累累的婆羅洲世界。

二、個人在性和情慾的啟蒙，構成了李永平思考歷史債務的原始場景。透過對性和成長的歷程描述，力比多衝動似已化成歷史傷痕中難以釋懷的債務，構成不可自抑的抒情動力。

換言之，《大河盡頭》可以看作李永平選擇在一個傾訴和聆聽的過程裡抽離原初的罪惡，撫平創傷；或更辯證性的說明他必須藉由故事體回到創傷的原址，透過故事擁有婆羅洲，找到自

9 張錦忠，〈南洋少年的奇幻之旅〉，《中國時報》二〇〇八年七月十三日。

10 李永平在接受《中國時報》好書獎的錄影訪談時提及，他的婆羅洲大河之旅是在五月，小說設計在八月（農曆七月）。言下之意，故事背後有一個真實的「旅程」。**http://blog.chinatimes.com/openbook/archive/2009/01/09/366663.html**。

己寫作的存有意義。創傷的書寫視為歷史症狀的賦形，既是療癒，亦屬創造「記憶現場」，大河的溯源因而是敘事必要的開展。

一、看得見的雨林：異族、旅程和奇幻時空體

對李永平而言，在六十餘歲，定居台灣四十餘年之際，寫作一部定調在十五歲青春期少年為主角的成長和探險故事，輔以勾勒婆羅洲雨林複雜的歷史和文化世界，兩巨冊的《大河盡頭》已是作者近年少見的力作。作者在小說的上下卷，分別以長序陳述了寫作動機和歷程，並以「招魂」和「緣是何物」為題，叩問李永平長期設定的小說聆聽者——朱鴒。做為招引而來的「靈」，朱鴒的「魂兮歸來」意味著作者述說往事，說故事的意圖已不言而喻。相對於前作《雨雪霏霏》的懺情，作者召喚記憶／原鄉的姿態更為積極，這種強烈的抒情和敘事欲望特別引人注目。[11]小說選擇一個青春的起點，卻置入歷史的視域，除了是回顧作者自身的青春情懷，似乎也注定《大河盡頭》處理的雨林體驗，已是一個離散在雨林之外的特殊位置。

如果離散的現實脈絡是李永平離鄉赴台，移居入籍，選擇不再返鄉歸根；那麼小說內的主角少年永從砂勞越古晉來到印尼國境內的坤甸，沿著卡布雅斯河的溯流探險，宣稱這一趟出門遠行就是走向一輩子最關鍵的成長旅途，無異暗示著作者對回歸的衝動／出走的開始的循環辯證。這兩種姿態的陳述，已不自覺成為作者自身歷史的一部分，或是雨林書寫中必然的形態。

少年時期離開婆羅洲後的執念，最終構成李永平透過書寫回顧鄉愁、內心原鄉憧憬的轉化。從《雨雪霏霏》到《大河盡頭》，這兩部曲的婆羅洲故事，構成我們檢視李永平面對婆羅洲的激情，卻也指向出走的矛盾。似乎藉由地理的距離和離開，婆羅洲的回歸和敘事才變得可能，以致李永平在小說裡陳述的「罪疚」和「追尋」，構成往事追憶最動人的歸返。

《大河盡頭》寫的是溯流旅程，但李永平告訴我們，現實中的寫作，也是在台北—花蓮每週通勤的火車上完成。寫作是作者執教於花蓮東華大學時期北東往返的車程，動線從花蓮到台北，再轉乘捷運回到淡水住處。作者自述有著中央山脈的日月精華，有觀音山的縹緲凝視，甚至認為最好的章節都在流動的往返火車線上完成，以致讓整體書寫印證了最寫實的離散流動，卻同時辯證性的提供我們思考熱帶書寫的在地特質。

回憶翻轉在婆羅洲的地表上，這種跨地域的追尋和回憶，映襯著流動書寫的多重性。小說裡彰顯著一種強烈的抒情欲望。兩卷的序文分別以流行歌曲〈夢田〉和宜蘭民謠〈丟丟銅仔〉訴衷情，小說內文更處處迴盪女鬼和女主角幽幽吟唱的地方歌謠。李永平熱愛以歌曲做為敘事的

11 有趣的是，隔了兩年《大河盡頭》（二〇一二）做為李永平首次在大陸出版的小說，作者以一篇〈致「祖國讀者」〉將自己的寫作來歷細說從頭，小說裡的「永」已幾近等同現實的作者，似乎怕初次接觸的大陸讀者誤讀或無法進入他的小說世界。而作者說明朱鴒是小繆斯，就是自傳性寫作中唯一的忠實聽眾。作者的「和盤托出」印證了言說和抒情的衝動如此強烈。

「聲音」，這在之前的多部作品已不陌生。歌謠的貫穿最能表達抒情誘惑的衝動，最為悠揚，卻又致命性的攝取心魂，蘊積著敘事的內在張力。這就像作者自比於康拉德的寫作企圖，要以「蘇丹後宮的阿拉伯舞孃」般的漢字，構成一個「看到」的赤道雨林。我們因此可以追問：雨林該如何被「看到」？「看到」什麼？我們至少可以從幾個部件的調動，理解「看得見的雨林」如何成為離散主體的誘惑。[12]

（一）奇幻時空體

嚴格說來，李永平新作《大河盡頭》大概是目前可見的雨林敘事中，較少閱讀障礙的作品。儘管小說背景拉到一般讀者更不熟悉的印尼加里曼丹省的坤甸，婆羅洲更深邃的雨林心臟。但主要的雨林黑暗歷史，原住民傳說和文化特色，甚至人物傳奇和苦難遭遇，作者設計的故事體敘事方式幾乎作了詳盡交代，甚至連人物的傷痕苦痛經歷也再三讓症狀顯現，循環交錯。小說因此有著飽滿的故事戲劇張力，但也少了複雜隱藏的寓意。無論伊班族或達雅克族的生活，其民俗展示和神祕性仍帶著異國情調的書寫魅力，小說設定的性啟蒙、成長、某種象徵生命源頭的追尋，成為故事主角少年永的唯一執念。小說唯一難處，可能只剩馬來語音譯的辭彙。但也是重複出現的句式，或問候句，無關緊要，或直接在下一句對話語境以漢語語意再表達一次。作者設想如此周到，面對更多非馬華或砂華背景的台灣和境外讀者，似乎有意引導讀者進入一個更清晰的雨林世界，所有探險和追尋，不需事先儲備太多在地知識，仍然可以隨著故事完成少年永的成長旅程。

於是，一個奇幻色彩濃重的時空體，覆蓋為雨林世界的全部。這當中調動雨林書寫中常見的敘事部件，以不同場景和事件立體地呈現出雨林的詭異、浪漫和創傷。以下我們試著解讀幾個重要的敘事場景和事件，以及做為「奇觀」展示的可能時空體意義。

1.長屋—盛宴—失樂園

小說描述的長屋經驗，特別體現在兩個不同層次的場景。第一次最喧譁動人的長屋體驗是魯馬加央長屋。那是伊班族矗立在河岸的長屋，婆羅洲原住民的另一支大族群。這次的長屋盛宴共有兩個場次的重要表演。一次是八十歲老屋主伊班戰士的獵人頭舞，另一次則是剛成立的加里曼丹省政府的司法顧問，被原住民孩童稱為「爸爸」的澳西峇爸神乎其技的魔術秀。兩場

12 黃錦樹對《大河盡頭》上卷所做的觀察，同樣提出作者到底「讓什麼變得可見」，並指出小說中的旅程敘事已是「歷史的後見之明」。他從父親認同、語言、自己的幽靈和意識形態奇觀等幾個部分論證小說裡許多思路和李永平其他著作重複，並認為小說視域受到奇觀想像的限制。本文部分概念延續黃的討論。詳黃錦樹，〈最後的戰役：金枝芒與李永平〉，發表於「東亞移動敘事：帝國．女性．族群」國際研討會，國立中興大學台灣文學研究所主辦，台中：國立中興大學，二〇〇八年十一月八—九日。

表演的虛幻和神祕氣息，恰恰讓西方和土著文化的遭遇有了一次微妙的展示，頗有嘉年華的意味。澳西峇爸受到伊班小孩和探險隊女伴們的熱烈歡迎，相對長屋屋主的獵人頭舞，荒誕且自我陶醉的神態，隱約對照出窺探雨林內部存在的視域落差。長屋懸掛的荷蘭軍官、砂共女領袖的人頭，長老手上刻印著代表獵人頭數字的星星圖像，凶險英勇的歷史往事化為詭魅意象，全點綴為奇幻、神祕且狂歡的長屋時光。作者對長屋盛宴的處理似有種番西對決的意味。外來探險者的獵奇目光，原住民獵人頭的傳統習俗，兩者一旦置入娛樂和表演層次，怪誕離奇發揮極致。探險隊的歡樂旅程遭遇的一幕幕關於原住民戰役——伊班人和荷蘭人的戰鬥史、土著的文化和肉體的展示，既有白人冒險隊營造的異國情調，又回顧了伊班族的獵人頭文化。小說凸顯了長屋「可參觀性」特質，在奇幻神祕的展示形式裡，為婆羅洲張揚一幅人類學意義的景觀。

但長屋不僅是突出其「被參觀」的文化效果，長屋外隱藏的鬼影（被白人遺棄難產而死的伊班少婦阿依曼），聲聲嘆息，似已埋下殺機。澳西峇爸長年遊走在各部落長屋，替原住民解決法律問題之際，背地裡騙取和獵奪伊班幼女童貞的獸行，一如伊班戰士獵人頭般充滿原始欲望的衝動。長屋盛宴背後是赤裸裸性的征伐，小說以長屋地景凸顯了原住民文化的英勇神祕傳統，卻又難掩其在內外世界的對照下，自身的弱勢和不由自主淪陷在文明的侵略當中。性成了交易經濟。

另一場長屋的體驗，當屬進入桃花源般的肯雅人的村落「浪・阿爾卡迪亞」。作者以新桃花源記做為引子，置於雨林內部雖顯得突兀，卻也彰顯出敘事者的主體欲望。他意圖追尋一個平實又安穩的世外聚落，然而世外桃源終究是已被玷污的村莊。闖入桃花源而定居下來的西班牙神父，成了罪惡的推手。村裡被播下野種的少女，竟是神父以上帝之名行邪惡之實。桃花源部落已趨近危險的陷落，而長屋長老彭古魯卻是堅毅傳奇的壯遊者，最後一次壯遊竟背上巨大的粉紅梳妝台送給長屋等待的妻子。粉紅梳妝台象徵青春愛情的美好，走入深山荒野，映照的卻是早熟瓜落被播下野種的原住民少女。長屋在一個詭異氛圍中設計了必然的墮落和崩毀。一個長屋生態的創傷原址，原罪根源。這是婆羅洲土著文化展示的場所化（placed），傷痕與記憶被銘刻於物質性的長屋，做為雨林世界的重要現場。

2. 狂歡事件簿

做為一則雨林探險故事，小說免不了經營了幾次典型的狂歡時光。除了支那少年永，一群由各路人馬組成的白人探險隊的雨林大河溯源之旅，也是一趟聲色犬馬之旅。在航程開始之初，農曆七月鬼門大開之際，在卡布雅斯河中下游的桑高鎮（Sanggau），華人大肆慶祝鬼月鬼門大開的華麗秀場表演，人的慶典，鬼的狂歡，人鬼雜處已是小說開場布下的陰森氛圍。小說後續出沒的幽魂，既顯得合理，又讓雨林敘事處在亢奮昂揚的狀態。尤其夜半曲終人散，這群白人男女，選擇夜遊到木瓜園，赤身裸體進行性轟趴，一群「番鬼」的狂歡，讓鬼月雨林增添無限情色風光，這驚駭的一幕看在少年永的眼中，已是性啟蒙的臨界點，卻由此闖入了性的禁區。小說後續安排伊班屋長表演獵人頭舞，北歐孿生兄弟對伊班婦女美色的垂涎，尾隨狎玩，暴力的殺戮和性的消費並置為長屋的特殊情調，集神祕和淫猥於一體。在擱淺拋錨的船上，一群白人男女無聊之際，模仿伊班獵頭舞、祭神舞的儀式，在卡布雅斯河上狂歡作樂，原本具有人類學意義的民族習俗和儀式，頓時成了一種表演，一群烏合之眾的探險客的嬉戲。作者前後出入的調侃和冷眼旁觀的眼光，替這趟旅程增添了一絲懺悔的情調，似乎報應就在後頭。於是，一群白人男性先後遭遇自稱「婆羅洲解放組織」成員的原住民畢嗨報復性的戲弄，在每個男人的生殖器種下「葩榔」，替他們裝下原住民的性裝飾，甚至把從前白人帶到原住民聚落散播的梅毒病毒，還諸其身放到這群無端闖入的白人男性身上。甚至最後少年永進入到雨林深處一座戰時日軍俱樂部改裝的旅社，著魔似的揮舞著日本武士刀，模仿日軍淫威，幾乎強暴了日本侍女。如此怪誕離奇的雨林狂歡時空，遍布性的激情和侵略。十五歲少年永的大河探險之旅，其實是性的啟蒙和誘惑，甚至是一場性的征伐之旅（回應了《拉子婦》多篇小說隱藏在原住民世界內的性的誘惑和獵伐），呼應雨林的物種生態和傷痕。

3.奇幻意象群：人、物件、境地和傳說

雨林故事既然由一條卡布雅斯河開始，河和河的兩岸構成了一個最有效的奇幻意象展示地。從長屋、聚落，到搬演的狂歡事件，銘刻了雨林奇幻時空展示的多元寓意。而更離奇怪誕的意象群，扣緊河的旅程的神祕感，賦予了雨林探險的幽暗和不可測。在雨林的一場赤道暴雨過後，小說輪番展示了稀奇古怪被沖刷而來的漂流物：漂流的墓場（歐洲墓園、華人義山、日人公墓）、博物館白人館長的水上行宮、動物浮屍、懸掛叢林的人體、歐洲人的全家福相簿等等。怪誕的雜

物，稀奇古怪的想像一併出沒在大河上，彷彿水上垃圾場或墳場，承載著婆羅洲地表上發生的交歡、殺戮、濫墾，殖民，埋骨，無所不在的墮落和破壞，探究著文明與原始的拉鋸。山洪，大自然以其力量作了一次自動汰換和清洗，也是敘事機制上一次飽滿的意象展演高潮。

另外，小說營造神祕的境地聖山象徵著旅程的歸宿，讓神祕的部落傳說：農曆七月月圓之時，將會看到大批載著生魂和亡靈的溯河空舟。這替少年永和姑姑克絲婷登山的終極目標，賦予最奇幻的視野。溯流的靈，和少年永的成長儀式在此結合，替小說補上深刻的雨林寓意——死亡和回歸的母題。而環繞聖山傳說的湖泊，從難產死亡婦女歸返的血湖、早夭孩童安居的登由·拉鹿湖，婦孺的傷痕構成超自然的傳說和想像地理。小說的雨林世界在生態和歷史之外，承載著更多神話、宗教的異質想像，竭盡展示奇觀視野，清晰且斑駁。

至於小說輪番上陣的傳奇人物，砂勞越博物館的白人館長、長屋屋長彭布海的獵人頭事蹟、背著粉紅色梳妝台行腳返鄉的肯雅族長老、荒野行腳或雨林出沒無蹤的部落男子，來自澳洲的加里曼丹省政府司法事務顧問澳西沓爸，甚至那些遊魂幽靈，形塑了在雨林劇場先後登場的人種、族群，以及醜陋不堪的歷史體驗，揮發著雨林的巨大能量。

有別於張貴興在雨林敘事裡經營詩意、飽滿的動植物意象，李永平的雨林奇幻世界所調動的部件，更趨向神話、傳奇，以及異域風土的書寫特色，其竭盡奇觀、異域情調之可能的書寫，替婆羅洲龐大的地表架起了另一種敘事的可能，開啟特殊的雨林時空體，展開一個文字欲望和經驗世界交錯的溯源之旅。這當中訴說著無法歸鄉魂斷雨林的歐洲人傳奇、客家人的拓荒、日本戰死異域的冤魂，以及大量墮落風塵、自殺、早夭的原住民少女和嬰孩。李永平為讀者展示雨林的奇觀世界，面對聖山大河的探險歷程，他儼然朝聖者，同時也是超越時光的旅者，在雨林之外以文字著墨渲染一個揣想返鄉的支那少年，在婆羅洲土地上的踟躕和追尋。雨林的時空記憶和婆羅洲之子儼然貼合，構成一種「文化身分」的誘惑，成為離散主體的潛在意識。

（二）異族、旅程和回歸

關於《大河盡頭》的故事特點，人物關係的組成特別有趣。故事的主線主要環繞在十五歲的支那少年永和三十八歲的荷蘭熟女克絲婷的探險旅程。他們從坤甸出發，溯流往聖山前進，途中經過桑高、新唐等重要城鎮，然後在原始聚落經歷了各種不可思議的奇遇，最終以朝聖者的大願，執意在農曆七月十五的月圓之時，登上聖山峇都帝坂，見證小說最早設下的寓言般的箴言：「生命的源頭……不就是一堆石頭、交媾和死亡。」

故事設定的高潮時間點是七月十五的月圓之夜，登上聖山峇都帝坂，除了見證月圓之下的婆羅洲視景，更重要的是完成克絲婷答應回報永父親的恩情，以溯流完成少年永的成年儀式。從文明城鎮走入蠻荒雨林，「婆羅洲之子」李永平似有意設計一個回到原初故土的象徵性旅程，以坤甸為鬼域的起點，模擬一個群鬼狂歡的季節，展開各種陰森、幽暗和神祕敘事的可能。書中替小說設定的旅程時間做了另一個重要的說明：農曆七月正是陽曆八月，當年在日本發生的原爆，導致日軍投降、二戰結束。戰爭浩劫留下的創傷後遺症，戰敗死在雨林的軍魂，可怕的歷史債務選在一趟婆羅洲大河旅程盡數釋放。

坤甸的地名**Pontianak**單從馬來語語義解釋，指的是懷孕死亡、充滿怨念的女鬼，[13]似已對應李永平意圖深入婆羅洲心臟探險的寫作氛圍，陰森恐怖的鬼域，遍布殺戮和冤魂的黑暗森林。坤甸以**Pontianak**命名始於何時，不得而知。但婆羅洲及印尼群島普遍盛傳著**Pontianak**的女鬼故事和傳說，或許印證了這片土地長久存在的傷痕，墾伐、殖民、戰爭，尤其原住民遭遇的怨氣和傷害。但此地同樣有著華人在婆羅洲拓荒的悠久歷史。早在十六世紀中葉，客家人羅芳伯渡海南來，在此採集金礦，組蘭芳公司。一七九〇至一八二〇年更有大批南來苦力到西婆羅洲一帶採集金礦，形成了三家主要的華人採礦「公司」。這些公司隨著組織擴大，領袖也經由選舉更替產生（有的公司每四個月選舉一次），在社會學家眼中頗有「鄉村共和體制」（**village republics**）的規模。[14]其時蘭芳公司的勢力和管轄也開始壯大，已超越當地土著蘇丹的管理範

---

13 李永平在小說裡稱「龐蒂亞娜克」（Pontianak）為女吸血鬼，應是誤稱。但描述遊魂阿依曼、馬利亞出沒的氛圍：響在耳邊的低聲嘆息、懷抱嬰孩，先出聲音，再現鬼影等等，都符合民間傳說懷孕死亡的冤魂形象。

14 Mary Somers Heidhues, Golddiggers, *Farmers, and Traders in the "Chinese Districts" of West Kalimantan, Indonesia*, Ithaca (New York: Southeast Asia Program Publication, Cornell University. 2003), pp. 54-68。關於「公司」的組織、運作和發展歷程，可參考該書的討論。

圍，後人有一說法認為蘭芳公司在當時已有蘭芳大總制的稱號，儼然已是完整主權的蘭芳共和國的規模。[15]荷蘭人在十七世紀初組織荷蘭東印度公司，開始經營南洋群島。一八八四年併吞了蘭芳大總制的控制版圖，而在一九〇五年東南和西部婆羅洲全歸荷蘭統治。

事實上，蘭芳公司的領袖通常在位多年，繼承者也有子嗣和近親，稱不上有選舉領袖的「民主特質」。因此蘭芳公司只可視為當地從事採礦業的華人管理機構，同時對外處理貿易，對內處理華人內部的犯罪事件。[16]但「蘭芳共和國」之名卻成了當地華人流傳的重要移民事蹟，在南來拓荒史的意義自然非同凡響。由此對照砂勞越的古晉，其時要到十九世紀末、二十世紀初福州人到砂勞越才開始他們的墾荒史。但華人南來坤甸採金甚早，組織公司展現華人在蠻荒拓殖的經濟勢力和獨立性，甚至前後跟荷蘭東印度公司發生了數次「公司紛爭」（kongsi wars），最終導致公司的瓦解。儘管坤甸的華人人口遠比達雅族人和馬來人少，但卻有著華人發跡的輝煌歷史。李永平此番將婆羅洲記事選擇跟故鄉古晉結為姊妹市的印尼加里曼丹省（Kalimantan）坤甸，除了回應十五歲少年的青春溯流旅程，似乎也意味著回到了婆羅洲更早的華人南來拓荒地點。以致小說深入的雨林心臟，亦如深入華人在雨林拓荒的歷史時間。雖然小說設定的旅程時間是一九六二年，但南洋拓殖史的血淚和傷痕，已藏身為成長啟蒙故事的背景。（雖然小說迴避了華人拓荒的遺跡和債務）

這些在地歷史的回顧，試圖替雨林故事發生的場所，找到作者「回歸原鄉」的歷史元素。小說裡的紅色城鎮「新唐」（Sintang），那裡有著原住民妓寮和日本殖民時期的慰安所，似幻似真，架設了小說人物邁入雨林深處前必然歷經的墮落之城。少年永在這裡追尋偶遇的普南族少女，卻驚見不少原住民女孩已成站街攬客的雛妓。他夢中無邪的普南少女，已不知所蹤。克絲婷更被迫重新回憶在此日軍集中營慘遭蹂躪的兩年歲月。二人有著難以面對的失落和創傷，遂脫隊逃離這荒誕之城，開始了二人的親密旅程。從文明的陷落，逐漸走向原始的潰敗，李永平一往情深的大河追尋，處處是歷史魅影。作者一改慣譯的「新當」，將此城鎮改譯為「新唐」，似可看作指涉蘭芳大總制當年的統轄區域（史籍記載蘭芳歷任總長均稱大唐總長）。[17]做為華人最初在婆羅洲拓荒開墾的遺跡，李永平不正面處理政治或歷史，卻選擇在雨林邊緣釋放個體承載的沉重歷史情懷。

同樣一反雨林敘事裡常見的華人移民史、家族史或生存境遇的描述，《大河盡頭》更集中呈現異族深耕和橫行於婆羅洲的景觀。除了支那少年永的漢人視角，其餘出現在小說裡的角色幾乎是異族膚色。從荷蘭熟女姑姑，長期在婆羅洲田調的博物館館長白人夫妻，探險隊的北歐兄

---

15 羅芳伯建立「蘭芳共和國」之說法，可參考羅香林，《西婆羅洲羅芳伯等所建共和國考》（香港：中國學社，一九六一）的第四、五章。

16 關於羅芳伯在坤甸的歷史事蹟，史籍記載並不詳盡。但學者普遍認為將蘭芳公司體制視為建立共和國，乃歷來誇大的說法。事實上那不過是具有獨立管理華人內部事務和處理對外關係的公司機構。詳溫廣益等編著，《印度尼西亞華僑史》（北京：海洋，一九八五），頁一一四－一一九。高延（**J. J. M. De Groot**）著，袁冰凌譯，《婆羅洲華人公司制度》（台北：中央研究院近代史研究所，一九九六）。

17 羅香林畫的「蘭芳大總制疆域圖」確實包括「新唐」城鎮。詳前揭書。

弟、紐西蘭女學生、伊班、達雅克、普南等不同聚落的原住民長老、青年、婦孺、少女，歐洲傳教士、印尼官員、日本開墾隊員，甚至無頭的日本兵冤魂，在不同歷史時刻分別進駐為婆羅洲雨林的一分子。換言之，異族是雨林最大的集體，漢人視野外的夷民世界。相較於在雨林裡孤單的支那少年，以及被洪水沖垮的客家莊，李永平刻意走入異族的雨林生活，以少年的「驚異」眼光見證原住民神祕的生活禮儀，歐洲人、日本人遺留在雨林的債務及傷痕。李永平對雨林認知的事實，依然延續《拉子婦》裡〈圍城的母親〉、〈黑鴉與太陽〉等小說處理的遭遇異文化的結構性問題。只是《大河盡頭》不再強調中國性失守的憂慮，白人都是原住民的「交鸞普帖」（**kawan putih**，白人朋友），也是支那少年探險的旅伴。獵人頭的恐怖殺戮都成了原住民長老賣弄的民俗舞蹈，而真正的戰場是化身為聖誕老人討原住民孩童歡心，背地裡變身為性掠奪者的白人。性是小說裡潛伏的原罪，以此象徵性地隱喻外來者對處女地雨林的侵犯和登門踏戶的掠奪。小說尤其設計一群白人跟達雅克青年爭辯梅毒的英文學名到底是拉丁文還是伊班語，嘲諷了外國傳教士將英語和西方文化帶入伊班部落時，將所有可能的文化差異都作了在地轉化，形成有趣的爭辯場面。而有著戀童癖的白人叔叔染指幼童處女，梅毒在部落間蔓延，處處以性的陷落指涉雨林遭遇的破壞。這不僅是文明和蠻荒的對立，還是種族間的傷害和報復。

除了負笈台灣前在砂勞越出版的《婆羅洲之子》，李永平最早在台灣追溯婆羅洲故事的〈拉子婦〉（一九六八），嚴肅呈現了婆羅洲現實的種族議題。拓荒、從商的漢人和早熟、落後的原住民婦女，注定了性、膚色、血緣的複雜糾纏。小說最終以兩兄妹深入住在雨林內的三叔家，親眼見證了拉子婦三嬸被壓迫、歧視和遺棄的悲劇。

當年李永平檢視婆羅洲的眼光已屬特寫。三叔在家族反對下強硬將拉子婦娶入家門，卻也選擇在拉子婦色衰和產下混色雜種之際毫不留情顯露出鄙夷和遺棄的嘴臉。拉子婦的故事不過是將華人在婆羅洲土地遭遇的雨林生態和族裔現實，作了某個程度的折射，投映出華人南來和生存的內在矛盾、破壞特性。傷痕的原型早已存在，李永平往後的婆羅洲記事，顯然都在回應一個最初的罪惡激情。

於是，《大河盡頭》鋪陳的主軸不是華人的雨林經驗史，而是以永的成長之旅，交換對婆羅洲雨林處女地傷痕的重新見證。李永平在跨越國境之後透過「婆羅洲記事」形式的歸返，箇中隱藏的原罪和懺情形態，可看作個人欲望和歸屬之間難以釐清的複雜和曖昧。在台灣重寫婆羅洲故事，以朱鴒為聽眾，成了一種腔調的模擬，藉由在地色彩的修辭、時空和異域情調，替自己鄉愁般的懷舊建立歸屬。王德威等論者指出李永平擅於經營紙上原鄉，然而《大河盡頭》恰恰不僅是《吉陵春秋》裡地域模稜兩可的原鄉，美學化的欲望地理。[18]而在最貼近作者成長之地

18　關於李永平《吉陵春秋》的原鄉書寫，王德威和黃錦樹都指出其修辭意義的美學化傾向。前者強調李在寫作形式上玩耍實驗，後者指認其文字修行的極致表現。詳王德威，〈原鄉神話的追逐者〉，《小說中國》（台北：麥田，一九九九），頁二四九—二七七。詳黃錦樹，〈流離的婆羅洲之子和他的母親、父親：論李永平的「文字修行」〉，《馬華文學與中國性》（台北：元尊，一九九八），頁二九九—三五〇。

的坤甸，經由離散主體透過探險隊的溯流而上，那原初的土地情懷，才有華麗的落點。

因此，在台馬華文學已屬離家的書寫，其意義不僅僅是跨國流動等全球化語境下可以解釋，而是華人離散本身早已蘊含複雜的文化衝動和想像。李永平對漢字的崇拜、對婆羅洲鄉愁內涵的「家」的想像（〈圍城的母親〉最早拋出這個母題），以及在台北遊蕩中見證的墮落，鄉愁反思和欲望衝動，構成李永平離散敘事的重要面向，形構了熱帶書寫的原初情調。因此，我們不難理解《大河盡頭》的長屋盛宴，其異域情調內雖調動了馬來土語，還是保留著最華麗的漢字氛圍、腔調和想像。誠如作者自述：「試圖用一簇繽紛鄉嬛古典圖騰似的中國方塊字，追憶、整理、探索少年時代在南海蠻荒這段孽緣。」（頁二八三）這延續著從《雨雪霏霏》以降的懺情調子。只不過這些訴諸圖騰的文字，已是欲望飽滿的書寫。贖罪、漢字崇拜，洗滌罪惡的華麗裝飾，欲望藉此釋放，離散書寫多了一層銘刻文字，以文字接近原鄉（或原罪）。漢字圖騰讓婆羅洲雨林變得可見，這些欲望的文字，在論者眼中，已是李永平「離散」敘事的起點。19

欲望，迷濛和傾訴腔調的文字，其擔負的美感特質更勝婆羅洲本身的殊異和奇觀。王德威在序論導讀裡特別提到沈從文，提醒讀者李永平有著跟沈從文類似的從原鄉出走後，一輩子積壓在心頭上揮不去的故事。那不斷回到過去原初場景的故事，一再訴說的故鄉裡童年到少年的記事，將李永平推向藉由回憶、傾訴，而成功召喚的雨林敘事。李永平以奇幻的時空體，將生命中的啟蒙體驗和成長故事，濃縮在一趟的大河探險之旅，以最具體的指涉，回到婆羅洲的地景。因此，看得見的雨林恰恰不是我們經由作者的講故事腔調回到了少年永的十五歲成長歷史時刻，而是故事的神祕、離奇，進而複製／虛擬了一個婆羅洲殖民史和原住民文化史厚度，讓故事體的自我敘事變得清晰動人。

因此當我們在談雨林故事的感覺結構，雨林恰恰是現代景觀，在回應二戰前後的殖民、戰爭、民族革命的歷史和種族傷痕裡，讓來自東馬而移籍台灣的作者，建立自身的歷史想像，凝聚和梳理某種民族身分和認同。

藉由景觀這個框架，馬華在台作者離散游移或往返穿梭的雙鄉身分，可以操控景觀的敘事，建構一個在台的馬華寫作者的關懷和世界觀，[20]浮現更清晰的寫作位置。作者的華人身分往往跟景觀緊密聯繫，因而相互定義。這也可以解釋相對兩岸三地的華人作家，在台馬華作者的寫作能量更容易透過景觀來解釋和描述其中的差異。雨林書寫因此在台灣文學，以及更大的華文書寫譜系，描述了一個景觀與身分、民族想像結合的迴異和鮮明個案。它產生於寫作者的遷徙，台灣環境提供的文學認同和養分，雨林地景因此扎根於台灣的文學地表，凸顯了台灣文學在一九四九年外省作家移入後，另一個以僑生脈絡移入的文學生產，強勢且盛大地以長篇小說格局建立了有生命力的熱帶風景。這些帶有華人身分的民族想像的雨林地景，在作者回顧出

19 王德威，〈大河的盡頭，就是源頭〉，李永平，《大河盡頭上卷》（台北：麥田，二〇一〇），頁一〇。
20 同樣來自西馬的馬華在台作者，也有他們經營的馬華在地景觀。

生來歷和移居身分的同時，輕易將歷史欲望建構為啟蒙成長的冒險樂園，並在歷史傷痕的環節裡，找到了華人身分的歷史時間。

二、性與歷史債務

從過去著作歸納，李永平一貫處理的主題：女性的墮落、性和暴力的並置糾纏，以及原罪般的鄉愁懺情，在《大河盡頭》更集中放大展示，將個人和女性不可避免的淪陷，架構在一個更大的婆羅洲雨林場域，那蠻荒與文明交纏的世界。於是，原住民的傳統地盤以殘酷和不可思議的方式被割裂和獻祭（戰爭時期日本搶奪婦女當慰安婦，戰後搖身變為日本拓殖會社開發原始森林，白人跟新建國的印度尼西亞共和國的官員共謀，以性的征獵在原住民社會奪去少女童貞，販賣少女賣淫，傳播梅毒性病）。

如此原始和文明交纏鬥爭的場域，已非單純的成長故事格局所能解釋。李永平最後退回婆羅洲地表講述的成長故事，這場華麗的冒險放大了雨林美學內部最不堪的陷落，透過性的獻祭，暴露出作者對婆羅洲書寫的欲望與難堪。他走出婆羅洲大地成了離散在雨林之外的浪子，完成了個人成長儀式。

小說安排少年永在此探險旅程遭遇各路女性，從荷蘭姑姑克絲婷、伊班小美女伊曼、新唐鎮的普南小娼妓、肯雅村落裡被神父誘騙懷了「聖子」的馬利亞。少女的淪落和失貞，成了離散者揮之不去的原型慾念。永在旅途中跟荷蘭女子克絲婷相處，這女子身上飄著異國異文化香味體味，唱頌等著愛人歸來的荷蘭民謠「荷蘭低低的地」，這永遠望鄉的女人，蠱惑著少年永的心智。二人像母子又像情人的相處，讓少年的成長啟蒙增添更複雜的象徵寓意。那欲語還休，懷抱著芭比娃娃的懷孕少女馬利亞，神出鬼沒的出現在長屋，給永留下永遠的懸念。那綁著麻花大辮子的普南族少女，跟永數次打過照面的清純笑臉，最終消失在妓寮匯集的新唐鎮。幽魂阿依曼，被男人遺棄、難產和投河自盡的少女，哀愁的低聲嘆息，一直在少年永耳邊響著。

小說設計的女性都有其魂牽夢縈的某種象徵魅力，或以某種物件投射少年永的青春和欲望的想像。好比肯雅長老背著返鄉送給妻子的粉紅色梳妝台，在雨林的深處成了最豔麗的蠱惑。長老妻子儘管年華老去，卻用著少年永的母親慣用的花露水。彷彿在婆羅洲的心臟地帶遭遇老去的母親，何曾相似，卻有著梳妝台那鮮豔亮色的青春。於是，我們看到作者的想像越往時間推進，試圖捕捉那在離散空間內永恆的欲望和時間的渴望。《大河盡頭》設定的十五歲旅程，始於父親的交代。而女性和歸鄉的靈，成了《大河盡頭》集體投射的兩組人物概念。

（一）以父之名

農曆七月的大河旅程，是少年永父親允諾或贈與的一次旅程。父親委託從集中營救出，和自己關係曖昧的荷蘭女子，引導或指引十五歲初中畢業的兒子，完成一次成年禮儀式。於是，少年永穿上父親的夏季西裝，拎著父親的黑漆皮箱，彷彿接續父親浪遊的傳統，展開自己跟荷蘭姑姑克絲婷的溯流之旅，一次重要的成長旅程。父的允諾如此含蓄，但父的宗法暴力卻無所不在。姑姪二人乘著長舟溯流而上，長舟是少年永遠離故土後忘不了的意象，像凌空的南海飛魚，原住民以「布龍．布圖」——「王者的陽具」命名，深入幽暗濕漉的叢林沼澤，進入婆羅洲母親的子宮。作者設定幾重清晰的連結：處女地森林、象徵陽具的外來者、性的誘惑和解放、成長儀式和回歸的完成。

小說至少有幾個重要的環節，鋪陳了以父之名，征服婆羅洲大地的弱勢女子，開發雨林處女地的象徵結構。

雨林裡各原住民部落的小美人像領路鳥，引領著這些外來者的白人官員，以文明指導的姿態（法律顧問），駕臨各聚落和長屋，行使做為征服者的權力，染指每一族的小美人，滿足個人的戀童癖。這種變態的侵略，可以代換為對雨林處女地的強勢入侵。那些伊班小孩清澈眼眸，對照外來殖民、文明入侵的恐懼和嚮往。澳西峇爸的魔法師戲法，竟是每一段日子到各族長屋來奪取幼女的處子之身。少年永的性啟蒙，從對伊班婦女碩大乳房的迷戀，房裡克絲婷姑姑成熟又充滿性誘惑的軀體，到無意發現白人澳西峇爸的性獵奪，性開始有了原罪意識。伊班小姑娘喊出「薩卿（痛sakit）、達拉（血darah）」，處子之血成了少年永對於性與傷痕並置的難忘啟蒙之旅。咒語般難忘的伊班幽靈，就是心底那欲望勃發之初，對那片土地深刻的記憶和回顧。

白人性的征伐，以天真幼女蒼老又失去了靈魂的眼神為代價。而讓少年永心頭縈繞不去的，反而是那被奪去童貞伊班小美女的處子之血和慘叫的痛。一個旁觀的性啟蒙者，一個征伐的性獵奪者，一個無邪的受害者，雨林的長屋之夜，染上了最魅惑，且最殘酷的熱帶色彩。故事裡的殖民經驗、文明和土著文化的對立昭然若揭。但最動人又慘烈的敘事，反而是雨林深處循環往返的失去和破壞。論者指出化成李永平小說諸多原型的女性：母親、少婦、女孩，以各種墮落似的結局在在回應一個原初的場景。雨林大地深藏的身分、記憶、血統的交換和潰決，在那一個知識、族群、階級不對等的原始叢林，叢林法則成為唯一的生態。

《大河盡頭》安排了兩次進入原住民聚落的重要經驗。一次是魯馬加央的伊班長屋，有神祕蠱惑的獵頭舞，同時有白人征伐伊班幼女童貞的殘酷事實。那是墮落與不堪的原住民悲劇，展示了部落文化已徒具形式的獵頭舞，卻拱手讓高尚階級的白人在原住民婦孺中展開性的征伐。砍伐頭顱的獻祭，轉眼換成了獻上幼女的童貞。那擋不住的墮落，恰恰投射了李永平雨林敘事的張力。如果伊班長屋的經驗是墮落的不可避免，那麼小說設計無意闖入肯雅人的村落「浪·阿爾卡迪亞」，世外桃源般的聖地，顯然就是對純真和崇高的褻瀆。因為最純淨美麗的桃花源，也早已是陷落之地。永巧遇的十二歲肯雅族少女馬利亞，天主教聖母之名，卻同時被族裡小孩呼其「龐蒂亞娜克」，以女鬼污名之。懷孕的純真少女成了怪物，以父親之名（天父）糟蹋之，最後選擇投河自盡，成了婆羅洲地表上遊蕩的**pontianak**。

西班牙老神父是最早深入此桃花仙境的外來者，傳教之餘，以基督再度降臨重生的宗教預言，誘騙了馬利亞的貞操。整篇小說營造的墮落深淵，無所不在。這些外來者最初隨著殖民姿態蒞臨，從殖民者搖身一變的司法官峇爸澳西，到神父峇爸皮德羅，這些稱為「峇爸」（Bapa）者，以父之名，宣教立法，卻是一連串墮落的開始。那滿嘴大蒜味的神父以耶穌基督之名，在世外桃源般的原住民聚落竟播下了野種。這無數個播種、侵害少女的父，從殖民者、司法官、神父，原住民孩童心裡的父，到信仰的父，全都是墮落的源頭。少女不可避免的陷落，都來自那全能卻邪惡的父。以致少年永的坤甸之行，竟也是父親將其推向舊情人，希冀舊情人帶領永踏上性的啟蒙旅程。李永平是否在影射其走上寫作之路沉迷於原罪意識的根源？但婆羅洲原始的處女叢林，遭日本人大肆濫墾濫伐，雨林的物種生態，染上了人為的種種禍害。處女的性和雨林的原始蠻荒，已結合一體。

鬼月展開的旅程，不僅是少年永往大河盡頭處找到自身生命的源頭，同時是歷史傷痕，以及眾多歷史幽靈歸鄉的季節。小說在陰曆七月初九，即陽曆八月八日，安排永和克絲婷巧遇赤道暴雨而走進荒村裡的一家日式旅館。二戰時的日軍殖民史，日本軍人在戰敗時切腹的武士刀，幽靈般顯現在雨林的一家日式旅社，而旅社前身竟是日軍在戰爭時期的俱樂部。少年永面對日本媽媽桑白淨的軀體，在一群無頭日本軍魂圍繞中似乎遭到附身，搖身一變為凶狠的日本軍人，對著媽媽桑吆喝唱歌。這一岔出雨林氛圍的情節，反映了李永平一股腦兒的將婆羅洲的歷史和創傷記憶經由性的召喚，煥發出新的敘事能量。

日軍南侵之前，南來從事慰安工作或觀光的日本少女，替婆羅洲幾個華人聚集的城鎮，帶來了東洋情調，春色無邊。李永平的少年記憶，遁入了不可抗拒的傳奇時空敘事。一個手持日本武士刀，展現淫威的少年永，竟然仿照日本電影裡男人持武士刀扯開穿著和服日本女子的模式，媽媽桑裸身在他眼前的成熟女體，開啟了他頗具異國情調，卻又淫猥不堪的欲望。這一視同強暴的情節安排，聲色逼真的敞開了作者婆羅洲想像中的性愛笙歌。最赤裸的性和暴力，交織在一個赤道暴雨時刻，神祕的日本旅社和媽媽桑的怪誕情境。此一想像，已完成了少年永爆衝的性的成年儀式，同時活色生香展演了戰爭時期殖民地的性征服，一則政治寓言。

武士刀、白淨裸身的日本媽媽桑、切腹儀式，所有的東洋想像，成為雨林的政治寓言的內核。東洋情調的武士道精神和美學，迴盪在這偏僻的日式旅社。小說以傷痕累累的陽曆八月（陰曆七月），遇鬼的如常季節，投射了整個婆羅洲大地蘊藏的歷史創傷，以及創傷背後生發的驅力。藉由少年永的血氣方剛，性啟蒙的年紀，歷史苦難和傷痕都換成了性的轉喻，展現出無限的遐想和喟嘆。日軍在婆羅洲徵召強取當地女子和外國女子為慰安婦的慘劇，以另一種著魔的劇情，演出了那些慰安婦的不堪，以及日軍客死異鄉，無所歸處的亡魂的離散。李永平的雨林敘事在陽剛和父的隱喻之下，展示了另類的雨林創傷美學或離散政治。

（二）歸鄉的靈

鬼月溯流登山的旅程，是李永平替日後遠離故土的少年永，設計或重溫一次尋找歸宿的歷程。大河盡頭的性和死亡，其實也意味著重生。小說刻意安排了兩個關鍵場景，讓歸鄉的靈找到各自的落腳處。少年永在旅途中，一直緊緊跟隨的兩個「龐蒂亞娜克」：難產而自殺的伊班少女阿依曼，懷抱著死嬰，幽幽歌唱。另一個抱芭比娃娃的十二歲肯雅女孩馬利亞，懷著神父播種的「聖子」，投河自盡，滿眼要傾訴的話。這些牽掛的遊魂，是受難者，是返鄉者，也是少年永內在抒情的直接投射。

在奔赴聖山之際，小說裡重要的女性同時出現在血湖中。兩個愁苦又令永愛憐的遊魂，陌生又熟悉的親生母親以靈的方式，投映在血湖天空，以及身旁關係曖昧的荷蘭姑媽。最後幽魂阿依曼跟少年永共浴血湖中，以回報永的愛憐。馬利亞則引領永到小兒國，到那些胎死腹中，早夭的孩子居住的地方：登由・拉鹿湖。馬利亞要到那裡將孩子生下，且要跟少年永共廝守。在大湖戲水的男娃女娃，神祕快樂的小兒國。少年永似乎找到了屬於自己的家，回到童年，人性最初的童心和童真，無憂無慮的存在。但他卻必須完成人生旅程，姑媽的呼喚在即，他走向登山，實踐並完成返鄉的欲望。

小說於是展現另一個空舟溯源的奇幻場景，以一個返鄉的寓言式高潮賦予「招魂」和「回歸」的神話及精神高度。（回應小說下卷序言的「招魂」主線）在接近大河的終點，有的空無一人，有著載著旅客的長舟在大河上游溯流而上，一艘接著一艘井然有序，活著或死去的靈在農曆七月的月圓之夜趕回聖山。這等奇景大概是雨林敘事中詭魅但又寓意深遠的想像。長舟隊像返回原鄉產卵的鮭魚，回到原始的最初。而思念家鄉的克絲婷，卻永遠回不去故鄉。這在戰爭時期慘遭日本人抓去當兩年慰安婦的荷蘭女子，失去子宮，失去孕育能力，成了婆羅洲大地上被遺棄的女人。

克絲婷的角色可以對應〈望鄉〉裡在二戰當過慰安婦而回不去台灣的三位女子。月鸞（〈望鄉〉）做為童年時期永心理投射的大姊姊，克絲婷已是少年永性幻想的異族姑姑，兩者皆有著性啟蒙的意義，皆蘊含著一種原罪似的，性的挫傷。美妙的性的萌發，本身已是傷痕，其純真美好已不自覺的通往歷史的創痛。〈望鄉〉的結局是童年的自己為了維護母親聲譽，報警取締以賣淫苟活的三個弱女子。《大河盡頭》的克絲婷在攀登聖山後，二人緣分已了，從此不再相見。但小說安排少年永最終的愛欲投射在一個沒有子宮的異國女子，他回歸的不是母體，而是在一個創傷的原址，尋回愛與重生的機會。最後在山頂上，曖昧的兩人卻以母子重逢般的坦誠相見，以性的愛欲昇華，衝破倫理界線，結合並因而重生。在陰曆七月十五的月圓夜，性和重生是荷蘭姑媽克絲婷餽贈給少年永的成年禮，代替依舊缺席的父，賦予少年永一次真正的返鄉旅程，回到生命／性的原初。小說以此將受難母親的原型超越，性做為歷史債務的昇華，透過返鄉的欲望，轉化為母性的救贖。

然而，少年永還有一個在古晉等候他返家的親生母親。永和克絲婷的結合，不僅僅是愛欲的糾纏和幻想。克絲婷強調早產兒的永，需要姑姑把那欠缺的一個月補足，重新生回來。失去子宮的克絲婷，如何將早產兒永重新生回來？一個在戰時遭遇性創傷的荷蘭女子，一個期待性的成年儀式的支那少年，兩個人交集在河上的愛欲故事，投射出李永平婆羅洲雨林敘事的格局。

當其他的「龐蒂亞娜克」各自找到回歸安頓的湖泊，這個前世的媽，只能回到生命源頭，死亡的邊界，以接近一個月的溯流登山的相處時光，完成一個少年的成長，如同重新孕育一個新的、完整的生命，彌補自己失去子宮永遠的痛和缺憾。如此一來，溯流之旅是追回失去的那一個月，本該孕育在子宮裡的歷史時光，一段少年永在子宮羊水裡的生命旅程。李永平似乎替湖流做了一語雙關的解讀，沿著大河溯流到婆羅洲心臟，亦如替大地上那些子宮被惡意播種、糟蹋、捅爛的女性，追回並彌補自足完滿的母性。性背著無限的創傷，亦是唯一的驅力，以此做為返鄉的靈的唯一重生機會。

三、小結

《大河盡頭》以濃筆著色的雨林書寫，對照張貴興獨具特色的詩意、濃密的雨林敘事，確實別有個人懷抱。小說藉由自傳性的「傾訴／講故事」風格，形塑了婆羅洲大地的詭異奇幻時空。這片大地埋葬過無數的歐洲傳教士、荷蘭官吏、眷屬、日本皇軍和慰安婦、歐美的探險男女，以及無數代豬仔礦工的骸骨，成為幽暗大地飽滿的故事張力。而歷代生存於這片土地的原住民部落，以傳奇、神話形象，或隱藏為背景，或浮出地表，構成婆羅洲雨林敘事奇觀。李永平意圖展示的婆羅洲景觀，並非大自然的動植物生態世界，恰恰是由人與歷史債務，幽靈般迴盪在這片處女地的熱帶雨林。[21]

深入婆羅洲，猶如走向鬼域，在生死交界的陰曆七月，透過同樣做為外來者的支那少年眼光，「看得見」的雨林是異族、異域和性的驅力。但反過來說，在殖民、二戰的歷史時刻，溯流經過的華人城鎮和雨林部落裡，華人的拓荒、創傷和迫害記憶，成了「看不見」的雨林景觀。華人記憶只剩被沖毀的客家莊，以及一個啟蒙者的視域。

小說最後替受難幽靈設想安頓的超自然世界，幻化成雨林的特殊地理。其功能不僅是渲染奇觀的圖像，反而是傷慟的抒情呈現。經由重生和回歸的主題操作，李永平明確提出曾經經歷過殖民創傷和侵略的婆羅洲雨林，既生發為文字原鄉，亦屬作者寫作生命中的記憶場所。從台灣熱帶文學譜系來看，李永平自述棲身在〈丟丟銅仔〉台灣宜蘭民謠的國度展開寫作，一如小說裡幽魂阿依曼唱頌的民答那峨搖籃曲舂米歌，一如荷蘭女子克絲婷吟唱的荷蘭民謠，望鄉之餘，也在尋求個體生命的重生。因此大河溯流之旅，是如此真實的在他比鄰而居的淡水河上，觀音山旁，一個經由欲望書寫，審視自我成長歷程而再生的鄉土和重生的自我。如此說來，雨林成了離散者的外部視域，他以形音俱美的漢字投入的雨林書寫，已屬台灣熱帶文學裡的重層意象。

21 另有觀點認為《大河盡頭》倒果為因的離奇性啟蒙和刻意避開華人在婆羅洲參與開發的描寫，不過是對他寫作史上重要母題、命題的回顧和清理。參黃錦樹，〈石頭與女鬼：論《大河盡頭》中的象徵交換與死亡〉，《台灣文學研究學報》十四期（二〇一二年四月），頁二四一—二六三。

引用書目

李展平，《前進婆羅洲：台籍戰俘監視員》（台北：國史館台灣文獻館，二〇〇五）。

龍應台，《大江大海》（台北：天下文化，二〇〇九）。

羅香林，《西婆羅洲羅芳伯等所建共和國考》（香港：中國學社，一九六一）。

溫廣益等編著，《印度尼西亞華僑史》（北京：海洋，一九八五）。

高延（J.J.M.De Groot）著，袁冰凌譯，《婆羅洲華人公司制度》（台北：中央研究院近代史研究所，一九九六）。

陳大為，《思考的圓周率：馬華文學的板塊與空間書寫》（吉隆坡：大將，二〇〇六）。

陳大為、鍾怡雯、胡金倫編，《赤道回聲：馬華文學讀本II》（台北：萬卷樓，二〇〇四）。

鍾怡雯，《馬華文學史與浪漫傳統》（台北：萬卷樓，二〇〇九）。

黃錦樹，《謊言和真理的技藝》（台北：麥田，二〇〇三）。

王德威，《小說中國》（台北：麥田，一九九九）。

黃錦樹，《馬華文學與中國性》（台北：元尊，一九九八）。

李永平著，《大河盡頭（上卷：溯流）》（台北：麥田，二〇一〇）。

陳大為，〈躍入隱喻的雨林：導讀當代馬華文學〉，《誠品好讀》第十三期（二〇〇一年八月），頁三二—三四。

黃錦樹，〈石頭與女鬼：論《大河盡頭》中的象徵交換與死亡〉，《台灣文學研究學報》十四期（二〇一二年四月），頁二四一—二六三。

黃錦樹，〈最後的戰役：金枝芒與李永平〉，發表於「東亞移動敘事：帝國・女性・族群」國際研討會，國立中興大學台灣文學研究所主辦，台中：國立中興大學，二〇〇八年十一月八—九日。

田思，〈「書寫婆羅洲」v.s.砂華文學〉，《星洲日報》，二〇〇八年六月二十九日。

張錦忠，〈南洋少年的奇幻之旅〉，《中國時報》，二〇〇八年七月十三日。

Mary Somers Heidhues, Golddiggers, *Farmers, and Traders in the "Chinese Districts" of West Kalimantan, Indonesia*. Ithaca (New York: Southeast Asia Program Publication, Cornell University, 2003).

高嘉謙，國立臺灣大學中國文學系副教授。

紅色的領路鳥

——論李永平的「繆斯」朱鴒

及川茜（劉靈均譯）

序

李永平一九四七年生於婆羅洲的英屬砂勞越古晉，在臺灣大學畢業後，經過六年美國留學生活，定居於台灣，將其於婆羅洲、台灣、美國三塊土地生活的經驗寫進作品裡。[1]

李永平在二〇一五年為止發表的六部長篇小說中，《海東青：臺北的一則寓言》（一九九二）[2]、《朱鴒漫遊仙境》（一九九八）[3]、《雨雪霏霏》（二〇〇二）[4]、《大河盡頭》（上卷二〇〇八、下卷二〇一〇）[5]、《朱鴒書》（二〇一五）[6]等五部作品，都有一名為「朱鴒」的少女登場。換句話說，除了由數篇短篇小說構成一長篇的《吉陵春秋》（一九八六）[7]外，所有長篇作品都可見到一位稱為「朱鴒」的少女的身影。

針對李永平自己稱為「繆斯」的這位八歲少女，他曾如此描述：

寫作過程中，每個作家都會在心裡設定一個讀者或者「聽者」，聽我講故事的人，朱鴒，雖然是個八歲小女生，雖然永遠長不大（她是繆斯，不能長大變老的！）但冰雪聰明，「一顆心生了七八個竅」，且通達人情世故（莫忘了她是在台北街頭遊蕩廝混的），最重要的是，跟我心有靈犀一點通。這樣的讀者／聽者是作家們夢寐以求的敘述對象。眾裡尋他

1 李永平的經歷，詳參拙稿，〈李永平『大河盡頭』の寓意〉，《野草》第九四號（二〇一四年八月），頁一四八—一六八。

2 李永平，《海東青：臺北的一則寓言》（台北：聯合文學，一九九二）。本論文的引用係根據二〇〇六年的第二版。

3 李永平，《朱鴒漫遊仙境》（台北：聯合文學，一九九八）。本論文的引用係根據二〇一〇年的第二版。

4 李永平，《雨雪霏霏：婆羅洲童年記事》（台北：天下文化，二〇〇二）。本論文的引用若未特別指出，均根據二〇一三年由麥田出版社出版的全新修訂版。

5 李永平：《大河盡頭（上卷：溯流）》（台北：麥田，二〇〇八）。《大河盡頭（下卷：山）》（台北：麥田，二〇一〇）。本論文將此書的上下二卷合稱《大河盡頭》，引用時僅標示出上下卷之別以及頁數；上卷之引用係根據二〇一〇年的二版。

6 李永平，《朱鴒書》（台北：麥田，二〇一五）。

7 李永平，《吉陵春秋》（台北：洪範，一九八六）。另有上海人民出版社二〇一三年出版的簡體版，本論文的引用若未特別指出，均根據一九八六年的洪範書店版。

千百度。能夠找到朱鴒，是我寫作生涯中最大的福氣。[8]

但是，朱鴒做為傾聽者的角色出現，是在《雨雪霏霏》以後的作品。在這之前的另外兩部作品，她擔任什麼樣的角色呢？此外在這四部作品中共通的是，朱鴒在作品中見聞到的，可能是心魔的記憶，也可能是幼小少女受到的性虐待。究竟是為什麼，要把牽引出這種讓人不忍卒聽的故事的「繆斯」，設定成這個八歲的少女呢？最後一部《朱鴒書》中，她又如何長成拯救小女孩的黃魔女，成為婆羅洲的神話呢？

本文將考察《海東青》、《朱鴒漫遊仙境》、《雨雪霏霏》、《大河盡頭》、《朱鴒書》五部長篇作品中，名為朱鴒的少女在作品中所扮演的角色。

一、五部長篇作品之概要及其對應關係

朱鴒登場的五部長篇作品，藉由共享部分場景與故事，形成了相互疊合、環環相扣的世界。在某個作品中描寫的情景，作者藉由在後續作品中的重複描寫，而賦予其特別的意義。讀者在與前作的關係中掌握各段故事的定位，並且藉由其有機的關聯性解讀作品。因此不能只針對某個特定作品進行考察，整體的論述必須藉由複數作品環環相扣以構成李永平的作品世界。由於李永平作品均未有日語譯本，以下將整理這四部作品之概要以及作品之間的相互關係。

（一）《海東青》

1. 概要

主角靳五出身於婆羅洲，從「海東」的大學畢業之後，結束八年赴美留學生涯，再度回到「海東」的大學擔任教職。朱鴒是以其租屋處對面的雜貨店的女孩身分登場。故事從留學歸來的主角靳五回到「海東」的「鯤京」的街上開始。正如其作品副標「臺北的一則寓言」所言，「海東」暗示的是台灣，「鯤京」則指的是台北。

此作中並沒有明確的故事大綱，靳五眼裡看到的「鯤京」被描繪成充滿性誘惑的樣貌。在那裡，十幾歲的少女們經常被充滿欲望的眼神凝視，街上無處沒有物質誘惑的魔掌等候著。靳五與同住的兄妹：十七歲的小舞、十五歲的亞星，小舞的情人國三女生張澌、還有小學生朱鴒一起在街上閒逛。

8 李永平接受《新京報》專訪，〈李永平——人生不外一個「緣」字〉（二〇一二年五月二十一日）來源：http://www.bjnews.com.cn/book/2012/05/19/199850.html（最後閱覽：二〇一七年七月七日）。

靳五到達鯤京的時候是中秋夜，最後的場景則是母親節前一天（五月十一日），小說描繪了總計八個月的時間。其年代背景如後詳述，可以推定為一九八七年至一九九一年間。共計五十萬字的大作分成第一部「秋、一鬮水月」、第二部「冬、蓬萊海市」、第三部「春、海峽日落」等三部，每部五章，共由十五章所構成。

2. 與其他作品之關係

主人公靳五在《吉陵春秋》各篇中即可找到其原型。《吉陵春秋》的〈蛇髓〉中，主角克三和同房的學生講述自己童時經驗，聆聽故事的學生的名字即是靳五。〈荒城之夜〉中，克三歸鄉途中追尋一同乘船的少女．秋棠之場景，與《海東青》中追尋著雛妓而徬徨於鯤京街頭的靳五的描寫有所相似。《吉陵春秋》〈好一片春雨〉中秋棠與小七嬉鬧的畫面，也做為《海東青》開頭靳五回想起名為秋棠的少女的場景重複出現。換句話說，《海東青》的靳五身上，投影著《吉陵春秋》的克三與小七的形象。

3. 版本

《海東青》的初版出版於一九九二年。二〇〇六年的第二版中則提到：「本來應該利用再版的機會，將全書文字徹底處理一番，提高這部小說的『醇度』，但（中略）修訂的工作只好另等機緣了」，[9]並未有改稿。然而〈出埃及第四十年——《海東青》序〉則因為「當時是在某種奇特的情況下匆促寫成的，並不能代表我對這本書的真正感覺」，[10]而被消除，而抄錄作品集《迌迌：李永平自選集》的自序〈文字因緣〉中，與《海東青》執筆相關部分。

（二）《朱鴒漫遊仙境》

1. 概要

主角朱鴒八歲，閃著好奇的眼睛，和同學柯麗雙、水薇、林香津、連明心、張澴、葉桑子一起漫步台北街上。連第二次性徵都尚未發達的少女被當作欲望的對象，身體有著金錢價值。早熟的朱鴒與每晚在繁華街上被迫賣花的柯麗雙把眼前看到各種事情解說給朋友們聽。最後他們為了借廁所走進一間旅館，結果該處正是誘拐少女的人口販賣犯罪組織的總部，而這七人從此就杳無音訊。

舞台設定在民國七十八年（一九八九）的夏天，解嚴後急速變化的台北街頭。

本作由下列七部構成：漫遊之一〈七蓬飛颺的髮絲〉、漫遊之二〈父與女〉、漫遊之三

9 李永平，〈再版序〉，《海東青：臺北的一則寓言（第二版）》（台北：聯合文學，二〇〇六），頁五。
10 同前註，頁二。

〈驪歌滿城〉、漫遊之四〈夏日飄起女兒香〉、漫遊之五〈一場成人遊戲篇〉、漫遊之六〈群玉山頭〉、漫遊之七〈遊仙窟〉。

2. 與其他作品之關聯

在《海東青》的最終章中，朱鴒一家搬了家，而在本作中則以朱鴒的視野描繪了那之後的暑假所發生的事情。從登場人物與故事的重合看來，此作顯然與《海東青》有直接的繼承關係。

3. 版本

初版由台北的聯合文學出版社於一九九八年發行，第二版則由同出版社於二〇一〇年發行。再版時，作者自稱：「我決定一字不易，甚至不改動一個標點符號（中略）重現世間」，[11] 在新版並未改稿。

（三）《雨雪霏霏》

1. 概要

敘事者認識了八歲的少女朱鴒，牽著她的手在夜裡的台北一面漫步，一面說著自己在婆羅洲度過的童年回憶。但是小說開頭就提示了朱鴒早在數年前便消失無蹤，所以邊走邊說故事的情節究竟是敘事者的實際體驗還是想像中的事情，在小說中處理得相當曖昧。相較於《海東青》、《朱鴒漫遊仙境》兩部作品以第三人稱書寫，《雨雪霏霏》則是以第一人稱書寫。

全書由〈追憶一〉至〈追憶九〉共九章構成。在九段追憶之後，初版雖然有個不到一千字的〈尾聲〉，但在「修訂版」與上海人民出版社出版的簡體字版（二〇一四年發行）中則被刪除了。

2.與其他作品之關聯

本作中並未解說朱鴒的背景，只有在故事開頭提到：「多年前我有幸結識朱鴒，一大一小兩個人攜手打造一樁奇妙的緣。那時我在台北某大學外文系教書，每天傍晚放學回宿舍，總是看見一個小小女生，孤單單，蹲坐在市立古亭小學門口台階上，身旁擱著書包，雙手摟住膝頭，仰著臉子瞇起眼瞳絞起眉心，呆呆瞅望著城西淡水河口海峽中那一輪載浮載沉的猩紅太陽，好久好久，都不願返回巷弄中的家，只顧癡癡想著自己的心事。」[12]「然而有一天，她卻突然不見了。」（頁三八）因此我們無從得知她和《海東青》、《朱鴒漫遊仙境》兩部作品中的朱鴒是

11 李永平，〈永遠的八歲（經典版序）〉，《朱鴒漫遊仙境（第二版）》（台北：聯合文學，二〇一〇），頁三。

12 李永平，《雨雪霏霏（全新修訂版）》（台北：麥田，二〇一三），頁三七。

不是同一人物。

但是，《海東青》的故事在《雨雪霏霏》中也不斷地重複變奏。[13]比如說相當於《雨雪霏霏》的高潮之處的第九部分〈追憶九：望鄉〉中，主角與朱鴒為了尋找台灣原生種的魚類「庵仔魚」沿新店溪溯流而上；在那兒主角告訴朱鴒自己的大學時代的回憶：以前曾經在夜晚去看捕庵仔魚，並且得到幾隻做下酒菜。（頁二一五—二二〇）這段故事在《海東青》中，首先是在第二章〈瓊安〉中，靳五對從美國來的女性朋友瓊安講過，[14]之後又在第十三章〈山中一夕雨〉對亞星說了這故事。（頁八二九—八三〇）除了置換了人名之外，內容完全相同。[15]

3. 版本

單行本《雨雪霏霏》總共有以下三種。二〇〇二年由天下文化出版社出版後，在二〇一三年改寫為「全新修訂版（下稱「修訂版」）」，由麥田出版社發行。[16]此外基於此修訂版，還有二〇一四年由上海人民出版社出版的簡體版。[17]此次修訂，除了電影名稱等作品加上『 』標示等的表記訂正，以及換行的更動，整體而言雖然字數有微小變動，但長達數行的段落刪除或修訂處則極少。比較大的改變，像是修訂版的開頭引用了《新約聖經．約翰福音》中「你們中間誰是沒有罪的，誰就可以先拿石頭打他」，因此〈追憶九：望鄉〉中原來「我不是人，我是魔」[18]就改成了「我是罪人，你們拿起石頭打我吧！就像聖經中描寫的那樣」。[19]

然而最大的差異，應該是末尾的「尾聲」的部分被消除。主角與朱鴒遊歷過台北的街道，最後來到了新店溪。舊版中雖然找到了台灣特有種的「庵仔魚」，但是朱鴒卻突然衝出去，一邊哼著兒歌一邊走進黑暗的水坑。但是這個部分在修訂版中均被刪除，因此以下的引文都完全消失了：

是妳，朱鴒，讓我鼓起勇氣檢視我在南洋的成長經驗，是妳幫助我面對心中的魔，是妳要

13 詳參黃錦樹，〈漫遊者、象徵契約與卑賤物——論李永平的『海東春秋』〉，《謊言或真理的技藝：當代中文小說論集》（台北：麥田，二〇〇三），頁七五，註7、註8。原刊《中外文學》三十卷十期（二〇〇二年三月），頁二四—四一。

14 李永平，《海東青：臺北的一則寓言（第二版）》（台北：聯合文學，二〇〇六），頁六五—六八。

15 李永平曾在〈簡體版序·河流之語〉中，提到了這段他在臺灣大學念大學三年級時的往事，說這是他對於台灣的河流的最難忘的回憶。李永平，《雨雪霏霏：婆羅洲童年記事》（上海：上海人民出版社，二〇一四），頁一一—一四。

16 麥田二〇一三年出版的《雨雪霏霏（全新修訂版）》，同時收錄王德威〈原罪與原鄉：李永平《雨雪霏霏》〉、李永平〈寫在《雨雪霏霏》（修訂版）卷前〉、李永平〈河流之語——《雨雪霏霏》大陸版序〉。

17 上海人民出版社二〇一四年出版的《雨雪霏霏：婆羅洲童年記事》，同時收錄王德威〈原罪與原鄉〉、李永平〈河流之語〉。

18 同註4，頁二〇九。

19 同註12，頁二一〇。

我睜大眼睛，看看自己到底是個怎樣的人。[20]

於是一抵達其目的，朱鴒就跑開，一步一步走向黑暗的水坑，徒留其身後呼喊的敘事者的聲音空虛地迴響著。這呼喊的聲音後來變形成《大河盡頭》的開頭「招魂——朱鴒，歸來！」，並從《雨雪霏霏》中被刪除。

（四）《大河盡頭》

1. 概要

出身於英屬婆羅洲．古晉的作家永，召喚著三年前在《雨雪霏霏》中走進新店溪黑暗水坑的台北少女．朱鴒，並回憶已然過去的十五歲的夏天（一九六二年七月三十日起的十五天之間）的記憶。

父親為了慶祝他考上高中，讓他去找住在坤甸的三十八歲荷蘭人女性克莉絲汀娜．房龍，在其農場度過一個夏天。克莉絲汀娜曾經被監禁在日軍的收容所，當過兩年的「慰安婦」。

克莉絲汀娜答應要帶永去找卡布雅斯河的源頭，兩個人和約莫三十個白人男女為了追求生命的根源，一起沿著卡布雅斯河逆流而上。但是在途中遇上各種不可思議的事件，同行者一個一個消失，十五天後只有永與克莉絲汀娜登上原住民伊班族的聖山峇都帝坂的山頂。

永在這段旅途中，與身為一個生於婆羅洲的華人的原罪意識，以及普世的心魔相互對峙；在旅途的盡頭體驗了生與死與性交的三種經驗，因此得到了新的生命。此外長大成人之後成為作家的少年永，以朱鴒為傾聽者，藉由言說這段往事重新體驗了旅途，而藉此，作家李永平才回到其做為華語作家的起點，完成了一部集婆羅洲、台灣、美國經驗的集大成之作品。

上卷《溯流》是由〈序曲 花東縱谷〉到〈七月七日七夕 浪遊紅色都市〉為止的十九章組成，下卷《山》則是從〈七月八日凌晨 逃出紅色都市〉到〈月圓 峇都帝坂〉的十八章所組成。各章題目都附有該段旅程的舊曆日期。[21]各章沒有編號，目錄也只有各章標題，但是在本文的頁面上則在標題後再加上副標題。比如說〈序曲 花東縱谷〉有著副標題「招魂——朱鴒，歸來！」，〈七月七日七夕 浪遊紅色都市〉則有副標題「姑媽帶我尋找一個普南姑娘」。此外下卷則以序文的形式收錄了〈問朱鴒：緣是何物？——大河之旅，中途寄語〉一文，以和正文相同的說給朱鴒聽的形式解說執筆的緣起。若是加上此文，則上下兩卷就皆為十九章，所以正如

20 同註4，頁二五九—二六〇。
21 只有下卷的〈八月八日斷腸日 少年永迷亂的一天〉是使用了新曆日期。

黃錦樹所指出的，「作家把他設計為小說的一個部分、內在的血肉」[22]，是對應於上卷的〈序曲　花東縱谷〉的。

2. 與其他作品之關聯

李永平說《雨雪霏霏》乃是《大河盡頭》的「前傳」。[23]實際上，《大河盡頭》開頭的〈序曲　花東縱谷〉中，說的是《雨雪霏霏》的台北那一夜之後三年後的事情，讓敘事者在花蓮的月夜再度對朱鴒招魂。此外有關《雨雪霏霏》的結尾也明白說明：「咱倆一大一小互相扶持，歷經一夜跋涉終於走到了河溪上游，這趟溯源之旅完成了，妳親手把我這個浪子給帶回家了，我便把妳留在終點站，將妳放逐到那一窟陰冷幽深千年不見天日的黑水潭，頭也不回，自個揚長而去啦。」[24]

但同時我們也不能無視於其與《海東青》之間的關係。比如說《海東青》中，有描寫靳五幫助雛妓躲過警察的場景，然而少女躲開他的懷抱，自願與經過的兩個黑人離開，結果受到了暴力侵害。（頁二三一—三二）這樣的場景在《大河盡頭》以印尼的新當為背景重複了一次，做為主角少年永與普南族少女的邂逅。

3. 版本

《大河盡頭》由上下兩部構成，由麥田出版社於二〇〇八年出版了上卷《溯流》，二〇一〇年出版了下卷《山》。上卷《溯流》在做為「當代小說家II」系列的一冊發行後，隨著下卷《山》的發行，上卷再與下卷一起由麥田出版社做為「李永平作品集」的一部分再版。

此外二〇一二年四月，上海人民出版社也同時出版了上下卷的簡體版。這個版本與麥田出版社一樣，都收錄了王德威的序論：上卷的〈大河的盡頭就是源頭〉、下卷的〈婆羅洲的「魔山」〉。但是麥田版上卷收錄的〈序曲 花東縱谷〉則改為了〈簡體版序「致祖國讀者」〉。李永平的作品在中國都由上海人民出版社出版，但是其順序是《大河盡頭》（二〇一二）、《吉陵春秋》（二〇一三）、《雨雪霏霏》（二〇一四），和台灣的出版順序不同。因此，回想《雨雪霏霏》中的那一晚而對朱鴒招魂的〈序曲 花東縱谷〉在《雨雪霏霏》的簡體字版發行之前，對簡體字版的讀者是沒有意義的。因此，作者在簡體字版的自序中是對大陸的讀者展示對「祖國」也就是「母親中國」的呼喊，更說明了出身婆羅洲，以台灣為第二故鄉的自身來歷，在解說《大河盡頭》之後，交代了朱鴒這個人物的來歷。

22 黃錦樹，〈石頭與女鬼——論《大河盡頭》中的象徵交換與死亡〉，《台灣文學研究學報》十四期（二〇一二年四月），頁二四一—二六三。
23 李永平，〈簡體版序·河流之語〉，同註15，頁一九。
24 李永平，《大河盡頭（上卷：溯流）》，頁二三—二四。

（五）朱鴒書

1. 概要

十二歲的台北少女朱鴒在台北中山堂對仕女們進行演講。她是「李永平老師」的作中人物，藉由李老師的筆被送到大概是一九六二年的《大河盡頭》的舞台婆羅洲，由她說出了這一段故事。

澳洲人律師峇爸．澳西的亡靈，在死後不斷假藉印尼政府特聘司法顧問的名義，在婆羅洲的長屋尋找即將過九歲生日的少女，騙到高腳屋裡將其侵犯。到達婆羅洲的卡布雅斯河畔的朱鴒，和被趕出長屋的伊班人少女伊曼一起邁向死去的小孩居住的「小兒國」登由．拉鹿時，受到峇爸．澳西召喚，和他的後宮少女們合流。朱鴒自己也屈服於峇爸．澳西的魔力，差點成為其後宮的一員，不過幸虧被詹姆士．布魯克所救，和他一同回到過去的時空，目睹砂勞越王國的興盛。朱鴒在之後為了拯救其他少女們決定再度前往峇爸．澳西的後宮。她手上拿有詹姆士．布魯克給予的兩個法器：短劍與少女的頭骨做成的鼓。在旅行之末，她和這些少女一同打倒了峇爸．澳西。她得到了「黃魔女」（姑寧．妲央）的稱號，成為卡布雅斯河流域的神話。

作品是由「初抵婆羅洲」到「決戰登由．拉鹿」等七卷組成，每卷有六話，共計四十二話，前後則有「楔子：朱鴒站上舞台開講」「尾聲：朱鴒重返台北舞台」兩節。

敘事由三層構成。第一層是朱鴒在台北中山堂對仕女們的演講。第二層是在敘事中，「李永平老師」讓作中人物朱鴒前去婆羅洲。第三層也就是作品的中心，依然由朱鴒敘述在婆羅洲的冒險。

卷首的自序「向高畑勳與宮崎駿致敬」中，有提到朱鴒在婆羅洲見到的世界同於日本動畫電影中少女們經驗過的「瑰麗奇幻世界」，同時又是「英國少女阿麗思、美國小姑娘桃樂絲和法國女娃兒小紅帽，在一百年前，曾經看到過的和感知過的」（頁一五）世界，並且提出了「香火傳承」這個關鍵詞。

2.與其他作品之關聯

此作與《雨雪霏霏》、《大河盡頭》有直接關係，總稱為「月河三部曲」。特別是形式上採用了由朱鴒尋訪《大河盡頭》的克莉絲汀娜與少年永所走過的路的方式，剛好和《大河盡頭》成對。人物也大多繼承自《大河盡頭》。

「楔子：朱鴒站上舞台開講」中朱鴒提到與「李永平老師」的邂逅，並且藉由再現彼此的對話，說明自己接下來為什麼即將被送往婆羅洲。

其目的是為了讓朱鴒重複體驗《大河盡頭》主角「永」的經驗，甚至是讓朱鴒成為小說家。「李永平老師」對朱鴒這樣說：「但是，在成為一位真正的、傑出的小說家之前，妳必須先獨自從事一趟冒險旅程，就像哈克——唔，就像希臘羅馬史詩中的英雄，在成就大事業之前，總要親身到陰間走一遭，入死出生，完成一番必要的熬練。」（頁一五三）這段台詞毫無疑問的是為了解開《大河盡頭》中「永」的經驗的意義。

3.版本

二〇一五年七月，此作品做為麥田出版社「李永平作品集」系列的第四卷刊行。

二、紅色的領路鳥——從內在世界的居民變成外在世界的聽眾

一如前一節所整理，《海東青》與《朱鴒漫遊仙境》有著直接的繼承關係，《大河盡頭》則可以視為《雨雪霏霏》的續作。為了討論方便，本稿以下將《海東青》與《朱鴒漫遊仙境》稱為A系列，《雨雪霏霏》與《大河盡頭》、《朱鴒書》稱為B系列。A系列的世界與B系列的世界雖然有著相互重疊的部分，卻也各自獨立，雖然以名為朱鴒的少女連結，但是在A、B兩系列中，朱鴒在作品裡擔當的角色也大大不同。

A系列的朱鴒是身世較為清晰，並且具有具體肉體的少女，因此也能夠成為性慾的對象。她被塑造成一個天真無邪的八歲少女，同時也象徵著在高度經濟成長的背後日益墮落的台灣。但是B系列的朱鴒是已經失去肉體的「靈」、「繆斯」，是從敘事者的內在世界走出來的。因此

敘事者可以毫無猶豫的對著她敘說差不多歲數的少女受到性虐待的情境，讓她傾聽被當作日軍「慰安婦」的荷蘭女性克莉絲汀娜的故事。如果A系列的朱鴒是來回奔跑在靳五的內在世界登場人物的話，B系列的朱鴒則是在其外側，擔負著藉由讓敘事者說出故事，解明敘述者內心世界的工作，進而最後她將從「李永平老師」帶出來的婆羅洲故事，由自己來重複一遍。

（一）命中注定的墮落——被污辱的台灣與內在世界的形象化

在A系列登場的朱鴒，兼具具體的身世與肉體。從《海東青》與《朱鴒漫遊仙境》中可以知道她的家庭環境。

朱鴒的父親朱方出身於江蘇省，在民國三十八年「就像耶蘇教那個大鬍子聖人摩西分開紅海」[25]一樣被蔣介石帶到台灣，之後娶了台南縣善化鎮人陳鸞雀為妻，生有朱鸝、朱鳶、朱鴒三姊妹。外省父親與本省母親所生的朱鴒說：「就好像兩股血液在我血管裡，亂竄亂流，好像兩個大人在我身體內打架，每天把我整得暈頭轉向坐立不安，在家裡實在待不住，煩躁得要死，只想逃到外面大街上亂跑亂逛，有時候好痛苦哦——」（頁三〇一）

25　李永平，《朱鴒漫遊仙境（第二版）》（台北：聯合文學，二〇一〇），頁三〇〇。

朱鴒的母親數度赴日本「留學」，朱鴒的家裡則常常有花井芳雄與木持秀雄兩個日本老人[26]進進出出。大姊朱鸝是師範大學史學系二年級的學生，有了已經論及婚嫁的男友，但是卻被母親強迫休學帶去日本。更慘的是，朱鸝在《海東青》中，還在母親的同意下被花井和木持帶到高雄去，在飲食中下藥迷姦。由於提供了女兒的身體，從兩個日本人處得到經濟援助，一家到《海東青》的最後搬進了豪華公寓裡去。到了《朱鴒漫遊仙境》中，即使父親朱方在場，花井也毫不在意地來訪，夜宿朱鸝的房裡一事變成常態，最後朱鸝甚至還懷了孩子。

少女的性有著金錢上的價值並非只是在朱鴒家中而已，故事中暗示了這樣的社會結構已經完成：就連第二次性徵尚未出現的少女們都被當成性慾的對象，各種業界同時設計了可以勾起對少女欲望的商品，並讓他們服務於特種行業。二姊朱鳶才是十四五歲的學生就已經在林森北路的旅館打工當「公主」，在《朱鴒漫遊仙境》中，可以見到父親提及二姊朱鳶打算要購買賣給女公關用的公主套房的場面。（頁九六）然而「公主」這名字聽起來很不錯，但是事實上不要說常常被迫與客人發生關係，甚至常常有被拒絕使用保險套的客人傳染性病的危險。

朱鴒自己也在《海東青》中被花井和木持以「表示心裡很疼」（頁三〇〇）為由把臂膀點上痣，還為了迎合他們喜好換成成人一般的髮型。可以預測在不久的將來朱鴒也將走上淪落的命運吧。

《朱鴒漫遊仙境》之中其淪落的預兆，從朱鴒穿耳洞的一幕開始。從《海東青》中就已經登場的小太保安樂新，對看著耳環店的朱鴒說明：「女孩子想長大，就要被男人打一槍，穿個洞，流一滴紅紅的血」（頁七四）。而在朱鴒被安樂新揪住，無法抵抗被帶到老闆前，說時遲那時快，就被日本製的耳洞槍打了耳洞。但是該場面並無具體描寫，僅有「砰然一聲，槍聲響起」（頁八三）。在那之前有一段耳環店老闆幫高中女生穿耳洞的場景，在有如前戲的耳朵清潔之後，有以下的描寫。

如醉如痴，那女生趴伏在老闆的胸脯上，睜開汗濛濛的兩隻眼睛，夢囈般呻吟了五六聲，望望老闆手上握著的日本耳洞槍，猛一哆嗦，又闔起眼皮退縮回老闆的懷抱裡，把兩條腿兒緊緊夾住。老闆笑瞇瞇望了望店門口窺探的一堆男人，擎起日本槍，慢吞吞擦拭著槍身，把那銀樣燦爛的槍頭擦亮了，腰桿子一挺，舉槍瞄準懷中女生那蓓蕾般嬌嫩的耳朵。砰！槍聲驟響。白雪雪滿堂日光燈下，女生耳垂上綻放出了小小一蕊子晶瑩的血花，嬌滴滴紅灩灩。（頁八〇—八一）

26 李永平曾經在接受詹閔旭的訪談時，提到《海東青》的日本人的原型是來自於台灣作品黃春明《莎喲娜拉．再見》。但是婆羅洲曾經被日軍占領過三年，他也曾看過戰後以商人身分回到婆羅洲的日本人，是故其對日本人的印象應該是始於在婆羅洲的時候。此外作品中曾經參與南京大屠殺的舊日本兵，在戰後到台灣去嫖雛妓的場景在作品中也反覆出現；侵略過婆羅洲、台灣、乃至於「原鄉」中國的日本人，到了戰後又造成台灣社會的墮落，這層寓意不應等閒視之。參詹閔旭，〈大河的旅程：李永平談小說〉，《印刻文學生活誌》第十期（二〇〇八年六月），頁一七五—一八三。

這段明顯暗示性交的描寫，是藉由發生在其他的少女身體的事情，讓我們也能想像加諸在朱鴒身上的行為。做為徵兆的這個場景，最後在朱鴒等七人失蹤的描寫中成為現實。

關於《海東青》，目前為止的討論是「鯤京」是「家」被排除之後，被符號化的「鬼域」，[27]並且是欠缺時間與歷史的「被遺忘的國度」。[28]此外黃錦樹將之適用於Julia Kristeva的「賤斥（abjection）」[29]概念，分析結果認為李永平是要將「三民主義模範省」、「復興基地」象徵性地淨化，[30]在滿溢欲望與污穢的鯤京裡，少女們沒機會好好長大，被迫立即成為成熟的女性。

除了前述分析之外，也不能夠忽視鯤京有著具象化充滿性隱喻的靳五的內在世界的一個側面。在鯤京登場的人物、描繪的景象都可以解讀成存在於靳五內在的某個象徵。接下來筆者把焦點放在前述的安樂新、還有日本的買春旅遊觀光客花井與木持等人所體現出來的靳五的欲望。

黃錦樹已經指出安樂新與靳五的鏡像性。[31]安樂新本名蔡森郎，在靳五和同租一間公寓的高中考生亞星同乘公車時靠近搭訕。他向靳五推薦安眠藥「安樂新」（這也是「安樂新」綽號的由來），不斷慫恿他讓十五歲的亞星服下，以奪取其處女之身。[32]面對死纏爛打終於不耐的靳五，不顧大庭廣眾之下，突然地對安樂新施以暴行。不只把他的頭揪起來撞在電線桿上，而且還用力踩住他的腳（頁一三八、一八六）。這樣激烈的暴力行為，可以解釋成安樂新體現的正是靳五自己的欲望，而靳五欲將之搏倒而陷入苦戰的一種展現。可以看見一直是「旁觀者」、「過客」、「流寓之人」[33]的靳五主動抵抗安樂新。但是這種抵抗終究徒勞無功，亞星在被安樂新送回去之後，就此消失在靳五面前。

在鯤京，少女們注定要被蹂躪，靳五早已預感到總有一天朱鴒會遭到花井與木持的毒手，亞星也將會以同樣的姿態消失。然而他能做的只有在最後抱緊朱鴒感嘆：「丫頭，不要那麼快長

27 張錦忠，〈在那陌生的城市：漫遊李永平的鬼域仙境〉，《中外文學》第三十卷第十期（二〇〇二年三月），頁一二一—二三。

28 黃錦樹，〈在遺忘的國度——讀李永平《海東青》（上卷）〉，《馬華文學與中國性（增訂版）》（台北：麥田，二〇一二），頁二三五—二六二。原刊於《台灣文學觀察》第七期（一九九三年六月），頁八〇—九八。

29 此處參考ジュリア・クリステヴァ著、枝川昌雄日譯《恐怖の権力——〈アブジェクシオン〉試論》（東京：法政大学出版局，一九八四年）（譯自：Julia Kristeva, *Pouvoirs de l'horreur: Essaisurl'abjection*, Paris: Seuil, 1980）。中譯本可參照克莉斯蒂娃（Julia Kristeva）著，彭仁郁譯，《恐怖的力量》（台北：桂冠圖書，二〇〇三）。

30 黃錦樹，〈漫遊者、象徵契約與卑賤物——論李永平的『海東春秋』〉，《謊言或真理的技藝：當代中文小說論集》，頁七〇。

31 同前註。

32 相關情節見於《海東青》，頁一〇六—一一八、一三三—一三四。

33 同註30，頁六二。

大！」（頁九四一）。少女的淪落除了象徵著台灣——即「華族文化具體而微的投影」[34]——的墮落，同時也可以象徵著靳五及作者內心中已然被侵蝕的純潔與善吧。黃錦樹敏銳地指出：正是靳五的目光把朱鴒「推向那墮落的洞穴」。[35]而那目光在《雨雪霏霏》中則變成了「心魔」。

（二）《朱鴒漫遊仙境》中靳五的缺席

A系列的《海東青》與《朱鴒漫遊仙境》的差異，在於前者是以靳五的視點敘事，後者是以朱鴒的視點來描寫台北的光景。在《朱鴒漫遊仙境》中，靳五把主角的地位讓給了朱鴒，從舞台上消失。張錦忠推測，描寫一九八七年秋天到一九八八年春天的《海東青》和一九八九年夏天的《朱鴒漫遊仙境》之間，應該還存在沒有寫出來的「中卷」，或許可以說明《朱鴒漫遊仙境》中靳五消失的理由。[36]

另一方面，關於《海東青》，李永平曾描述：「這則寓言寫到後來，不知怎的竟建構出一座巨大的文字迷宮，而我這個『小說家』竟也像雅典名匠戴達魯士，在作品完成後，驀然驚覺，發現自己被囚禁在自己創造的迷宮中，必須付出慘痛代價才得以逃脫」；[37]而在（《海東青》發表之後）「歇息一年重新出發，試圖從困境中跨出第一步——哪怕是小小的半步也好——於是寫了《朱鴒漫遊仙境》。」[38]以這段話做為引子，我們可以試圖思考關於靳五的消失。

在自己的內在世界徬徨的靳五透過其雙眼為透鏡，可以將所見毫無時差的顯像出來。作者在此透過靳五這個分身進到自己內心深處，試圖從內在將眼中的情景描寫出來，藉由文字建築一個迷宮。這就是為什麼靳五徹頭徹尾都只是一個旁觀者的緣由吧。他雖然已經可以想見朱鴒的下場，卻也沒辦法把日本來買春的老人趕出鯤京，也沒有辦法讓安樂新洗心革面。他所能做的只有凍結亞星與朱鴒墮落前的時間，在那個時間點徬徨而已。

然而至少在此，靳五、花井與木持、安樂新是做為個別的登場人物出現的。到了B系列的

---

34 王德威，〈原鄉想像，浪子文學〉，《迌迌：李永平自選集》（台北：麥田，二〇〇三），頁一七。

35 同註30，頁六二。

36 但是實際上，《海東青》作中的日期並沒有明示年份。第一部第四章〈蒙古冷氣團源源南下〉中有關於「紅色中國」「血腥鎮壓」的對話（頁一六六），如果指的是一九八七年九月及十月在拉薩發生的示威與鎮壓，時代背景就可以推定為一九八七年秋天至一九八八年春天。但是在第二部第六章〈迌迌〉中提到了石原慎太郎接受美國《PLAYBOY》雜誌採訪（頁三一三），乃是一九九〇年十月之事，而五月十二日是母親節（五月的第二週日）（頁九一〇）的年份是一九九一年，綜上所述要確定作中的時間是有困難的。此外在《朱鴒漫遊仙境》中，朱鴒一家在頁九五時是兩個月前搬家的，但是到了頁一一四卻變成搬家半年後，搬家的時期前後顯有出入，是故要判斷兩部作品之間經過的時間也很困難。《海東青》執筆於一九八七年至一九九一年間，若把《海東青》的時間進行，視為這四年的台北的時間被濃縮至「鯤京」的八個月內，而非重合於現實時間，這樣的看法應該比較妥當。相關說法見張錦忠，〈在那陌生的城市：漫遊李永平的鬼域仙境〉，同註27。

37 李永平，〈文字因緣〉，《迌迌：李永平自選集》，頁四三。

38 同前註，頁四四。

《雨雪霏霏》、《大河盡頭》中，主角不再做為一個從欲望切離出來的人格，毋寧說，顯然主角體內的欲望已經無法被切離出來。

這樣一來，靳五的離去恐怕是個必然的結果：從欲望被切離出來的自己，終究是無法存在的，即便是在虛構的作品世界裡頭。靳五的身影消失的台北城中，原先被凍結的時針又開始轉動——逐漸轉向四溢著惡德與汚辱的台北把朱鴒吞噬的那一瞬間。

A系列的兩作品中，靳五和朱鴒一起做為靳五內在世界中的登場角色活動，尚未有從舞台的外側觀看的角色。而這個角色的完成，是在以敘事者與朱鴒對話的形式完成的B系列兩部作品之後。

（三）無有肉體做為傾聽者存在的朱鴒

到目前為止的A系列兩作品都是以第三人稱敘事，沒有詳細描繪靳五和朱鴒的內心層面。另一方面，B系列的《雨雪霏霏》和《大河盡頭》主要都是以「李永平」做為敘事者，將自己的體驗與感情以第一人稱之口饒舌地敘說。而隨著從A系列的第三人稱到B系列的第一人稱的轉換，朱鴒被賦予了一個新的傾聽者的角色。

要分析B系列兩部作品的構造，不如將三個「永」分開理解比較容易。這三個「永」分別是：(1)作者李永平、(2)作品中的敘事者、(3)回憶中登場的幼年到少年時期的永。為討論方便，以下將這三個「永」依序稱為「作者永」、「敘事者永」、「回憶的永」。[39]「回憶的永」登場的回憶世界，是由「敘事者永」做為親身體驗過的過去所說出來。然而「作者永」卻強迫「敘事者永」藉由凝視過去的眼神，去割除過去自己充滿「心魔」甚至欺瞞的旁觀者的視線。

若試著以這樣的圖式去對應A系列的兩部作品，則靳五相當於「回憶的永」，而「鯤京」以及台北的街頭則相當於B系列的回憶的世界。也就是說，靳五的內在世界，在B系列中是被當成是不可逆反的過去封存在回憶之中。如同前述，《海東青》的片段故事在《大河盡頭》中不斷重新變奏，從此應該也可以推論B系列的回想正是A系列中的靳五的內在世界吧。

《朱鴒漫遊仙境》的結尾時一度迎接死亡的朱鴒，在《雨雪霏霏》中做為沒有肉體的台北少女在「敘事者永」前面復活，一起仔細探索「回憶的永」的言行舉止。

比如說《雨雪霏霏》中，「敘事者永」在重要的時刻一言不發打算讓故事繼續進行，朱鴒就沒有放過他，逼迫他直視「回憶的永」。例如有個場景「敘事者永」說到小時候偷偷鑽進故鄉婆羅洲古晉的風化街的經驗，「敘事者永」說當時讓他受到衝擊的，是那裡的妓女們全部都是「支那姑娘」。朱鴒不滿意這個解釋，追問「敘事者永」：

39 然而作者有下功夫，意圖使讀者將這三個「永」視為同一人物。請參照拙稿，〈李永平『大河盡頭』の寓意〉。

——那我問你，如果這些女孩子是馬來人、印度人或拉子婦，你還會不會感到那樣傷心呢？

——會！只是……

——只是什麼呢？

——只是……感覺不一樣。

——怎麼不一樣呢？為什麼會不一樣？

——我……拜託妳別逼問！丫頭，請妳不要睜著妳那兩隻像刀子一樣的眼睛，冷冷的瞪著我，可以嗎？（頁八〇—八一）

這裡朱鴒的角色，正是在「修訂版」被消除的尾聲中所提到的，讓「敘事者永」和過去的經驗與「心魔」對峙，讓他「看看自己到底是個怎樣的人」。

其中最殘忍的，是最後〈追憶九：望鄉〉當中，他去向警察舉報台灣出身的前「慰安婦」的「姦通」行為的段落吧。七歲的「回憶的永」被這三個台灣女性疼愛，時常跑去找她們玩，結果就有謠言說他是她們的「私生子」。他為了不讓生母難過，「為了向我媽表明心跡，為了讓全古晉城的人知道，我最在意的人是我的親生媽媽。」（頁二五一）這裡的生母與台灣女性的寓意應該是很重要的。

這三個台灣女性在戰時做為日軍「慰安婦」被帶來婆羅洲，在戰後沒臉回台灣見家人，遂在婆羅洲賣春維持生計。他們的身體被日本人傷害，不只在手腕上被刺上了「慰」字，甚至讓她們穿上和服，喊上「伊拉夏伊媽謝！」並且鞠躬招待客人，被完全的日本化，無法擺脫。換句話說，她們身上體現的，恰巧與《海東青》的鯤京一樣，是淪落而無法消去被日本刻畫痕跡的台灣。「回憶的永」雖然對三位女性已抱有思慕之情，卻拒絕認他們作母親，高聲宣言只有生母才是自己的母親。這也暗示了生為婆羅洲華人的「作者永」的姿態：只認同想像中依然純潔的中國為母，即便是「第二故鄉」，也不願意接受已失去了純潔性、淪為日本殖民地的台灣。

要不要認生母以外的女性為母親，這個問題在《大河盡頭》中也被重複。在此登場的荷蘭人克莉絲汀娜，雖然也是前日軍「慰安婦」，荷蘭人以前卻也是婆羅洲的殖民者。但在此，「回憶的永」在大河之旅的終點前，同時看到生母、克莉絲汀娜、婆羅洲肯雅族原住民少女馬利亞的幻影。[40]這象徵著這三人都是他的母親。[41]而最後在峇都帝坂的山頂，「回憶的永」從克莉絲汀娜得到了新生。換句話說，他重生成了「婆羅洲之子」，同時擁有做為原鄉的中國、荷蘭所代表的婆羅洲殖民者、婆羅洲的原住民做為母親。

在這裡缺席的台灣，藉由「敘事者永」向朱鴒訴說的形式成為故事的前提。在這個作品

40 《大河盡頭（下卷：山）》，頁四八五。
41 請參照拙稿，〈李永平『大河盡頭』の寓意〉。

中，若是象徵台灣的朱鴒不存在，是不能成立的；也可以把此作看作是對台灣進行呼籲的作品。而在這同時，藉由將作者永帶回其做為中文作家的旅途起點，也讓其完成了這段集婆羅洲、台灣、美國經驗的大成之作。

（四）從敘事的詛咒中解放

《雨雪霏霏》、《大河盡頭》兩作中一貫以傾聽者立場登場的朱鴒，到了二〇一五年的《朱鴒書》，自己變成在婆羅洲冒險故事的敘事者。《雨雪霏霏》中只有八歲大的朱鴒在《朱鴒書》開頭時成長到十二歲，在大河之旅路上，也就是十三歲時初次來經。「李永平老師」將她送到了《大河盡頭》的舞台婆羅洲，在此也可隱約看到十五歲的少年永與克莉絲汀娜的身影。

如前所述「李永平老師」之所以為了要把朱鴒送到婆羅洲，其目的是為了讓朱鴒重複體驗《大河盡頭》主角「永」的經驗，甚至是使之成為小說家。

在《朱鴒書》中，與朱鴒同乘幽靈船的達雅克族青年納爾遜・大祿士・西菲利斯・畢嗨說出：《大河盡頭》裡進行溯流之旅的少年永，他的使命正是將婆羅洲的苦難與羞辱行諸文字。他在《大河盡頭》中也有登場，做為梅毒的化身給予白人旅行者懲罰，是以「解放婆羅洲，保衛達雅克和伊班人民，驅逐貪婪的日本人和支那人，處決邪惡的歐洲人和爪哇人，在布龍大神見證之下建立一個公正公義、純潔和諧的加里曼丹自由邦」[42]為名出師的武裝組織「自由婆羅洲」的戰士。他這樣說明永的任務：

那年夏天，在大河盡頭的峇都帝坂山，朝聖航程的終點，我對我的少年朋友和小兄弟，永，發出這樣的一段宣言：「交灣，將來有一天，無論你人在哪裡，不管你是以英文寫作，或是使用那東方古老圖騰般神祕、複雜的中國象形文字，你都必須將這趟大河之旅，忠實的、完完整整詳詳盡盡地，書寫出來，為母親婆羅洲遭受的苦難和羞辱，在神的面前作個見證。旅程中發生的每件事，不管有多齷齪卑鄙，或有多悲慘、血腥和褻瀆，你都不可以遺漏或加以修飾。永，我達雅克民族的交灣、值得信賴的朋友，這是我在婆羅洲聖山腳下，親自交給你的任務。你切莫辜負我的付託！」（頁四九五—四九六）

那麼，究竟為什麼要把這段旅途，交給家住台北的少女來描繪呢？《大河盡頭》的少年永在荷蘭人女性克莉絲汀娜受到日本兵蹂躪時尚未出生，只能偷偷瞥見婆羅洲原住民少女被白人男性蹂躪。無力的少年之旅最後在克莉絲汀娜引導的重生中落幕。

42 李永平，《朱鴒書》，頁四九八。

但是婆羅洲的雨林，也就是敘事者「現在的永」的內在世界中，依舊像是所多瑪一般，惡德蔓延，少女們依舊遭受蹂躪。在此的原住民少女們的形象，一方面重合於被殖民者掠奪的婆羅洲大地，一方面也象徵敘事者永不斷重複被玷污的純潔。另一方面，蹂躪少女們的日軍或者白人的雛妓嫖客，既是殖民者的隱喩，也是敘事者永內心潛藏的欲望。

毋庸置疑的，朱鴒是台灣的象徵，然而她也與象徵婆羅洲各民族的少女們一樣，同時代表著華人。一起出現在後宮的少女們，有肯雅族的十六歲的蘭雅、馬當族的莎萍、加央族的亞珊、馬蘭諾族的穆斯林少女依思敏娜、陸達雅克族的蒲拉蓬、普南族的阿美霞。此外在路上遇見的同伴少女，十三歲的馬當族少女娣娣．龍木，也與失蹤的姊姊比達達麗一樣，在故事後半頭骨被做成鼓，給予朱鴒力量。

從台灣被送來的朱鴒，用兩種法器解放被囚於後宮的婆羅洲的少女們。一個是詹姆士．布魯克送的馬來短劍克利斯。汶萊蘇丹奧瑪．阿里．賽福鼎二世在一八四一年九月二十四日冊封詹姆士為砂勞越拉者時將此神器授與了他，說明這是婆羅洲的統治者之間代代相承之物。另一個神器則是比達達麗姊妹二人的頭骨與臀部的皮膚製作而成的姊妹鼓。以這兩個法器之力在最終決戰時戰勝一事，不用說，正意味著是合台灣、英國以及婆羅洲原住民的力量，才能把峇爸．澳西打倒的。

《朱鴒書》的〈楔子〉中，「李永平老師」說明了朱鴒永遠不會長大。雖然「小說外面的朱鴒」是家住台北的家庭主婦，四十歲，是四個孩子的母親，然而「小說裡頭的朱鴒」是絕對不會長大的。但到了〈尾聲：朱鴒重返台北舞台〉中，朱鴒卻又聲稱「朱鴒長大了」。一九九二年的《海東青》中主角靳五抱著朱鴒，感嘆著「丫頭，不要那麼快長大！」然而朱鴒到了《朱鴒書》中，仍然無可避免的「長大」了。她的成長，毫無疑問的是達成了前往婆羅洲之前被賦予的，成為小說家的使命。

朱鴒在故事中永遠擁有著少女純潔無垢的肉體，也就是總是存在著被蹂躪的可能性，在婆羅洲時則經常暴露於遭到白人魔術師峇爸·澳西玷污的危險之中。進入峇爸·澳西後宮的其他少女的命運，可能是像蘭雅一樣為了爬上王妃的地位而鬥爭其他少女，也有可能像依思敏娜投河自殺，也有可能像普拉蓬一樣，幼小的身體無法撐過生產的痛苦而命喪黃泉，隨時都有可能發生在朱鴒身上。《海東青》、《朱鴒漫遊仙境》中，成為故事張力帶給讀者緊張感的，正是她奔赴眼前注定淪落的命運之前的時間究竟要如何延長，她又能繼續維持純潔無垢到幾時等等的問題。但是，她成功的與婆羅洲原住民少女們一塊同心協力打倒了峇爸·澳西。也就是說，她藉由「成為作家」來擺脫「李永平老師」對自己命運的掌控，從注定走上淪落命運的敘事詛咒中解放。

結語

朱鴒這個名字讓人想起朱紅色的鶺鴒，也讓人想像在「紅塵」俗世中飛翔的小鳥這樣視覺的意象。在《朱鴒漫遊仙境》中她總共三度被比喻成小鳥。靳五對她說「妳啊就像一隻飄飛在紅塵都市中的小鳥，愛四處遊逛，成天不歸巢」（頁一一四）；靳五的同事丁教授也同樣對她感嘆「妳是一隻飄飛在紅塵都市中的小鳥！」（頁二三二）連同班同學連明心也說朱鴒是「迌迌」的小鳥，而朱鴒聽了這話覺得明心真是了解自己的人。《海東青》、《朱鴒漫遊仙境》中的她雖然有家可歸，但卻不肯回到有日本老人等待的家，持續在街頭四處「迌迌」。在這層意義上，台北少女朱鴒與南洋的「浪子」靳五也一樣沒有回去的所在。

在《大河盡頭》中，為了在河邊求宿以便次日出航時，作者描繪了以下場景。在河邊投宿，隔日早上出航時，蒼鷺、魚鷹、翡翠鳥、磯鷸等水鳥一面引水一面飛到船前。在此朱鴒也被描寫成水鳥：

> 領路鳥，沿著婆羅洲大河一站又一站，輪流放哨，守望來往船舶的水仙子們，個頭總也那麼嬌小，神色老是那麼孤獨，可又是這樣的盡心盡責，風雨無阻，就像——就像後來引領我這個南洋浪子進入迷宮樣五光十色的台北市，精靈般來去無蹤，完成任務後，就蹦地消失在溪潭中的那個小姑娘，朱鴒，妳，我心中永遠的丫頭。（頁一七一——一七二）

李永平的四部長篇作品中，朱鴒所扮演的角色，正是從自由飛翔，用充滿好奇心的眼映照出台北身影的小鳥，逐漸變成引向內心世界最深處的領路鳥。

《海東青》與《朱鴒漫遊仙境》中，朱鴒是做為靳五內在世界的登場人物而四處飛舞。以少女的姿態登場的她，象徵的是內在純潔無垢與美善。然而長大成人的靳五的內心世界中已經遭到玷污。所以朱鴒往淪落之路走去也早就注定。此外父親是外省人，母親是本省人，住在台北的朱鴒也是體現台灣的一個存在。在燦爛的經濟發展陰影下詐取少女們的性的台灣，也無法脫離日本統治時期的陰影，朱鴒一家也必須以女兒們的性來換得日本老人們經濟上的援助。

在《雨雪霏霏》、《大河盡頭》中，朱鴒一方面象徵內在世界的純潔無垢與美善，一方面也象徵台灣，但是她已經被惡德之都台北與靳五的「心魔」吞噬，肉體已經毀滅，所以做為與「鴒」同音的「靈」，即繆斯的身分復活的朱鴒，邀請「敘事者永」踏上返鄉之旅。朱鴒從外側注視內在世界，做為傾聽者讓「敘事者永」與「回憶之永」相互對峙。在《大河盡頭》中，「作者永」被象徵台灣的朱鴒所引導，從台北的街頭回到婆羅洲心臟地區的聖山峇都帝坂，藉此讓殖民地婆羅洲與台灣的經驗合而為一，讓他完成做為中文作家的集大成之作。

在《朱鴒書》中，為了與殖民者的欲望與男性的欲望對決，拒絕成為擁有此種欲望的存在，作者將過去帶領著敘事者的台灣少女朱鴒送進婆羅洲，試圖拯救「李永平先生」的內在世界。過去朱鴒曾是等待著注定淪落命運的存在，然而藉由自己成為敘事者，朱鴒終於從故事的詛咒中被解放，讓自己與婆羅洲的少女們，成為純潔無垢的存在的救世主。

追記（二〇一七年七月）

本文係刊載於雜誌《中国21》第43號（愛知大学現代中国学会，二〇一五）之日文論文之修訂版。由於李永平的長篇作品並無日譯，為讓日本讀者理解，故附上了故事梗概。在台灣發表時本應另書新稿，然而因時間限制，此番僅及於將發表後才刊行的作品《朱鴒書》的部分補入。或有冗長之處，尚祈諸位海涵。

引用書目

李永平，《吉陵春秋》（台北：洪範，一九八六）。

李永平，《海東青：臺北的一則寓言》（台北：聯合文學，一九九二）。

李永平，《海東青：臺北的一則寓言（第二版）》（台北：聯合文學，二〇〇六）。

李永平，《朱鴒漫遊仙境》（台北：聯合文學，一九九八）。

李永平，《迌迌：李永平自選集》（台北：麥田，二〇〇三）。

李永平，《朱鴒漫遊仙境（第二版）》（台北：聯合文學，二〇一〇）。

李永平，《雨雪霏霏：婆羅洲童年記事》（台北：天下文化，二〇〇二）。

李永平，《雨雪霏霏（全新修訂版）》（台北：麥田，二〇一三）。

李永平，《雨雪霏霏：婆羅洲童年記事》（上海：上海人民出版社，二〇一四）。

李永平，《大河盡頭（上卷：溯流）》（台北：麥田，二〇一〇）。

李永平，《大河盡頭（下卷：山）》（台北：麥田，二〇一〇）。

李永平，《朱鴒書》（台北：麥田，二〇一五）。

克莉斯蒂娃（Julia Kristeva），《恐怖的力量》，彭仁郁譯（台北：桂冠圖書，二〇〇三）。

黃錦樹，《謊言或真理的技藝：當代中文小說論集》（台北：麥田，二〇〇三）。

黃錦樹，《馬華文學與中國性（增訂版）》（台北：麥田，二〇一二）。

ジュリア・クリステヴァ著、枝川昌雄日譯，《恐怖の権力——〈アブジェクシオン〉試論》（東京：法政大学出版局，一九八四）。
張錦忠，〈在那陌生的城市：漫遊李永平的鬼域仙境〉，《中外文學》第三十卷第十期（二〇〇二年三月），頁一一一一一三。
黃錦樹，〈石頭與女鬼——論《大河盡頭》中的象徵交換與死亡〉，《台灣文學研究學報》第十四期（二〇一二年四月），頁二四一—二六三。
詹閔旭，〈大河的旅程：李永平談小說〉，《印刻文學生活誌》第十期（二〇〇八年六月），頁一七五—一八三。
李永平，《新京報》專訪，〈李永平——人生不外一個「緣」字〉，二〇一二年五月二十一日。來源：http://www.bjnews.com.cn/book/2012/05/19/199850.html（最後閱覽：二〇一七年七月七日）。
及川茜，〈李永平『大河盡頭』の寓意〉，《野草》第九四號（二〇一四年八月），頁一四八—一六八。

及川茜，日本神田外語大學專任講師。

二、訪談

迷路在文學原鄉：李永平訪談

高嘉謙採訪

二〇一五年李永平的《朱鴒書》出版，這位移居台灣數十年的馬華作家，終於完成了他夢想中的婆羅洲寫作「月河三部曲」。除了《朱鴒書》，這個系列還有《雨雪霏霏》（二〇〇二），以及兩卷本的《大河盡頭（上卷：溯流）》（二〇〇八）、《大河盡頭（下卷：山）》（二〇一〇）。前後歷時十三年，李永平回到婆羅洲地景，呈現氣勢磅礴又幽婉動人的雨林故事。李永平訴說的家鄉經歷和少年記憶，引導讀者走入他個人懺情、成長的世界，以及婆羅洲殖民地經驗。小說的飄零情調和原鄉想像，交織著從婆羅洲、台灣和紙上中國循環構成的離散的原始激情。寫作期間，李永平因心肌梗塞，曾進行冠狀動脈繞道手術。但他憑著毅力和規律寫作，終究完成了個人創作上頗具意義的「回歸」。

二〇一五年李永平榮獲台灣的第十九屆國家文藝獎，這是對他四十年的文學成就的崇高肯定，也是馬華背景的創作人在台灣獲得最重要的文學獎項。其小說《朱鴒書》亦同時獲頒金鼎獎。二〇一六年李永平被遴選為臺灣大學傑出校友，彷彿替二十歲來台就讀臺大外文系的他，致上青春的冠冕。那是他在台灣歲月的起點，也是寫作的出發。

本次訪談聚焦於他獲獎後的心路轉折，回首過去，也探問當下。

1. 您獲得二〇一五年度中華民國政府頒發的國家文藝獎，相信是對您的文學成就的崇高肯定。回顧您數十年的寫作生涯，這個獎給您最深刻的感受是什麼？對台灣文學，以及馬華文學而言，你認為又有怎樣的象徵意義？

答：我，一個南洋僑生，在孫中山先生遺照注視下，接受中華民國的國家文藝獎。那一刻，心中真是百感交集。

從大學時代的〈拉子婦〉開始，在台灣寫作近五十年，孜孜矻矻，不曾中輟，今天終於得到了公開和正式的肯定。我以誠摯的心情，代表一群來自馬來西亞、居留台灣、與我一樣默默從事筆耕的同胞作家，上台領獎。在我心目中，這個獎是一條連接台灣文學和馬華文學的臍帶，象徵一樁奇妙美好的文學因緣。

說它是奇妙的因緣，一點也不為過。想想，一個在婆羅洲叢林中出生、長大的孩子，如今竟然站在台北市一間大禮堂的舞台上，領取台灣的最高文學獎。這件事證明一個事實：台灣的社會是公開的、多元的；台灣的文化是寬大的、包容的。有容乃大。台灣這個蕞爾小島所產生的文學是巨大的、多采多姿的，在當今世界華語文學中獨樹一幟。李永平何其有幸，能將神祕壯麗的婆羅洲叢林帶進台灣的小說，對台灣文學的豐富性，做出了一點貢獻。

我生於英屬婆羅洲，長於馬來西亞砂勞越州，安身立命於台灣。我是台灣作家，毫無疑問也是馬華作家。這雙重身分不會發生衝突。在我心靈裡，它們是能夠和諧共存的，就好比一個人同時擁有兩位愛他、彼此又能互敬的母親。這是福氣！

2. 您獲得國家文藝獎的殊榮，剛好是在「月河三部曲」完成之後。您持續創作大部頭的長篇小說，應該也是獲得評審肯定的理由之一。能否談談「月河三部曲」在您創作生命當中的位置？相對前期的作品，寫作三部曲的動機和心路轉折又是什麼？

答：乍然間看到這個問題，我忍不住又要讚嘆寫作機緣的奇妙！我生平第一部正式出版的小說，是在婆羅洲讀高中時寫的，書名就叫《婆羅洲之子》。從此踏上寫作的路。五十年的作家生涯可以用「漂」一個字來描述。在人生中，我最初從婆羅洲漂到台灣，再從台灣漂到美國，最後又從美國漂回到台灣來；在創作上，我先寫婆羅洲（《拉子婦》），再寫台北（《海東青》和《朱鴒漫遊仙境》），中間夾著一部描寫虛擬中國的小說《吉陵春秋》。最後最後，就像一個在外遊蕩多年，身心俱疲，開始想家的老浪子，我才又回頭來寫故鄉，一口氣推出三部記錄我在婆羅洲成長歷程的長篇小說《雨雪霏霏》、《大河盡頭》上下卷與《朱鴒書》，構成一個以婆羅洲最大河流為中心象徵的「月河三部曲」。人終究要回家。作家也有鄉愁。在外面兜了偌大若長一個圈子，在心靈和寫作上李永平回到了原鄉。回家的感覺忒好！書寫這部八十萬字三部曲，是我一生最順利、最淋漓痛快的寫作經驗。那種感覺就像一個返抵家門的遊子，跪在母親膝前，向她老人家盡情傾訴心中的委屈一般。「月河三部曲」，我手寫我心。把家鄉大河遭受的污染和原鄉少女遭受的玷辱，細細說給母親聽。

無須賣弄技巧。不必在意批評家的看法。畢竟，寫了四十多年小說，我有資格把學過的所有文學理論和訣竅，一股腦兒給拋諸腦後，真正從心所欲，寫出一部返璞歸真——唔，見山又是山的作品。

挺懷念書寫「月河三部曲」那段時光。學校沒課的日子，一早起來泡杯黑咖啡，坐在書桌前一口氣寫上好幾個鐘頭。每每剛坐下，才提筆，便覺得一連串意象紛至沓來，出現在筆端。這些圖騰式的中國方塊字，就像書中描寫的月圓之夜，那群浩浩蕩蕩溯河而上的歸鄉客。他們一個牽引一個，不斷從我內心深處蹦出來，爭相降落在我面前那疊四百格原稿紙上。這股洶湧澎湃的氣勢，只有南宋詩人楊萬里的〈桂源鋪〉可以形容：

萬山不許一溪奔
攔得溪聲日夜喧
到得前頭山腳盡
堂堂溪水出前村

3. 談及作家的鄉愁，或鄉土、原鄉概念，尤其從您的一系列小說和強調的浪子性格看來，我覺得有相當複雜的面向。您筆下的婆羅洲反覆呈現受創的女性形象，裡面有一個殖民史和華人移民史的傷痕。但您也透過創造「朱鴒」這個角色，讓我們看到婆羅洲和台北的連結，看到你說故事的位置，甚至起點。近年，您的小說有機會在中國大陸出版，面向你所謂的「祖國」、motherland的讀者……這個屬於方塊漢字，以及離散華人情感上的「娘親」。我感覺三個地域在您都有複雜的情結和糾葛。是否可以藉此機會，談談您在小說世界意圖呈現的原鄉，以及長年的生活經驗裡，如何看待婆羅洲、台灣和中國。

答：二〇一二年四月，上海人民出版社發行《大河盡頭》簡體字版。我的作品正式進入了中國。第一個來採訪我的大陸記者，《深圳晚報》的李福瑩小姐，劈頭就拋出一個令我有點措手不及的問題：「身分上的不確定性，曾經讓你困惑嗎？」當時我給她的回答是這樣的：身分問題確實曾經困擾我。記得我剛到台灣時，本地同學常問我：李永平，你到底是哪裡人呀？我總是支支吾吾，因為如果答馬來西亞人，我心裡不甘；答中國人，在當時的台灣是犯忌的；答台灣人呢，我那時新來乍到，對這座島嶼還沒產生認同。被問得急了，我就答：「我是廣東人！」後來這就成為我的標準答案。如今在台灣住了四十多年了，感覺上我早已是台灣人。現在回想，當初為身分困擾，真是庸人自擾吧。同時擁有多個不同的身分——馬來西亞人、中國人、台灣人，當然還有廣東人——是上帝的恩賜，是我寫作的動力和泉源。古今中外，沒有幾個作家有這種福氣。（二〇一二年六月十日《深圳晚

報》A16版）

但是現在我必須坦承，這是在大陸記者逼問之下，故作瀟灑的回答，只講了一半的真話。事實是：這個「困惑」陰魂不散，五十年來一直跟隨我，至今還沒有得到完全的徹底的解決。而我有一種不祥的預感：在我有生之年，這個問題是解決不了的了。

我何其有幸，同時擁有三位母親：生育我的婆羅洲和收養我的台灣，加上一個遙遠的、古老的、打我有記憶開始，就聽爸爸不時叨叨念念的「祖國」——唐山。我又何其不幸，這三個我最敬愛的女人常常在我心裡吵架。個中有文化原因、心理原因、政治原因，還有其他連我也搞不清楚的因素。這種無休無止的齟齬，表現在我的作品上，便是學者們所稱的李永平認同危機了。

在我的處女作《婆羅洲之子》中，這個危機便已浮現。主人公大祿士是混血兒，父親是來自唐山的華人，母親是婆羅洲原住民伊班人。如此的雙重血統和身分，在象徵上所代表的意義極其明顯，不須我解說。若不是伊班大神介入，故事的結局肯定是大悲劇。但認同危機並沒有消弭，身分衝突反而變本加厲，持續出現在《拉子婦》收錄的七篇小說中，愈演愈烈。到了《海東青：臺北的一則寓言》，我新認的母親台灣加入戰局。這就變成了三角關係，把問題弄得更複雜，在小說中處理起來更加棘手。

在這場「三母之戰」中，有一個作品值得特別注意。那便是膾炙人口的《吉陵春秋》。當年甫問世，這部時空朦朧的小說便博得批評界滿堂彩。讚美聲大都集中在它獨特、新穎的表現方式上，稱許它是小說藝術的一個「小奇蹟」。我必須提醒讀者：除了藝術成就之外，更重要的，《吉陵春秋》是李永平的一場中國夢魘。他原本只想描寫一個虛擬的、鄉野的中國，可寫到後來，不知不覺間就寫出了一個恐怖中國。這反映出作者什麼樣的心理呢？我不忍說。我只想告訴讀者，《吉陵春秋》簡體字版在大陸推出後，《深圳商報》記者楊青，在訪談中比較《大河盡頭》和《吉陵春秋》兩部小說時，講了一句非常中肯、深得我心的話：「如果說《大河盡頭》是李永平寫給生母婆羅洲的一封飽含深情的情書，那麼，《吉陵春秋》便是他寫給這位從不曾謀面的大陸母親的一份見面禮，只不過這份禮物有點沉重。」（二〇一三年一月二十八日《深圳商報》C4版）

「有點沉重」可是含蓄的說法呢。弦外之音，讀者們自己推敲吧。

在這裡，我很開心的向大家報告：我三位母親中的兩位——生母婆羅洲和養母台灣——已經和解啦。在「月河三部曲」最終部《朱鴒書》中，我派遣女主角朱鴒充當我的使者，進入婆羅洲叢林訪問一年。這位勇敢、足智多謀的台北少女，不辱使命，成功地在這兩座相隔一個大海的島嶼之間，建立一條臍帶。從此，就像我在回答第一個問題時所說的，我的這兩位母親，在我心中可以和諧共存了。至於我的台灣母親和唐山母親之間，若還有興趣在我書中繼續吵架，就由她們去吧。我阻止不了。就當是李永平身為小說家必須背負的宿命。

4.

就您的流動經驗而言，青年階段負笈台灣，過後又留學美國，返台定居後輾轉居住數個城市，因此有雙鄉或多個故鄉的複雜情感，其實都可以理解。我比較感興趣的是，除了《婆羅洲之子》，您的所有作品幾乎都在台灣語境下寫作。台灣社會從戒嚴到解嚴，歷經民主選舉、政黨輪替，您從外來者到移居者，同時也處在這個歷程之中。我想台灣這個生活空間，給了您很多複雜的時代感受和經驗吧。尤其您剛當選了二〇一六年度臺灣大學傑出校友，這又是另一種榮耀。能不能說說您在兩個不同階段的台灣經驗和感受，對您的人生帶來的影響或改變。一則是在臺灣大學外文系念書和當助教的經歷，另外則是在美國取得博士學位後，選擇回到台灣教學和定居。

答：今年七月四日，我突然接到臺灣大學校長室祕書的電話。她以嚴肅而親切的語氣通知我：「校友李永平先生，您好。經本校傑出校友遴選委員會推舉，您當選為臺灣大學二〇一六年傑出校友。」那一刻，心中所受的震撼，實在不亞於當初接到通知，得悉自己獲得國家文藝獎時的驚訝。離校近半個世紀，母校記起了我這個老學生！

一九六七年，我以僑生身分進入臺灣大學外文系就讀。當時的台灣，政治氣氛嚴峻。臺大在錢思亮校長主持下，與當道周旋，努力保持傅斯年校長從北大帶來的自由學風。文學院名師匯集，學術氣息濃厚。外文系在夏濟安老師引導下，則提倡文學創作，以學生為主力作者，創辦了影響深遠的《現代文學》雜誌。一時之間，臺大外文系文風鼎盛，數年間培養出了日後引領台灣文壇風騷的一群小說家：白先勇、王文興、歐陽子、叢甦、陳若曦……我小子其生也晚，未能躬逢其盛。所幸我進入臺大時，學長學姐們建立的創作風氣猶在。我置身這種氛圍中，對已成傳奇的「現代文學時期的臺大外文系」，心嚮往之。於是在顏元叔、朱炎、齊邦媛諸位老師指導和鼓勵下，學習小說寫作。畢業後，留在系裡擔任助教五年，兼任《中外文學》執行編輯。這期間寫作不輟。

臺大九年，塑造了我身為作家的人格和文學觀。如今回顧，這是我一生中最青春、最豐富、最美麗的一段時光。

當選傑出校友後，得拍一部介紹當選人的短片，在校慶日頒獎典禮上放映。我向攝製單位建議到臺大校園去拍。那天，離開多年後重返母校，我漫步在壯闊的椰林大道上，穿梭在充滿書香氣息的文學院長廊中，躑躅在幽靜的傅園裡（當年在臺大讀書，每次心中有煩惱，我便走進園中，獨自坐在傅斯年校長墓前，喃喃向他訴說心事）……這是一趟情感之旅。連製作人都深為感動。她半正經半開玩笑地說：「這部影片應該命名為『李永平致青春』！」

一九七六年我前往美國，攻讀碩士和博士學位。那六年，台灣發生天翻地覆的變化：退出聯合國、台美斷交、國民黨的高壓統治受到挑戰、島內政治面臨轉型。我在華盛頓大學（聖路易市）取得比較文學博士學位後，決定回台灣。由於種種原因，我沒返回母校臺大任教，轉而接受新成立的高雄中山大學聘書。那些年，我目睹了轉型期的台灣在政治、社會和人心上的混亂，將它記錄在《海東青》和《朱鴒漫遊仙境》中。但我心裡從沒起過離開台灣、回到馬來西亞或移民美國的念頭，反而在一九八七年歸化為中華民國公民。守得雲開見月明。歷經民主選舉、政黨輪替、轉型正義的重重洗禮和淬煉，台灣蛻變成了一隻更美麗的鳳凰——我在國家文藝獎頒獎典禮上致答謝辭時，所稱頌的那個開放、多元、擁有多姿多采的文化，在華人世界中獨樹一幟佼佼不群的台灣。

我為台灣欣喜落淚。我憑個人自由意志所選擇的母親，可真爭氣哪。

5. 您提到了臺大外文系在一九六〇年代的文學氛圍，相信也是感受到當時的現代主義文學風潮而投入寫作，對吧？黃錦樹或其他評論家都將您歸類為現代主義作家，最重要的依據當然是《吉陵春秋》對文字、腔調的錘鍊，以及貫徹您前後階段的一些寫作特色，包括對聲音的敏感，罪與罰主題和人性／歷史陰暗面的處理。在臺大那幾年，到底提供了你怎樣的文學想像或養分？尤其你之後還當了外文系助教，甚至在《中外文學》創刊之初當了執行編輯，這些經歷對你當時的寫作，提供了怎樣的資源和實際的影響？當時有沒有文學創作的夥伴和同儕？

另外，我覺得你的小說世界裡寄託了「鄉愁」的好幾個層面。那裡有華人跟殖民地的關係，家國跟母親的概念連結，漢字的情感，民族與文化的態度，大概這些都是你這輩子執著的母題，對吧？同時你創造出朱鴒這個角色，以及突出迫迌這個主題，帶有馬克吐溫（Mark Twain）《頑童流浪記》式的風格。能不能說說，這些母題或主題的選擇對於你的意義？

答：一九六〇年代，我進入臺大外文系時，雖說還能感受到學長學姐們建立的創作風氣，但終究不如以往興盛。系中同學喜歡寫東西的並不多。我成了一隻孤鳥。幸喜，我有兩位良師（mentor）陪伴我度過孤獨的學徒歲月。一是《現代文學》，一是外文系圖書館。那時現代文學主將大都已赴美，但在白先勇努力下，這本以創作為主的雜誌，斷斷續續在台灣出刊。每次在臺大對面「雙葉書廊」看到剛出爐的《現文》，我都欣喜若狂，掏出吃飯錢搶購一本，帶回家逐頁逐字拜讀。見獵心喜，自己也寫了幾篇小說，在顏元叔老師慫恿下投稿，結果登出兩篇，〈圍城的母親〉和〈胡姬〉。我這時期的作品在技法上很容易看出《現文》的痕跡。黃錦樹把我歸類為現代主義作家，我可以接受，儘管我不喜歡被貼標籤。事實上，在我的「學徒時期」，對我身為小說家的養成，影響更大的是臺大外文系圖書館。一個系擁有自己的、獨立的圖書館，在當時的大學極為罕見。外文系圖書館是台北帝國大學留下的資產，蒐羅豐富，將西方文學名著一網打盡，甚至連蘇聯小說家蕭霍洛夫的《頓河三部曲》都有呢。大一時，我發現這座隱藏於文學院第二十四教室（現在的外文系會議室）的寶庫，從此，三天兩回，只要沒課我就會去流連一番。應該說是朝聖吧。佇立在一排排書架間，摸摸那破舊的書皮，翻翻那泛黃的書頁，嗅嗅那略帶腐朽味的陳年書香，和偉大的心靈作近距離的接觸。這種薰陶，比任何文學理論或竅門，對一個作家的養成更有助益。批評家讚美我的作品具有一種「大氣」，根源就在臺大外文系圖書館。

你提到的那些東西——華人與殖民地的糾葛、家國與母親的關係、民族與文字的情結等等——確實是貫穿我一生作品的重大主題。這個現象，我的讀者早就看出來了。但是，批評家們沒有察覺到一點：有時是題材選擇作家，而不是作家選擇題材。我不幸，身為一個小說家，在題材和主題的選擇上並沒有自主的權力。離散和鄉愁、迷惘和尋找，就是我的成長歷程和生存經驗。我無法迴避。只要一動筆，它便會馬上竄出來，如同一個不散的陰魂，驅之不走。這就成了我寫作一輩子最大的苦惱。事實上，我那一輩的砂勞越作家，包括張貴興，當身分從「華僑」轉變為「華人」時，作品都會流露出這種困惑和不安，只是我的表現忒深，感觸格外強烈而已。馬華年輕一代的作家，如黎紫書、龔萬輝、鍾怡雯和陳大為等，已完全認同「馬來西亞」這個國家。他們的理想和追求、他們在作品中所表現的情感，跟其他族裔的馬來西亞作家相比，並無不同，唯一的差別是他們碰巧使用中文（華文）寫作而已。這是一件好事。我羨慕他們，也衷心祝福他們，因為他們終於可以選擇自己的題材了。

題材既然非我所能選擇，那我就創造人物吧。我很幸運，也感到非常驕傲，在講述南洋浪子無休無止的漂泊故事時，無意中，我創造出了一位可愛的女性人物——朱鴒。王德威教授說她是中國文學史上最年輕的女主角。在我心目中，她是永遠的小繆斯。如同一個從石頭中蹦出來的小精靈，朱鴒橫空出世，現身在《海東青》中。從此，這個小丫頭便以各種形式、樣貌和功能，不斷出現在我的小說中，成為我召喚的靈感和訴說心事的對象。最後，在《朱鴒書》中她成為獨當一面的主角，在婆羅洲叢林裡展開一趟奇幻冒險旅程。我懇摯地希望，將來的讀者記得朱鴒，就像大家記得她的英國姐妹阿麗思和她的美國兄弟——十歲，膽大包天，勇闖密西西比河流域的頑童哈克芬。我也偷偷希望，全世界的華文讀者記住，我是朱鴒的創造者。這位東方式的、古靈精怪的、語言和行為具有濃濃台北風味的小繆斯，可是小說家李永平一生寫作最大、最值得驕傲的成就呀。

6. 您在台灣自詡為南洋浪子，近年因為領獎因緣生平第一次去了中國，還僅是南方的廣州而已。去年終於回去古晉一趟，但距離上次返鄉又過了二十餘年。感覺上你總有一種邊緣意識，低調安分，不喜移動。我有點好奇，這符合你原本的個性？尤其你的臺大青春歲月曾經那麼意氣風發（這是不少人當年對你當助教的印象），後來的教書和寫作生涯也頗為自在。回顧自己這些年的生命歷程，如果不介意，能否談談原生家庭、婚姻、疾病、返鄉在你生命中帶來的體悟和轉變？我想這對你的寫作意識應該有一定的影響。

您說過早年曾有一段時間在台灣文壇不受到注意，直到黃錦樹等人的馬華文學研究興起，情況才有了改變。現在您終於獲得國家文藝獎和臺大傑出校友的雙重肯定，對你的文學生命和台灣的生活經歷，都給予一個重要的位置。對你而言，浪子是否已更有歸屬感，對故鄉古晉也不再近鄉情怯？

答：這個問題，碰觸到了作家最不願意面對的兩件東西——老和病——著實讓我猶豫了一陣子。二〇一〇年八月九日，我進醫院開刀，做冠狀動脈繞道手術，從此體力大不如前，現今心臟功能只有正常人的一半。晚年得病，每天必須吃一堆藥，稍稍出趟遠門也得向醫生報備。在這種情況下，安能不「低調安分」乎？哪還能像年輕力壯時那樣四處迢迢遊蕩呢？做個浪子需要體力。我韜光晦跡，並不是個性的轉變，更不是鬼門關前的頓悟或懺悔，跟你在問題中提到的那些事情——返鄉之旅、原生家庭和婚姻等等——也都扯不上關係。這是單純的生理問題，人人早晚得面對，只不過作家的感受特深罷了。我會善自珍攝，好好調養，冀望能多活幾年多寫幾本書。身體不能像往日那樣恣意「移動」了。但心靈依舊可以馳騁在文學的天地中。只要心能跳，就會有小說。

「國家文藝獎」和「臺大傑出校友」的雙重肯定，確實加強了我這個南洋浪子的歸屬感。在我心中，台灣感覺上更加親近了，而砂勞越古晉不再是遙遠的漫漫歸鄉路。從此，我更有自信，更能以平常心看待我的這兩個故鄉。除此以外，我希望——誠摯地希望——這兩個大獎並沒有改變我什麼。李永平還是那個崇尚自由、追求閒雲野鶴的生活、喜歡耽溺在自己創造的世界中，不斷書寫小說（他正在著手寫一部武俠小說哩）的老派作家。只不過，頭上頂著兩個光環，寫起小說來可以更加率性，筆下越發自由了。這種新感覺挺好。「月河三部曲」最終部《朱鴒書》出版後，我陸續讀到一些書評。其中一篇〈婆羅洲上飛翔的螢火蟲〉，出自大陸書評人張家瑜之手，最能道出我晚年的創作心境：

李永平以他的「月河三部曲」向故鄉致意。那亦是還童之旅。他不以垂老姿態回鄉，因為他覺得人最好不要長大。他最生動的記憶，停留在童年時段。從古典晦澀、低迷陰暗跳出來之後，他又是那個半世紀前到加里曼丹的大河，遊歷這蠻荒叢林的少年了。一個希望自己是寫實主義的作家，卻迷路到現代主義那天馬行空、一如童話傳奇的山野之歌中。這一路走來，就如他的一首情歌：「實對你說了吧，再想我回來不能夠，從今丟開手！」放得下丟得開的作者，隨心所欲。（《深圳新聞網》，二〇一六年一月十六日）

我就用這一份經由五十年寫作生涯、辛苦掙來的「隨心所欲」，在人生剩餘的歲月中，繼續徜徉、迷路在文學的奇境裡，寫作一部真正天馬行空的中國武俠小說吧！

二〇一六年十一月刊載於《文訊》

人生不外一個「緣」字

姜妍採訪

一九四七年生於英屬婆羅洲砂勞越邦古晉市。臺灣大學外文系畢業後，留系擔任助教，並任《中外文學》雜誌執行編輯。後赴美深造，獲美國紐約州立大學比較文學碩士、聖路易華盛頓大學比較文學博士。曾先後任教台灣中山大學、東吳大學、東華大學。

著有《婆羅洲之子》、《拉子婦》、《吉陵春秋》、《海東青：臺北的一則寓言》、《朱鴒漫遊仙境》、《雨雪霏霏：婆羅洲童年記事》等。《吉陵春秋》入選「二十世紀中文小說一百強」，《大河盡頭》上、下卷分別入選二〇〇八、二〇一〇年《亞洲週刊》十大華文小說，並榮獲第三屆「紅樓夢獎・世界華文長篇小說獎」決審團獎。該書今年四月由世紀文景引進大陸出版。

《大河盡頭》洋洋四十萬言，講的是馬來西亞熱帶雨林裡的故事。少年永在一九七二年十五歲時（也就是李永平二十五歲時）的暑假，隻身從砂勞越到了加里曼丹，那裡等待他的是他父親曾經的情人荷蘭女人房龍小姐。房龍小姐強調要在一個月的時間裡讓永長大、變成男人，他們的旅行方式就是一起溯源。最初尋找大河盡頭的團隊有幾十人，只有永一個人是婆羅洲本地人，其餘都是西方的面孔。很多人告誡他們，到了終點的人再也沒有誰回來過，但是他們還是啟程了。隊伍中博學的辛浦森爵士對永和房龍小姐說，「生命的源頭，就是石頭、交媾和死亡。」永在心裡為這句話打了個問號。

永和他的洋姑媽之間的關係很奇特，房龍小姐既把他當作兒子，卻也把他當作了小情人，而永對房龍小姐的感情也很曖昧，他用他的方式努力探索這個女人的身體。永是見證者，他看到了這些平日裡有著良好教養的西方人在原始地帶中的各種放縱、浪蕩的行為，也看到了殖民者給這裡帶來的各種文化侵略和災難——無知的少女天真地以為自己腹中的胎兒會是耶穌，而讓她懷孕的正是來到這裡的傳教士。

在上卷結束時，房龍小姐路過故地想起自己曾經的悲慘遭遇——被迫淪為妓女，並因此不再有生育的能力。而這也給了永機會，甩開大部隊，把這趟旅行的大半段變成只有他和房龍小姐兩個人。在故事的最後，房龍小姐履行諾言，把永由男孩變成男人。但是書裡沒有告訴我們，這短短的一個月相聚後，這對異國姑侄是否再有緣相見。

生命的源頭到底是什麼？《大河盡頭》裡似乎並沒有對這個問題給出答案。李永平說，這是故意的。他說要讓讀者根據自己的體驗和需要，提出自己的答案。他本人的答案據他自己說「很東方」，不外是個「緣」字。

對話李永平

婆羅洲的事實不是毛姆、吉卜林寫的那樣

新京報：王德威在序言中提到了毛姆、吉卜林、康拉德、奈保爾幾位作家，你的書中也反覆出現諸如毛姆等人的名字，你覺得《大河盡頭》是否受到了上述幾人的影響？

李永平：《大河盡頭》中一再提到毛姆、吉卜林和康拉德，因為我從小讀他們的書，對他們筆下的馬來群島，十分熟悉。寫作這部小說的過程中，我常常提醒自己，西方作家是如何看待東方。對我來說，他們的作品是一種「反面教材」，讓我看到了西方人對東方的偏見、扭曲和種族／文化的優越感。在藝術上，毛姆和吉卜林對我毫無影響，因為在我心目中，他們是通俗作家。康拉德不一樣，他是藝術成就很高的小說家，他的創作觀，特別是他對文學視覺效果的重視，給了我很大的啟發。至於你提到的奈保爾，我對他感覺比較複雜，一言難盡，以後有機會再詳談吧！

新京報：但你也在下卷永對朱鴒的敘述裡說，「事實並不像他們所寫那樣」（他們指的是上述四位作家），為什麼永要這麼說，那事實是什麼？

李永平：所以「永」要提醒朱鴒：「事實並不像他們所寫的那樣。」牆有兩面。除了毛姆等人看到的、並且記錄在他們書中的那一面之外，還有我，李永平——在婆羅洲出生、長大的支那子弟——透過小說主人公「永」看到的另一面。而這個血淋淋、赤裸裸、弱肉強食的南海雨林，就記錄在《大河盡頭》那四十萬個方塊字中。至於誰的看法比較接近事實，就讓有智慧的讀者來判斷吧。

新京報：你把朱鴒比作你的繆斯，但是這個繆斯卻是永遠八歲，永遠長不大的。你為什麼要把《大河盡頭》的故事講給她？可以理解為，你在紙上寫下這些故事，腦中想像的敘述對象是這個人嗎？

李永平：寫作過程中，每個作家都會在心裡設定一個讀者或「聽者」，聽我講故事的人，朱鴒，雖然是個八歲小女生，雖然永遠長不大（她是繆斯，不能長大變老的！）但冰雪聰明，「一顆心生了七八個竅」，且通達人情世故（莫忘了她是在台北街頭遊蕩廝混的），最重要的是，跟我心有靈犀一點通。這樣的讀者／聽者，是作家們夢寐以求的敘述對象。眾裡尋他千百度。能夠找到朱鴒，是我寫作生涯中最大的福氣。

新京報：少年永被房龍小姐帶著尋找生命源頭，而後永又把這個故事講給朱鴒，你認為這裡面是否有種傳承或者輪迴？

李永平：房龍小姐↓永↓朱鴒。這樣的傳承關係確實是一個有意識的、具有某種形上意義的安排。它不僅僅代表故事的傳遞，而且是生命的奇妙輪迴。你不覺得，房龍小姐和朱鴒是一對

（恕我老喜歡用佛家語）隔世的姐妹嗎？否則，朱鴒和永——來自天南地北、偶然相遇於台北街頭的兩個人——之間，怎麼會產生出那種似曾相識、一見如故的感覺，從而結伴展開一趟新的人生之旅，開啟另一樁「情緣」呢？

「房龍小姐」是暗示荷蘭在東方殖民的結束

新京報：在《大河盡頭》裡你會對許多故事情節一再重複敘述，比如說可能會一直強調房龍小姐是房龍老農莊的繼承人。這樣做的用意是什麼？

李永平：《大河盡頭》中，有些資訊或事件，我會一再重複，因為那是全書在主題或情節上的重大關鍵。比如我再三強調克絲婷（房龍小姐）是房龍農莊最後的、唯一的繼承人，目的是在提醒讀者，荷蘭房龍家族在東方的一支，眼看就要絕滅了，因為克絲婷沒有了子宮，不能生養。房龍家從此斷了香火。這在象徵上，未嘗不是在暗示：西方帝國主義（至少荷蘭那一支）在東方算是完了。又比如，在全書中，我會讓一個畫面——白骨墩紅毛城木瓜園中月光下那人鬼交合、集體狂歡的一幕——不斷反覆出現，就像電影中的某些場景一般，因為那是主人公「少年永」心中最大的夢魘，而就像任何噩夢，它會永遠糾纏他，不時浮現在他眼前或心中，揮之不去。

新京報：房龍小姐反覆強調，她要讓永在一個月之內變成男人，但是為什麼要這樣？為什麼一定要在一個月之內成長？

李永平：細心的讀者會發現，房龍小姐對「少年永」的感情和態度非常曖昧、微妙。有時，她把他看成自己的兒子，有時（大多時候）卻又將他當作情人。這種複雜的、具有「亂亂」意味的心理，是這本小說著墨很多的地方。身為作者，我的解讀是：當房龍小姐以情人看待「少年永」時，她自然希望他早日長大，當她真正的情人。為什麼一定要在一個月之內成長？因為他倆只有一個月的相處時間呀。

新京報：房龍小姐在旅程之初說，她要把永變成一個成人，是不是因為這樣才有了全書的最後一幕？

李永平：在全書最後的一幕，聖山之巔，房龍小姐實現了在旅程之初，她對「少年永」和他的父親所做的承諾：把永變成一個男人。如此，他們倆的大河之旅就有了「圓滿」的結局，而《大河盡頭》這部小說也就有了一個渾圓的、完整的結構——就像那時（陰曆七月十五晚上）高掛中天、俯視婆羅洲大地的一輪明月，在現代社會中，克莉絲汀娜・房龍不啻是個奇女子。一諾千金。

書中描寫的殖民主義禍害，僅是現實的百分之一

新京報：《大河盡頭》裡不光有人還有鬼怪和神明，加入這些部分，是什麼原因？

李永平：萬物皆有靈——這是我的世界觀。《大河盡頭》試圖呈現一個在我心目中完整的、有神的世界。這對信仰唯物論／無神論的讀者來說，也許比較難以接受和認同。《大河盡頭》在大陸出版，能不能受到讀者的歡迎和欣賞？說實話，我沒把握。我最擔心的正是世界觀的問題——那是文學創作中最重大、最根本的課題啊。

新京報：旅程之初，同行夥伴之一的薩賓娜就對永說了一番話，她說，夥伴們就好像中邪了，幹出平時不會做的事情，日常生活中他們是一群體面的人，有良好的教養。你怎麼解釋這樣的現象，你覺得人性到底是怎樣的？

李永平：少年時代愛讀西方小說，心中感到最大的震撼是：人，平日不管多體面、多高尚，一到了某個節骨眼上，就會突然撕掉自己的假面，露出猙獰的本來面目來。給我印象最深的是威廉．戈爾丁的小說《蠅王》（*Lord of the Flies*）。故事講一群最有教養、最「文明」的英國男孩，流落在荒島上，擺脫了禮教的約束，剎那間就變成一群小魔鬼，集體幹出最血腥、最殘忍的勾當。讀了這本書，我連做一個月噩夢。長大後，在自己的人生經歷中，看到一些人的舉止行為，總會讓我想到荒島上的故事。比如我在婆羅洲和台灣常看到的日本觀光客。在自己國內時，一個個循規蹈矩過日子，恭恭謹謹做人，可一踏出國門就原形畢露，醜態百出。當然，這不是日本人的專利。「華人」和其他人種在這方面的表現，不見得比桃太郎高明。人怎麼會這樣子？我百思不得其解。說是「人性」就太沉重了。我寧肯管它叫「中邪」。

新京報：書裡面其實也有對殖民者的各種質疑聲，比如像幾位本地少女被外來男人各種哄騙而失身懷孕。您覺得這種戰爭、掠奪、殖民統治……為一個被殖民的民族帶來的是什麼？

李永平：《大河盡頭》對西方殖民主義和所謂的「後殖民時代」的強烈批評，台灣的學者們早就指出來了。但這不是這部小說的主題，所以，書中描寫的殖民主義禍害，點到為止，僅僅是現實的百分之一而已，我認為，幾百年來西方帝國對殖民地人們所造成的禍害，最大、最難彌補的，莫過於對一個民族靈魂所進行的有系統、有目的、有組織的摧殘和消滅，在我看來，這是「造孽」。

新京報：在大雨過後，婆羅洲心臟地帶沖出的各種東西讓人難以想像，在這樣一個人煙稀少的聖山腳下。你覺得全球化到底帶來了什麼？

李永平：《動物與垃圾》是我全力經營的一章，目的在於顯示，「人」這種動物在大自然的懷抱中，究竟製造了多少光怪陸離、五花八門的垃圾。但是，提醒大家，大自然的忍耐是有限度的。《大河盡頭》下卷那場驚天動地的熱帶雷雨，和隨之爆發的山洪，代表的就是大自然憤怒的反撲和報復。莫忘了，這些垃圾是文明的產物，都是外人帶進婆羅洲的心臟的。

「家在哪兒」這個問題對我來說很殘酷

新京報：在書之初，辛浦森博士說生命的源頭，就是石頭、交媾和死亡，但是永和房龍小姐還是努力去尋找生命的源頭，你覺得在他們的眼中或者你的眼中，生命的盡頭還有什麼？

李永平：「生命的盡頭還有什麼？」這是《大河盡頭》上下兩卷花了四十萬字篇幅，講述一趟漫長的暑假旅程之後，所留下的一個問題。這是故意的。讓讀者根據自己的體驗和需要，提出自己的答案。身為作者，我自己的答案倒很簡單，也很東方。那就是成年後的「永」在書中某個節骨眼上，對朱鴒說的一句話：「人生不外一個『緣』字，丫頭。」

新京報：你說你寫這本書之前和過程中都沒再回婆羅洲，那之後有再回去嗎？

李永平：由於某些複雜的、難以言說的原因，自從我父母親往生後，我一直沒回去婆羅洲老家。目前也沒這個打算。

新京報：你在一次訪問中曾經說過「人早晚都是要回家」，你覺得你的家在哪兒？

李永平：雨雪霏霏，四牡騑騑。回鄉路遠哪。四匹疲勞的老馬拖著一輛破車，載著一個生病的遊子，無休無止奔跑在白茫茫雪地上。「人早晚要回家。」家在哪兒？你這個殘酷的問題，可考倒我了，也問得馬車上那個老旅人啞口無言。

新京報：在《大河盡頭》裡，也隨處可見台灣的背景，時隔多年你身居台灣去寫婆羅洲的時候，是什麼心情？

李永平：這四十多年來，台灣收容我，養我，讓我這個「南洋浪子」有個安身立命的地方，還慷慨的提供一塊園地，讓我栽培、發表我的文學作品。對台灣，我永遠感恩。

新京報：除了寫作，你也翻譯了許多外國文學作品，你自己喜歡的作家是哪幾個？

李永平：我在英國殖民地成長，從小接觸西方童話，少年時代開始閱讀西方小說，後來就讀臺大外文系，主修的是英美文學。但是，身為一個文學愛好者，我欣賞的並不是英美作家（馬克・吐溫除外，因為他寫了一本我最愛的書《頑童流浪記》），而是俄羅斯文學，尤其是舊俄文豪托爾斯泰、陀思妥耶夫斯基、屠格涅夫、高爾基的作品，和蘇聯時代的一些小說。在這些作品中，我聽到了一個民族發自靈魂深處的吶喊。那是一種震撼大地的哀痛。這種深層的東西，我在英美小說中找不到。

新京報：如果把馬華文學和台灣文學放在當下世界文學座標比較的話，你會把它們放在一個什麼樣的位置？

李永平：在我心目中，馬華文學和台灣文學都是構成世界華語文學的一環，就如同當代大陸文學，在我看來也是組成這個文學大家庭的一分子。三者無分高低、主客或長幼。大家共同為新世紀的華語文學大傳統的建立，做出各自的努力和貢獻。這不是講大話，而是我這個渺小的「馬華作家」衷心的期盼。

李永平（二〇一二年五月十日於台灣淡水鎮）

二〇一二年五月十九日載於《新京報》書評

這世界本來是美麗的：李永平談《朱鴒書》

孫梓評採訪

闊別故鄉三十餘年，交出「月河三部曲」後，李永平（一九四七—）終於重返婆羅洲。行前忐忑，擔心童年所見會因自己長大而「變小」，所幸抵達一看，「還是一樣！」他大方秀出手機裡三百多張照片：祭祖墳，貓城古晉，胡椒園舊址，馬當山，七哩中華公學……幾乎就是《雨雪霏霏》故事場景巡禮，而念茲在茲的砂勞越最大河「拉讓江」，「是母親河——沒有變小，但是受傷了。」近年因謀商利，民眾毀去大片珍貴紅樹林，改植油棕，大量施肥，水色從幽綠變為濁黃，李永平的轉述中帶著歎息與痛。

我一定要讓讀者感到心痛

九十萬字「月河三部曲」包含《雨雪霏霏》、《大河盡頭》、《朱鴒書》，浪子李永平將童年往事、少年時隨「荷蘭姑媽」溯流卡布雅斯河的記憶，摶成虛構，向在台北街頭偶遇的小女孩朱鴒掏心傾吐。世界第三大島婆羅洲，分為東馬（砂勞越）、汶萊，以及印尼加里曼丹省，馬、印邊界長達一千多公里。「成長經驗裡最後一件大事，就是初中畢業那年暑假到加里曼丹，遊那條大河。那時只到下游，上游根本是蠻荒一片，沒人敢進去的。」到了第三部，原以為他會續寫成年遊歷，卻沒有，「人哪，最好不要長大。我非常不喜歡成年的我。」於是，小說家讓朱鴒隻身前往婆羅洲，沿途結識許多被白人「峇爸澳西」染指的美麗原住民女孩，她們中魔般擁著自己心愛的芭比，搭上澳西鬼魂領隊的幽靈船，前往「登由．拉鹿」小兒國……

《朱鴒書》封面上寫著它是一部「東方奇幻小說」，甚至還繪出朱鴒動漫造型，然而逐頁讀去，在原始雨林間，除了月光和浪漫的少女情誼，字裡遍布戰爭，俘虜，兒童性侵，死亡，殺人，後宮的勾鬥，冤魂與屍體……「這可能是我寫過最慘的一本書，且是透過一個小女孩講述，更悲慘了。宮崎駿的卡通也常講陰森恐怖的故事，但又透過那樣美麗的畫面表達。事實上，這世界本來是美麗的，像未開發前的婆羅洲——如果白人不侵入的話。」李永平說，「我一定要讓讀者感到心痛。如果讀者看了這部小說卻不痛，他不是人。因為他已經沒有人性了。」

其實，既痛且快。相對於少年永藉由溯流「尋找生命的意義」，朱鴒則接下了作者賦予的使命，化身黃魔女除暴安良。她帶著台北街頭練就的一雙純真與世故並存的眼睛，凝視，闖蕩，一舉弒殺澳西鬼魂。白人澳西的魅影，不僅飄移在河上，對英屬殖民地長大的李永平而言，「從小就看到英國人以主子身分在砂勞越展現的優越感。白種人非常高大，形象跟上帝比較接近。當地原住民跟華僑相對沒那麼漂亮，就成了苦力。」那圖象也見於《朱鴒書》中，肥胖的澳西先生身旁伴著瘦高的爪哇僕人阿里，「我常想，如果真的有造物主，祂這樣安排的用意何在？」終於藉著小說將多年怨氣吐露，或因如此，「《朱鴒書》是我迄今最滿意的一本！好像在發洩什麼一樣，衝破了小說書寫、社會道德規範、文學束縛等障礙，真正隨心所欲。」

整個婆羅洲都是鬼魂飄蕩

李永平自稱「古典結構主義者」，打算寫書時「會先設計好它的整體結構」，然而，《朱鴒書》啟程前卻只有一個跟隨多年的人物（朱鴒）和一個最熟悉的時空（一九六〇年代婆羅洲），寫完對讀者交代前因的長長楔子，腦中莫名浮現「有個少女蹲在河畔哭泣」，畫面如此強烈，故事便隨之湧生了。

由於三部曲時空相仿，朱鴒得以在婆羅洲與少年永錯身，甚至《雨雪霏霏》中被石頭砸死的狗兒小鳥，也化為神氣靈犬再度登場。「那時新舊過渡的婆羅洲，比較適合在小說裡頭呈現。」同時，「婆羅洲沒有文字歷史，都是口傳，給小說家非常大的方便。」從小聽熟各族聖山傳說，加上胡椒園生活對叢林地景的熟稔，想像力全開的《大河盡頭》下卷和《朱鴒書》，成就了酣暢淋漓的雨林書寫。而朱鴒穿越百年前，看詹姆士．布魯克關鍵一役，則是有意告訴讀者，「婆羅洲原住民第一次接觸到西方宗教、文明、科技，對他們造成很大震撼，尤其看到槍可以準確擊落鳥，那是神才能做得到的事。」由是，「白人的征服史沒那麼壯烈偉大，對當地原住民來說就已經是魔術了。那一章〈白神戰紀〉，可說是白人征服世界的縮影。」

如今回首《海東青》階段，因意欲對台灣執政當局有所批判，在白色恐怖陰影下，只好「寫成一個大迷宮」，「本來要寫一百萬字，寫到五十萬字，硬生生把它停掉，說是壯士斷腕，其實是斷尾求生。」痛定思痛，「當時寫作進入死胡同，能把我從死路中救出來的，就是我的婆羅洲母親。」一如馬克．吐溫回到他出生長大的密西西比河，寫出《頑童流浪記》。「我從他的寫作裡得到啟發：人不能回故鄉，我的心可以。」

影響李永平的還包括十九世紀西方長篇小說，比如《悲慘世界》。因此《朱鴒書》藉由歌（甚至是咒語）的穿插，使某些聲音繚繞全書，揮之不去，並喜歡將已發生的一提再提，「以前的人寫長篇，因為連載，怕讀者忘記，所以一件事會重複講。但《朱鴒書》有些地方是刻意的，希望能以優美的語言寫成主旋律，或視之為詩裡的重複句。」李永平常邊寫邊念，感受聲音，企圖在音韻上呈現童話感，亦與故事主題照映出巨大反差。

《朱鴒書》末，朱鴒返回台北後，竟違背作者旨意，決定再度前往婆羅洲，李永平坦承，「很明顯，是一種交換：我留在台灣。她去婆羅洲。我想她會喜歡那裡。婆羅洲夠大，夠野蠻。有她發揮的空間。朱鴒是個動作很大的人，擺在台北太可惜了。」同時他又淡淡提醒：「整個婆羅洲都是鬼魂飄蕩——所以我告訴你，澳西先生早晚會回來的！」聞之悚然。已是鬼魂的澳西先生，被朱鴒彎刀所弒，二度死亡，還能歸返？「每一個讀者都可以創造自己的續集。」宣稱不再書寫朱鴒的李永平，此際背包裡的書是《荒江女俠》，很快，要開始他以明朝為背景的武俠小說，「可能是最後一個機會寫長篇了。」說這話時，眸中閃出熱與光亮。

二〇一五年九月二十二日載於《自由時報》副刊

寫在《海東青》之前——給永平

景小佩

八月一日起，永平的第二本書將在《聯合報》副刊開始連載。這是他系列中的第二部。原計六十萬字，寫到後來，鋪陳成八十萬字的結構，又得從中分成上下兩卷——開始連載的《海東青》，屬於上卷的四十二萬字部分。

我難以精確地體會出古時候干將鑄莫邪神劍、方士煉金（鼎）爐仙丹，是經由了怎麼樣的一段嘔心瀝血？但是，我的丈夫李永平閉關山間兩年，苦琢出他現代中國奧賽羅系列的第二部《海東青》，這七百多個日子的苦寂與祭煉，我看在眼裡，卻心中想都不敢想，也不敢分擔——我發誓，寧為漁樵之婦，也不求傳世文名！

山上「泉之鄉」的小屋裡，鎮日抬頭，只見滿山遍野的荒垛圮墳，一宇地藏王褪金的老廟，橫梗其間。李永平總在入夜時分，吸吐黑風拂嘯的氣味，讓他心中、指間的「靳五」（《海東青》的主角人物）遊走這台北的紅塵滾滾，嚙咬自己的靈魂深處。

兩年前，他扛著滿袋子的稿紙上山前夕，忽然問我：「挑本閒書給我山上休憩看看——有沒有什麼建議？」

我沒好氣地想了想，有些促狹地回答：「那十六本的精裝《資治通鑑》帶上山好了——買了十幾年，就是沒機緣看完。」

他倒認真地想了想，十分同意地說：「我倒看完過，值得再看一遍。」

我拎起書袋，把十六本《資治通鑑》給扛上肩。山中兩年，他完成四十二萬字的《海東青》，也把系列的第四部「黃河」做了梗概。我翻了翻《資治通鑑》每頁裡的密密麻麻紅藍眉批加注，心裡了然，他順手擷汲了歷史多少汁瓤！

兩年的閉關，他留他的妻獨自在人間紅塵，而我也成了他生命中唯一的紅塵。有什麼好說的？他是李永平不是？也是我的選擇！更何況，他所受的壓力、煎熬，千百倍於我，他清清楚楚地活在自己時代責任的期許裡，我除了一旁默默關心外，簡直不應該多置一詞。

今年五月二十九日，我在北京天安門廣場跑學運新聞。晚上埋首發稿，填寫日期時才猛然想起當天是嫁作李家婦的結婚十週年慶——也是美國的國殤日。記得十年前，在芝加哥市政府公證結婚時，我還十分忐忑地問永平：「怎麼我們倆結婚，會引起全美國人的哀悼呢？」

回想起這十年寒暑的點點滴滴，可也是辛酸無限：我們真正朝暮的相處，不過負笈異鄉的三年。後來，我先回國任職，一年後他回國即赴高雄中山大學教書，南北相隔，每兩週才得一面緣聚。接著辭去教職，專心寫作，竟搬到山上閉關兩年，一週回家一趟。初起，我每趟送行，都會號啕大哭。漸漸，變得沉寂無語；後來，竟然盤算送完他還有哪些採訪要趕時間，頻頻抱怨火車站前的紅綠燈效果差，塞車耽誤時間——

而永平始終一脈寂然。

初起，我向他做過最傻蛋的要求：「把我寫到你的書裡頭，好不好？」他心情好的時候，倒也婉然相勸：「你只看到我筆下的那些女孩子獨特可愛的地方，不知道她們只是我寫作、小說世界裡表達意念的工具。我好悲憫她們無可避免的絕慘際遇與命運，我絕不忍心教你進到我的書中！」

我並不很懂，但是曉得他書中如奇葩似的女子都沒什麼好下場的時候，也就不再堅持，還是安心繼續我的人間紅塵！

很多熟識不太理解永平與我的「夫妻生涯」。他的生活特色是：沒有日夜之分（常常看到太陽就睏，一夜寫作到大天光）；沒有三餐定時的觀念（一天一頓，吃個狠）；不與任何親朋相識的往來酬酢（欠耐性），喝啤酒量大，整日菸不離手——

永平挺誠懇地對我說：「全天下只有你這麼一個女人能忍受得了我！」

我不知道他下一句話是不是「全天下也只有我能忍受得了你」。但是，我與他相處的能耐，有不少是「被磨練出來的後天成性」。

記得初赴美念書，在學校被一位念教育心理博士班的老美學長，選定做長期追蹤研究的「個案樣品」。她看我朗朗清清，當「聯合國班長」（三百人學前一個月的性向測驗，臥躺催眠對答後，訝然發現：我的本質是無可救藥的「欠缺安全感、依賴心重、優柔猶豫」）。

李永平改寫「江山易改，本性難移」的古諺。出國前，我八年未觸英文，托福補習僅小補而已。初赴美，永平把我丟在市中心，練我一路問詢回家；逼我到圖書館換售台灣郵票；應徵炸雞店窗口店員打工……，加上兩年戲劇課程的琢磨，我後來跟老黑吵架，可以發連珠砲似的「老黑南方腔」渾話，直把他們嚇得一愣一愣。

永平叫我別為一些瑣碎無謂的事掉一滴眼淚，尤其不可在他面前這麼「傻」！窮學生唯一要做的事：盡快結束學業回家闖業，不可為閒事浪費生命。

我崇拜至極地奉行不敢違。之間，當然有挫折，提起皮箱，淚眼婆娑地默別床上呼呼大睡的永平，推門出走——外面雪花紛紛，銀白無涯，只好再關門回房自省。終於悟曉永平的話，果然精省有效益！

沒有菸，沒有咖啡的李永平是沒辦法寫字的。新婚期間，我迷戀看電影，常常把僅有的零錢買了電影聯票，而忘了買咖啡和菸。有一回連著三天假期，銀行關門，我連菜都忘了買。我把公廚冰箱裡室友買的整隻雞去翅斷腿，造成超市濫售殘餘的假象，好弄點熱肉湯就白飯果腹了事，卻怎麼也變不出香菸和咖啡——只好連夜含淚來回從家走到學校一路撿菸蒂，到圖書館售郵票換錢，閉眼冬眠了三天才度過艱噩。

這種日子，永平倒是堅持執著我的手，並肩相濡以沫的。

我好像在兩三年內長了二、三十歲。

永平，這份記憶不知塵封在你心底第幾層？

山上寫作的日子漫漫無變化，夜以繼日地嘔心瀝血。我做到的是「不以任何瑣碎繁雜的事」去煩擾他。他的草稿我拿來影印存底，順道先看。《海東青》比《吉陵春秋》令我畏懼得多太多。這中間，永平幾乎不對我提任何進度上的問題。可是寫到三十幾萬字的時候，他忽然欣慰地對我提起：「我寫出獨特的文體與文字風格出來了——摸索了三十萬字才形成——真是，苦得很——」

我低頭扒飯，不敢打岔，希望他繼續說，再講、再談、再吐露些：「也許前面三十萬字，在重新整理時，要完全改寫過，但是，值得！你念戲劇，知道莎士比亞的劇本，他是用詩，在寫劇本、寫對白、寫景、寫人！現代的人生活太粗糙，對文字的琢練與運用，更是粗鄙——文學，之所以區別於戲劇、電影、電視、報章雜誌新聞，就是要有精確精緻的字句琢練——我是用詩的文字來寫《海東青》的——」

我繼續低頭咀嚼，強壓下心頭的澎湃，仍不敢置一詞，怕空氣驚觸折到了他的語風——「我也創出新的小說結構體——去看第一章我改好的部分，你也許能一窺端倪——用心去看去體會，別一心只在第一章裡找故事，找人物——故事人物當然有，躲在字裡行間，都會出來——你知道，我寫到現在，不是在寫這本書了，完全是被小說裡面的人物牽著走、牽著走，我撤不了手，欲罷不能——你要耐心琢磨《海東青》的新文體——」我再斟一杯冰啤酒給他，他卻不再多說。

我會耐心再等下一次機會。

兩年中間，我每週日晚上開車送他上山，順便為他清理一下工作間，很簡單的小空間，放著簡單的桌、椅、床墊、小冰箱。其餘一無所有。可是，有全天候的空調與溫泉供應。《海東青》在簡單的線條中，蘊如幾近透明的複雜與深邃。

我把手中完全改就好的，兩萬多字的首章——〈霧裡的聲音〉交給《聯合報》副刊主任瘂公手中，心底一片淒寂。

那是〈霧裡的聲音〉凝成的孤冷。

多少，我可以揣出靳五、一個異鄉華人沉在心底的孤寂與落寞，濃烈的愛擠湧在距離外，找不到落實的根點。好無奈、好恨的孤冷。在台北，他的孤寂、落寞與愛，更被架空到恐懼——

我闔起稿本，心下惻慟，對靳五，更對永平。

前兩天凌晨，電話鈴響，我翻身接應，陌生的接線生傳話找「李永平」，我朝隔壁書房大叫「老李叔叔，電話——」心下冰涼。

永平接過電話，沒聽幾句，開始用客家話作答（很奇怪，他一口標準國語，從來記不住客語。但一遇到爸媽兄弟，就想起客家話的運用——）然後，就一直無聲，我猜到，一定出事了。

小說脫稿前夕，永平的母親去世了，癌症，死於婆羅洲古晉僑居地。

第二天，他喝光我珍藏的好幾瓶大陸烈酒，哭醒昏醉好幾回，我請來我的老娘，都搬不動他八十公斤的大塊頭。夜晚，他醒了，直直睜眼天花板老半天，才轉身看著兩個焦灼的女人，拍拍我們的手背，才一張口，淚如雨下，一些話，又給哽了回去。我知道永平與母親之間刻骨銘心之情愛。他大學時在《中外文學》寫〈圍城的母親〉，寫〈蛇䗪〉，都是在遙念僑居地的娘，那位苦命一生的中國女性。她在一無所有、空曠荒野的窮山裡，奉養婆婆、丈夫還帶大十個孩子（後來夭折兩個），憑一雙老繭破皮的手，洗漿衣服養活全家十幾張口。其間公公工作無常，冒生命危險客串走私黃金賺暴利，種熟了滿山遍野的胡椒卻遇到韓戰結束停售胡椒的厄運。

「我媽瘋過，住進精神病院，許多人看了她會怕——」永平掩著臉，告訴我：「可是，她在精神病院的時候，還一個勁喊：永平如果出任何事情，天塌下來，由我替他撐著——我媽，只剩下那副支離破碎的老骨頭，她卻說，天塌下來，她要為我撐著——」

幾個孩子裡，她最鍾愛永平，前兩年永平帶我回僑居地時，我發現每每他們聚在一起講話敘天倫時，媽媽只是靜靜坐在永平對面，看著永平，一直看著永平，不說一句話。她一副支離破碎的老骨頭，發誓要為永平撐住塌下來的天！

古晉那個鳥不拉屎的地方，教我簡直駭然。永平一路走、一路指給我看他在《吉陵春秋》裡所提到的「萬福巷」、劉老實的「棺材店」……然後，回到那座巒山，他告訴我：「我就是在這兒出生長大的！」

那座巒山，像莽原叢林，沒有路徑，全山只有一座小木屋，裡面是搭放的木板條，可以搭成桌、椅或床。平時，只是搭靠在木屋牆上。那晚，莽林中下了雨，我睡在條條木板上，聽屋外轟「吼」聲，及滴淋在臉上、從原葉上滑落簷縫屋內的雨水，又想笑、又想哭。永平，全台灣的文學教育真是愧煞了你。這種地方成長出的華僑孩子，能寫出如許中文靈魂，我們的環境如何論較？

永平的幾位兄弟姊妹都無法順利完成學業，因為家境太窮苦，沒有米糧交束脩，天天得罰站聽課。罰一天一月一年，或可忍受，罰了六、七年，還一個勁兒、無悔無怨地站在教室後聽課的，只剩下了李永平。

他說，還好南洋氣候熱，一直到高中，他們兄弟也都只有一件學生制服穿，平時，都是「日光浴」！早起，幾個兄弟逛菜場揀地上散落的菜葉子回家作食，偶爾，眼明手快的，趁肉攤老闆不注意，搶下案頭一塊肉，返身就跑，那天飯桌上湯鍋裡就可見著些許油腥——難怪，後來他嗜好大塊肉食，多少有些補償作用！

在婆羅洲的高中畢業會考，僅四名甲等，李永平是其一。時間正遇上文革，所以，他選擇了保送臺大外文系。臨行，媽媽東挪西湊，縫了條小被褥給永平帶來台灣——因為，聽說，台灣比南洋要冷。

下飛機的時候，永平看了半晌，把小被褥留在飛機上了。

什麼都要重新自己一樣樣闖出來。

我們在台北做事賺錢後，每半年寄一筆小額款回婆羅洲。因為爸媽一生的希望——買棟大房子，一家人住在一塊兒的夢，就靠這筆錢在慢慢實現。今年四月，最後一筆錢交清了房款，爸媽有了自己的房子（雖然許多子女都堅持搬出去，要自住小家庭屋舍——至少，回家團聚時有地方住），又一筆錢，因為媽媽重病住院。

七月十六日凌晨，媽媽走了。

那一身支離破碎的老骨頭，再也不能為永平頂撐著要塌下來的天。

八月一日，永平的《海東青》開始連載，八月一日，婆婆在南洋落土下葬。永平的簽證未及辦妥，無法立即趕回。他走五分鐘的夜路，被困一個小時走不出。他蹲在地上，哭了起來：「媽媽，你不要我出去麼？」

路開了，他找到回家的路。事後，爸爸從南洋打電話來，告訴永平：「等律師把你放棄馬來西亞護照的手續完全辦好，你再回來吧！」

永平承受太多我想不透的苦楚，是我心撼之處。

永平告訴我：「十五個月，把《海東青》連載完畢，我要到美國去籌畫第三部小說的資料，還要動手寫《海東青》的第二部，大約是兩年的時間——好不好？」

我不知道古時候李白的妻，曹雪芹的妻是如何自處度日的。「無怨無悔、義無反顧」又是怎麼樣一個中國女性的執著？我只說了一句：「照你所想的去做，別擔心我！」

一九八九年八月一、二日載於《聯合報・副刊》二十七版

三、傳記、年表

李永平評傳

張錦忠作／許雁慈譯[1]

創作

李永平，《婆羅洲之子》（古晉：婆羅洲文化局，一九六八）。
李永平，《拉子婦》（台北：華新，一九七六）。
李永平，《吉陵春秋》（台北：洪範書店，一九八六）。
李永平，《海東青：臺北的一則寓言》（台北：聯合文學，一九九二）。
李永平，《朱鴒漫遊仙境》（台北：聯合文學，一九九八）。
李永平，《雪雨霏霏：婆羅洲童年紀事》（台北：天下文化，二〇〇二）。
李永平，《迌迌：李永平自選集，一九六八－二〇〇二》（台北：麥田，二〇〇三）。
李永平，《大河盡頭（上卷：溯流）》（台北：麥田，二〇〇八）。
李永平，《大河盡頭（下卷：山）》（台北：麥田，二〇一〇）。
李永平，《朱鴒書》（台北：麥田，二〇一五）。

譯作

李倫・傅思德（Lilian R. Furst）、《自然主義論》（*Naturalism*）（台北：黎明，一九七三）。

派崔克・懷特（Patrick White）、《枯萎的玫瑰》（*The Burnt Ones*）（台北：華新，一九七四）。（李永平等人譯）

派崔克・懷特（Patrick White）、《不准養貓的女人》（*The Woman Who Wasn't Allowed to Keep Cats*）（台北：華新，一九七四）。（李永平等人譯）

賴瑞・麥莫齊（Larry McMurtry）、《最後一場電影》（*The Last Picture Show*）（台北：華新，一九七五）。

李查・巴哈（Richard Bach）、《萬古雲霄一羽毛》（*Jonathan Livingston Seagull*）（台北：時報，一九七七）。（李永平等人譯）

馬羅・摩根（Marlo Morgan）、《曠野的聲音》（*Mutant Message Down Under: A Woman's Journey into Dreamtime Australia*）（台北：智庫文化，一九九四）。

---

1 此文以作者原為*Dictionary of Chinese Biography*第三七〇冊的*Chinese Fiction Writers, 1950-2000*, Thomas Moran and Diana Xu Ye, eds. (Detroit: Gale, 2013) 而寫的評傳為底稿，經許雁慈中譯後加以修訂。

麥克斯・艾柏（Max Apple），《石頭外公》（*Roomates: My Grandfather's Story*）（台北：智庫文化，一九九五）。

湯瑪斯・摩爾（Thomas Moore），《隨心所欲：探尋幽深聖潔的心靈境界》（*Care of the Soul: A Guide for Cultivating Death and Sacredness in Everyday Life*）（台北：智庫文化，一九九五）。

詹姆斯・雷德非（James Redfield），《聖境預言書：邁向生命新境界的起點》（*The Celestine Prophecy: An Adventure*）（台北：遠流，一九九五）。

喬斯坦・賈德（JosteinGaarder），《紙牌的祕密》（*The Solitaire Mystery*）（台北：智庫文化，一九九六）。

布洛登・柯本（Broughton Coburn），《阿嬤遊美國》（*Aama in America: A Pilgrimage of the Heart*）（台北：智庫文化，一九九六）。

狄巴克・喬布拉（Deepak Chopra），《歡喜活力：精力無限的完全身心計畫》（*Boundless Energy: The Complete Mind/Body Program for Overcoming Chronic Fatigue*）（台北：智庫文化，一九九七）。

威廉・李施曼（William Lishman），《雁爸爸：帶領雁群遷徙的真實故事》（*Father Goose*）（台北：智庫文化，一九九七）。

艾爾伯・古曼與李・約翰生（Albert Koopman and Lee Johnson），《探索企業靈魂：打造組織中的人性理想國》（*The Quest for the Corporate Soul*）（台北：遠流，一九九七）。
詹姆斯・雷德非（James Redfield），《靈界大覺悟：掌握直覺的新精神世界觀》（*The Tenth Insight: Holding the Vision*）（台北：遠流，一九九七）。
葛瑞姆・漢柯克（Graham Hancock），《上帝的指紋》（*Fingerprints of the Gods*）（台北：先智，一九九七）。
奧嘉・卡麗迪蒂（Olga Kharitidi），《北國靈山》（*Entering the Circle: The Secrets of Ancient Siberian Wisdom Discovered by a Russian Psychiatrist*）（台北：智庫文化，一九九八）。
馬羅・摩根（Marlo Morgan），《曠野之歌》（*Mutant Message from Forever: A Novel of Aboriginal Wisdom*）（台北：雙月書屋，一九九八）。
珍・孟德蓀（Jane Mendelsohn），《我是艾美麗・曾經》（*I Was Amelia Earhart*）（台北：雙月書屋，一九九八）。
伊麗莎白・庫布勒絲（Elisabeth Kubler-Ross），《天使走過人間》（*The Wheel of Life: A Memoir of Living and Dying*）（台北：天下遠見，一九九八）。
比得・華特森（Peter Watson），《拍賣蘇富比》（*Sotheby's Inside Story*）（台北：新新聞文化，一九九八）。
艾瑞克・紐比（Eric Newby），《走過興都庫什山》（*A Short Walk in the Hindu Kush*）（台北：馬可波羅，一九九八）。

詹姆斯・雷德非（James Redfield），《聖境新世界：落實新心靈覺知的蛻變之旅》（*The Celestine Vision: Living the New Spiritual Awareness*）（台北：遠流，一九九九）。

西格德・奧爾森（Sigurd F. Olson），《大自然在唱歌》（*The Singing Wilderness*）（台北：先覺，一九九九）。

奈波爾（V.S. Naipaul），《大河灣》（*A Bend in the River*）（台北：天下文化，一九九九）。

奈波爾（V.S. Naipaul），《幽黯國度：記憶與現實交錯的印度之旅》（*An Area of Darkness: A Discovery of India*）（台北：馬可波羅，二〇〇〇）。

約翰・貝禮（John Bayley），《輓歌：寫給我的妻子艾瑞絲》（*Elegy for Iris*）（台北：天下文化，二〇〇〇）。

山居夢客（Oriah Mountain Dreamer），《心靈請帖》（*The Invitation*）（台北：雙月書屋，二〇〇〇）。

卡麥倫・魏斯特（Cameron West），《第一人稱複數》（*First Person Plural: My Life as a Multiple*）（台北：希代，二〇〇〇）。

貝瑞・安斯華（Barry Unsworth），《道德劇》（*Morality Play*）（台北：先覺，二〇〇〇）。

哈洛・卜倫（Harold Bloom），《盡得其妙：如何閱讀西方正典》（*How to Read and Why*）（台北：時報文化，二〇〇二）。

保羅・奧斯特（Paul Auster），《布魯克林的納善先生》（*The Brooklyn Follies*）（台北：天下

文化，二〇〇六）。

二〇一一年九月二十四日，國立東華大學空間與文學研究室在台北主辦了「李永平與台灣／馬華書寫」國際學術研討會。顧名思義，這個為期一天的會議以李永平的小說為研討對象。李永平是馬華作家，也是評論家所稱頌的台灣當代最優秀的小說作家之一。作品已被譯為英文、日文與馬來文。

一九四七年九月十五日，李永平在婆羅洲的英屬砂勞越古晉出生。他生長在一個客家人家庭，兄弟姊妹七人。一九三五年，他的父親李若愚從中國的廣東省揭陽市南來婆羅洲，在那裡擔任國小教師，之後轉而從事各種不同的工作，例如種植胡椒、進出英荷婆羅洲邊界走私黃金等貨品、經營肥皂工廠、擔任房地產經紀人與工程承包商。儘管父親對政治並沒有太大的興趣，卻是個崇拜中國共產黨主席毛澤東的民族主義者。母親劉銀嬌在砂勞越出生。在李永平的作品中，母親的意象俯拾即是，父親的角色卻總是缺席。

一九五三年，李永平進入小學就讀。隨著家庭不斷的搬遷，自一九五三年至一九五五年，就讀中華小學第四校、紅橋中華公學；一九五六年至一九五七年期間，他就讀於馬當七哩中華公學；一九五八年至一九五九年則轉至古晉聖保祿學校；一九六〇年至一九六二年進入中華第二中學初中部，而從一九六三年到一九六五年則入讀古晉中學高中部。在他就讀高中時期，砂勞越、沙巴、新加坡與馬來亞合併成馬來西亞聯合邦。這個事件對他影響頗大，一夜之間變成了另一個國家的子民。他到今天還有時不太願意稱自己為馬來西亞人，而自稱砂勞越人。

在李永平的高中歲月裡，他熟讀了所有能夠取得的讀物，其中大多數是來自香港的書刊。除了羅貫中的《三國演義》、施耐庵的《水滸傳》、曹雪芹的《紅樓夢》等中國古典小說之外，他還讀了許多武俠小說之類的通俗小說，以及現代中國作家如魯迅、老舍、茅盾、巴金、沈從文的作品。同時他也讀了福樓拜、杜斯妥也夫斯基、大仲馬、狄更斯等十九世紀歐洲小說家的作品。他曾在訪談中聲稱十九世紀歐洲小說是小說的黃金時代。

一九六七年，李永平進入國立臺灣大學外國語文學系就讀。他原先想到中國就學，但因為一九六六年爆發了文化大革命，他決定改變計畫轉赴台灣。大學一年級時，他讀了《現代文學》雜誌裡頭的白先勇短篇〈金大班的最後一夜〉。這本雜誌由當時就讀於外文系的白先勇、王文興、歐陽子、陳若曦、叢甦等人在一九六〇年所創辦。他對白先勇遒勁的筆力與精練的敘事技巧留下十分深刻的印象。

李永平以中篇小說《婆羅洲之子》獲得一九六六年婆羅洲文化局徵文比賽首獎，並於一九六八年由文化局出版。故事從敘事者大祿士被長屋族長指派為祭典助手講起。大祿士愛人的父親利布向眾人宣告大祿士並非是純正血統的達雅克人，中斷了這個任命儀式。大祿士的父親魯幹其實是他繼父。他的生父是華人，但已返回中國。大祿士的血緣揭露之後，成為族人的仇視對象。後來坡底的華人商店頭家拋棄原住民妻子姑納，姑納只好帶著女兒搬回長屋。這時有人謠傳大祿士和姑納有染，這當然不是事實，而且也不合邏輯。就在那個暴風雨之夜，有人想要非禮姑納，大祿士聽到姑納的尖叫聲，急忙趕去解救她，卻反而被懷疑是壞人，而罪魁禍首其實是利布的兒子山峇。山峇後來因搶劫前往長屋做生意的華人頭家而被捕。然而族人卻指控大祿士，怪他向警方告狀，因為「只有半個支那才會做這種事情」。後來，當豪雨侵襲時，村莊遭洪水吞沒，大祿士卻救了利布與乘搭舢舨船前來接濟妻子與孩子的華人頭家一命。故事以道德與種族和解的烏托邦意象收尾。評論家與李永平都同意，這個中篇小說不算是一部成熟的作品。

大一那年，李永平開始對文學感到厭倦，並考慮轉至國際貿易系。當他將這個想法告訴系上的劉藹琳教授時，劉老師建議他去旁聽王文興的小說課。從王文興細讀、反覆推敲一則安徒生童話的教學中，他了解到小說的藝術並不僅僅是講述一個精采的故事。受到王文興的啟發，他寫了個短篇〈土婦的血〉，發表在一九六八年六月十二日的校園刊物《大學新聞》（第二四五期）。當時的外文系主任顏元叔讀了這篇小說後，大為讚賞，於是推薦給何步正編輯的《大學雜誌》刊登。〈土婦的血〉後來改題名為〈拉子婦〉，刊登在同年十一月的《大學雜誌》，顏元叔還為小說寫了一篇短評。

〈拉子婦〉敘述一名處身砂勞越華人家庭的達雅克族婦女掙扎求存的故事，由丈夫的姪子阿平倒敘。阿平後來離開婆羅洲到台灣讀大學。他在敘事中回憶三叔帶了新娶妻子「拉子婦」回去與家人見面那天的情景。由於拉子婦不是華人，所以被家中長輩，尤其是老祖父排斥。孩子們，包括敘事者阿平在內，也頑皮地捉弄她嘲笑她。有一回阿平與姊姊前往探望三叔與拉子嬸，他們看到拉子嬸因承受太多痛苦而色衰的容貌時頗感震懾；她的外表看起來比實際年齡還要老得多。後來三叔將拉子嬸與他們的混血小孩送回長屋去，另娶了一位華人妻子。不久之後，阿平便到台灣求學。八個月之後，阿平得知拉子嬸死了，不禁對自己以前對她的方式感到愧疚。由於顏元叔的短評，〈拉子婦〉引起了其他評論家的注意；一九六九年，隱地編選《五十七年短篇小說選》時，收錄了〈拉子婦〉。

一九七一年六月，李永平大學畢業，接著考上臺大外文系碩士班，專攻英美文學。同時，他也受聘於外文系，擔任助教及系上新創的《中外文學》月刊編輯助理。翻譯也是他的收入來源之一，一九七四年的譯作包括前一年諾貝爾文學獎得主懷特（Patrick White）的幾個短篇，一九七五年則譯了麥莫齊（Larry McMurtry）的《最後一場電影》。同一年他從碩士班退學。在這期間，他以砂勞越為背景創作了六篇故事，其中四篇分別發表於《現代文學》與《中外文學》。一九七六年，這六篇作品與〈拉子婦〉一併集結成書，即他的第一本短篇小說集《拉子婦》。書出版時他人已在美國。

在《拉子婦》的第二篇作品〈圍城的母親〉中，華人青年敘事者與母親被迫從自己居住的城鎮撤離。那時正逢乾旱，因缺乏糧食而飢餓不已的達雅克人包圍了整個村莊。當青年與他的母親返回家中時，發現一名虛弱的達雅克老人蜷縮在黑暗中的角落。母親便給了老人一碗飯。隔日早上，一名英國警察告訴他們軍人已驅趕所有的達雅克人，而青年與母親卻發現昨晚的老人已被射殺。其他故事如〈老人與小碧〉、〈黑鴉與太陽〉、〈田露露〉、〈支那人——胡姬〉等多刻畫離散的華人女性與達雅克女性等女性角色所承受的痛苦。最後一個故事〈死城〉則是以一連串的暴力來描繪婆羅洲的歷史。

一九七六年李永平前往美國，在阿爾伯尼的紐約州立大學攻讀文學碩士。一九七八年取得碩士學位。同年，他的短篇〈歸來〉獲得了聯合報小說獎佳作。次年，〈日頭雨〉則獲得了聯合報小說獎首獎，小說家的身分進一步獲得肯定。一九七九年，他與在美國認識的台灣作家兼記者景小佩結婚。

一九八二年，他取得美國聖路易華盛頓大學比較文學博士學位，返台後前往高雄的國立中山大學外文系任教。一九八六年，他的第二本小說集《吉陵春秋》出版，並由詩人余光中作序。這本集子奠定了他做為台灣當代重要作家之一的地位。

《吉陵春秋》共分為四卷，每卷有三個故事。這些故事皆相互關聯，因此有些評論者認為本書其實可視為一部長篇。第一個故事便鋪陳了《吉陵春秋》的背景：在虛構的吉陵鎮上，鎮民拜觀音那天，棺材店老闆劉老實的美麗妻子長笙被無賴孫四房強暴了。長笙深感羞辱而上吊自殺。劉老實憤而殺了孫四房的妻子與他所寵愛的娼妓，人也發了瘋。一年之後，劉老實出獄，發現村民活在恐懼之中，村民謠傳長笙的鬼魂在村裡遊走，還說劉老實回到鎮上來，是要向逍遙法外的共犯討回公道。接下來的故事發展的時間則延續了十年之久，並由與強暴事件相關的男女村民從自身觀點敘述。

李永平在《吉陵春秋》自序表示「作者一片衷心，為的還是中國文字的純潔和尊嚴。……這一來，作者對中國語文的高潔傳統，就有了一個交代，而個人的文學和民族良心也得到撫慰。」王德威在〈原鄉想像，浪子文學：李永平的小說〉中指出，《吉陵春秋》證明了李永平努力「構築一個完美的文字原鄉」。《吉陵春秋》出版後獲得同一年的第九屆時報文學推薦獎。

一九八七年，李永平辭去全職教職，全心投入小說寫作。起初他接受慰留在中山大學兼課，後來他的寫作計畫獲得聯合報贊助，先是前往北投居住，接著移居南投的埔里專事寫作。他在教書後期，曾在台北的《美國新聞與世界報導》中文版擔任翻譯，直到一九九〇年為止。他的長篇寫作計畫成果《海東青：臺北的一則寓言》在一九九二年出版，小說共十五章，長達九百九十四頁。同年三月，他與妻子離婚。

儘管《吉陵春秋》中的街道名稱與類似地點可在古晉找到，吉陵鎮仍然是個作者虛構的地方。跟吉陵不同的是，《海東青》中的城市鯤京乃以台北為藍圖，誠如本書副標題所示。小說從華裔馬來西亞客家人靳五留美返台開始敘述。一九八〇年代末葉，靳五返回母校臺灣大學教書。故事接下來敘述靳五在小學生朱鴒的陪伴之下，在城裡遊蕩閒晃，大部分的場景都是在紅燈區。另一個女孩亞星有時候也相伴隨行。小流氓安樂新偶爾也會跟他們一塊遊蕩。對靳五而言，朱鴒與亞星代表了這個道德淪喪、貪婪與揮霍無度的世界裡頭的清流。小說在靳五悵惘的懇求中結束。母親節前夕的傍晚，二人同遊兒童樂園，靳五突然悲從中來，說道：「丫頭，不要那麼快長大！」朱鴒隨之放聲大哭。在李永平心中，《海東青》的鯤京其實是但丁筆下的地獄那樣的世界。王德威在〈莎樂美迫迌〉中指出，鯤京是「二十世紀末的所多瑪，燦爛繽紛，卻注定腐爛銷亡的命運」，而在這樣的一個奢華又墮落的世界中，最令人印象深刻的角色是莎樂美般的少女朱鴒和亞星。她們「展現了萬種風情，而自身也難逃劫毀的宿命」。

《海東青》出版之後，儘管評論褒貶不一，仍然獲得了當年《聯合報》「讀書人」版的年度文學類最佳書獎。小說的部分爭議來自李永平的自序〈出埃及第四十年〉。他在序中比較了一九四九年蔣介石領導下的國民黨政府戰敗撤退來台與摩西帶領以色列人離開埃及。誠如黃錦樹所說，「在台灣本土意識高漲的時刻，在國民黨復國神話逐步破產的時刻」，這篇自序展現了李永平支持國民黨的意識形態。論者也對小說好用古舊與冷僻的詞彙有所批評。黃錦樹認為「做為古文化痕跡的那些字在現代文學中出現，無疑是對讀者的考驗……除了展現他的文化姿態，更是對『白話』的嘲諷和反動。」而對林建國而言，這種古體中文既暗示小說中神聖語言的存在，也彰顯了中文及其方言如客家話、廣東話與福建話之間的關係。

一九九二年開始，李永平在東吳大學英文系任教。在他離婚後的數年間，他獨自在台北萬華區的西門町附近賃房而居。到了一九九八年，他告訴《台灣光華雜誌》的記者陳雅玲說，他的鄰居是「酒女、舞女與各種你可想像到的街頭分子」，那時他仍舊住在龍蛇混雜的西門町。

《海東青》中的小學生朱鴒再次成為李永平一九九八年出版的小說《朱鴒漫遊仙境》的女主角。小說家告訴陳雅玲說，「這兩本書的文字風格差很多，雖然主角是同一個人，但是應該算是一本獨立的小說……。我不想停在見山不是山的階段，所以刻意讓《海東青》只有上集，永遠沒有下集。」一九八九年暑假，朱鴒帶著另外六個八歲的小女孩展開了她們在西門町的冒險旅程。流氓安樂新再次在小說中出現，斬五則不復存在。到了小說的結尾，有人向警方報案說七個小女孩失蹤，此後再也沒有人看到她們。李永平告訴陳雅玲說，「這是一部現代童話，很可怕的童話。」

儘管李永平否認《朱鴒漫遊仙境》是《海東青》的續集，評論者羅鵬（Carlos Rojas）卻指出，「流暢的連續與激烈的斷裂之間的辯證關係，不僅是兩本小說的獨特連結，也是兩部小說本身的重要題旨之一。」在《朱鴒漫遊仙境》中，斷裂以家庭崩解的形式呈現，街頭取代了家，這些女孩就那樣度過她們的日日夜夜。

一九九九年，李永平的《吉陵春秋》入選香港《亞洲週刊》的「二十世紀中文小說一百強」。同年，他離開東吳大學，並於隔年前往花蓮，到國立東華大學英美語文系任教。東華大學英文系當年設有創作與英語文學研究所，授予碩士畢業生M.F.A.學位，吸引了許多具創作才華的學生前往就讀。

二〇〇二年，《雨雪霏霏：婆羅洲童年記事》出版。原名「迌迌集」的《雨雪霏霏》成為日後「婆羅洲三部曲」的首部。這部作品如李永平版的《追憶似水年華》，由敘說者「李永平」向朱鴒講述的十二個婆羅洲童年故事組成，包含「李永平」與他的兄弟姊妹們向垂死老狗丟擲石頭的往事、日本侵占婆羅洲、砂勞越共產黨人（北加里曼丹人民軍游擊隊）的反抗、父親辛苦謀生賺錢，以及戰後一名擔任「慰安婦」的台籍女子因羞愧而不敢返鄉的故事。相較於李永平先前的作品，《雨雪霏霏》不僅打破了原有的寫作風格，也表現出作者的關注已從社會文化轉向自我探討。我也曾在一篇英文論文提到敘說者「李永平」經常將自己歸類為「自我放逐、多年逃亡在外四處漂泊的浪子」、「來自南洋的一個支那浪子」、「逃亡在外漂泊多年的遊子」。在小說的結尾，李永平說道：「……跋涉了一夜，我已告訴你……在婆羅洲童年往事。是妳，朱鴒，讓我鼓起勇氣檢視我在南洋的成長經驗，看看自己到底是個怎樣的人。終於把我這個自我放逐、多年逃亡在外四處飄泊的浪子，給帶回家了……。」《雨雪霏霏》問世之後，李永平出版了作品選集《迢迢：李永平自選集一九六八—二〇〇二》。

婆羅洲三部曲中的第二部《大河盡頭（上卷：溯流）》在二〇〇八年出版，延續了李永平這系列小說。他在二〇〇九年自東華大學退休之後，繼續書寫《大河盡頭（下卷：山）》（二〇一〇）做為二部曲的續篇。在這兩本書中，人到中年的敘說者永向朱鴒講述他十五歲時展開的啟蒙之旅。永的旅程從坤甸市的熱帶河流卡布雅斯出發，經過西加里曼丹省到達雅克人的聖山峇都帝坂山。這趟旅程是由永父親的荷籍親密友人克莉絲汀娜·房龍（克絲婷）所策畫。永中學畢業後便在克絲婷的農莊住了一段時間。一九六二年，克絲婷等一眾白人與永動身前往大河，他們航行經過了達雅克人的長屋、西加里曼丹省的城鎮桑高和新唐鎮，經歷了一連串奇異的事件。有些成員在中途退出這趟旅程，而有些人則直接消失。唯獨永和克絲婷抵達了卡布雅斯河的源頭，登上聖山——峇都帝坂山，完成了永的成年禮儀式。

《大河盡頭（上卷：溯流）》獲得了二〇〇八年《中國時報》「開卷」十大好書獎，同年入選《亞洲週刊》十大中文小說。《大河盡頭（下卷：山）》則獲得二〇〇九－一〇年香港浸會大學所主辦之第三屆「紅樓夢獎」決審團獎。此外，這本小說也在二〇一一年獲得台灣行政院新聞局所頒的第三十五屆文學類的金鼎獎。二〇一二年，簡體字版本的《大河盡頭》上下卷在上海出版。

寫完《大河盡頭》上下兩卷四年後，說故事的人「李永平」再把十二歲的朱鴒召喚出來，把她送進婆羅洲一年，寫了《朱鴒書》，做為婆羅洲三部曲的完結篇。這本「東方奇幻小說」在二〇一五年出版。小說由朱鴒敘述她自己的婆羅洲冒險記。述說朱鴒認識了被放逐的伊曼（《大河盡頭》裡的伊班小女孩），兩人結伴沿著大河，前往峇都帝坂山，尋找小兒國登由·拉鹿。後來，伊曼失聯了，朱鴒一路上結交蘭雅、阿美霞、娣娣·龍木等女孩（或幽靈），展開各種追尋，發生各種離奇事件，最後變成黃魔女朱鴒一眾誅殺白魔法師峇爸完成保衛家園的任務。整本書形成一部七百多頁的奇幻之旅。不過，對讀者來說，《朱鴒書》更饒富趣味的地方，更在於其互文性。《雨雪霏霏》中「李永平」的「婆羅洲童年記事」與《大河盡頭》的少年「永」從卡布雅斯河到峇都帝坂聖山的啟蒙之旅，在《朱鴒書》中翻轉為朱鴒幻遊婆羅洲叢林奇境。不少《雨雪霏霏》與《大河盡頭》中的人物與情節在《朱鴒書》以不同方式重複出現，形成貫穿三部曲的模題。寫完《朱鴒書》之後，小說家也找到了三部曲的名稱——「月河三部曲」。

二〇一四年，李永平獲頒中國海外交流協會、暨南大學等單位合辦的第三屆「中山杯」華僑華人文學獎評委會大獎。二〇一五年，「月河三部曲」大功告成這一年，國家文化藝術基金會因李永平以「其文學才情與藝術精神為台灣小說注入域外風情與歷史視野，……讓台灣文學更加豐饒多元」，而將第十九屆國家文藝獎頒給了李永平。這個台灣文學的最高榮譽頒給他意義尤其重大，象徵台灣對這位婆羅洲來的小說家的肯定與認可。誠如他在得獎感言中所說：「台灣的社會是開放的、多元的，台灣的文學是寬大的、包容的，有容乃大。……多元、包容是我們台灣最大的價值。」

除了是一位深獲好評的小說作家之外，李永平還是一位頗受尊敬的翻譯家。從一九七三年翻譯李倫・傅思德的作品《自然主義論》開始，李永平便展開了他的翻譯生涯。他在大學畢業後陸續翻譯了派崔克・懷特（Patrick White）與麥莫齊（Larry McMurtry）的作品，不過，要到一九九〇年代他才真正開始大量翻譯。他譯有馬羅・摩根（Marlo Morgan）的《曠野的聲音》（*Mutant Message Down Under*）、葛瑞姆・漢柯克（Graham Hancock）的《上帝的指紋》（*Fingerprints of the Gods*）、喬斯坦・賈德（Jostein Gaarder）的《紙牌的祕密》（*The Solitaire Mystery*）、奈波爾（V.S. Naipaul）的《大河灣》（*A Bend in the River*）與《幽黯國度：記憶與現實交錯的印度之旅》（*An Area of Darkness: His Discovery of India*）、約翰・貝禮（John Bayley）的《輓歌：寫給我的妻子艾瑞絲》（*Elegy for Iris*）、卡麥倫・魏斯特（Cameron West）的《第一人稱複數》（*First Person Plural: My Life as a Multiple*）以及保羅・奧斯特（Paul Auster）的《布魯克林的納善先生》（*The Brooklyn Follies*）等書三十來種。李永平曾說他在翻譯二〇〇一年諾貝爾文學獎得主奈波爾的作品時，發現了自身與奈波爾的相似之處。他的譯作也有多種已在中國出版簡體版。

訪談

陳雅玲，〈台北的「異鄉人」：速寫李永平〉，David Mayer譯，《台灣光華雜誌》第二十三期（一九九八年七月），頁一〇八—一一〇。

伍燕翎、施慧敏，〈浪游者：李永平訪談錄〉，《星洲日報》（二〇〇九年三月十五、二十一日）

引用文獻

胡金倫、高嘉謙，〈李永平小說評論／訪談索引（一九七六—二〇〇三）〉，《大河盡頭（下卷：山）》（台北：麥田，二〇一〇），頁五二五—五三五。

黃錦樹，〈在遺忘的國度：讀李永平《海東青》（上卷）〉，《馬華文學：內在中國語言與文學史》（吉隆坡：華社資料研究中心，一九九六），頁一六二—一八六。

高嘉謙，〈誰的南洋？誰的中國？：試論「拉子婦」的女性與書寫位置〉，《中外文學》第二十九卷（二〇〇〇年九月），頁一三九—一五四。
林建國，〈異形〉，《中外文學》第二十二卷（一九九三年八月），頁七三—九一。
王德威，〈莎樂美迌迌：評李永平《海東青》〉，《眾聲喧嘩以後：點評當代中文小說》（台北：麥田，二〇〇一），頁九五—九九。
王德威，〈原鄉想像，浪子文學：李永平的小說〉，《後遺民寫作》（台北：麥田，二〇〇七），頁二四五—二五九。
詹閔旭，〈大河的旅程：李永平談小說〉，《印刻文學生活誌》第四卷（二〇〇八年六月），頁一七五—一八三。
Contemporary Chinese Writers Website Project, Foreign Languages and Literatures Section, MIT, *Contemporary Chinese Writers: Li Yongping*,"Chronology."<http://web.mit.edu/ccw/li-yongping/chronology.shtml>
Rojas, Carlos. "Paternities and Expatriatisms: Li Yongping's *Zhu Ling manyou xianjing* and the Politics of Rupture," *Tamkang Review*, 24 (Winter, 1998), pp. 22-44.
Tee Kim Tong, "Looking for Zhu Ling: Self-Identity in Li Yongping's *Yuxuefeifei*," *Tamkang Review*, 35 (Winter, 2004), pp. 97-111.

李永平年表

胡金倫、高嘉謙輯錄

一九四七　九月月十五日出生於英屬婆羅洲沙勞越邦古晉市。

一九五三　小學就讀四所學校，分別為中華小學第四校、紅橋中華公學、馬當七哩中華公學和聖保祿學校。

一九五九　小學畢業。

一九六〇　就讀古晉中華第二中學初中部（一九六三年改制為古晉中學）。

一九六三　就讀古晉中學高中部。

一九六五　中學畢業。

一九六六　《婆羅洲之子》獲婆羅洲文化局第三屆徵文比賽首獎。在古晉的華文小學短暫教書，後在古晉聖路加中學（St.Lucas High School）擔任華文教師。

一九六七　從聖路加中學離職，九月負笈台灣，就讀國立臺灣大學外文系。

一九六八　出版《婆羅洲之子》（古晉：婆羅洲文化局）。〈土婦的血〉發表於《大學新聞》（第二四五期，一九六八年六月十二日），第一篇在台灣正式發表的作品。後改題〈拉子婦〉發表於《大學雜誌》（一九六八年第十一期）。

一九七一　臺大外文系畢業，留系擔任助教。

一九七三　擔任《中外文學》雜誌執行編輯。

一九七五　〈拉子婦〉譯成英文，收入齊邦媛主編《中國現代文學選集》（*An Anthology of Contemporary Chinese Literature Taiwan: 1949-1974*）。

一九七六　出版《拉子婦》。

赴美就讀美國紐約州立大學阿爾伯尼（Albany）分校英文系。

一九七八　〈歸來〉獲第三屆聯合報小說獎佳作獎。後改寫成〈蛇讎〉收入《吉陵春秋》。

獲美國紐約州立大學阿爾伯尼分校文學碩士。

一九七九　〈日頭雨〉獲第四屆聯合報小說獎首獎。

一九八二　獲美國聖路易斯華盛頓大學比較文學博士。

博士論文題目〈中國短篇小說中的藝術與境界：以西方批評方法論《三言》〉（Art and World in the Chinese Short Story: San-Yen Collections in the Light of Western Critical Method）。

一九八六　返台任教於國立中山大學外國語文學系。
出版《吉陵春秋》。
《吉陵春秋》獲第九屆時報文學獎小說推薦獎。
任《美國新聞與世界報導》中文版翻譯。

一九八七　放棄馬來西亞國籍，取得中華民國國籍。
辭去中山大學外文系教職，專事寫作《海東青：臺北的一則寓言》。

一九八九　母親逝世。

一九九二　出版《海東青：臺北的一則寓言》。
任教於東吳大學英國語文學系。
《海東青：臺北的一則寓言》獲《聯合報・讀書人》「最佳書獎」。

一九九八　出版《朱鴒漫遊仙境》。

一九九九　《吉陵春秋》被《亞洲週刊》遴選為「二十世紀中文小說一百強」。

二〇〇〇　父親逝世。
任教於國立東華大學英語文學與創作研究所。

二〇〇一　獲東華大學優良教師獎。

二〇〇二　出版「月河三部曲」之一《雨雪霏霏：婆羅洲童年記事》。
《雨雪霏霏：婆羅洲童年記事》獲《聯合報・讀書人》「最佳書獎」。

《雨雪霏霏：婆羅洲童年記事》獲《中央日報・出版與閱讀》「中文創作類十大好書」。

二〇〇三 出版《迌迌：李永平自選集（一九六八—二〇〇二）》。
《吉陵春秋》翻譯成英文（*Retribution: The Jiling Chronicles*），由美國哥倫比亞大學出版。

二〇〇六 《海東青：臺北的一則寓言》再版。

二〇〇八 出版「月河三部曲」之二《大河盡頭（上卷：溯流）》。
《大河盡頭（上卷：溯流）》獲《中國時報・開卷》「年度十大好書・中文創作」、《亞洲週刊》全球十大中文小說。

二〇〇九 退休，受聘為國立東華大學榮譽教授。

二〇一〇 《大河盡頭（上卷：溯流）》獲第三屆「紅樓夢獎：世界華文長篇小說獎」專家推薦獎。
出版「月河三部曲」之二《大河盡頭（下卷：山）》。
《朱鴒漫遊仙境》再版。
《吉陵春秋》翻譯成日文（吉陵鎮ものがたり），由京都人文書院出版。
《大河盡頭（下卷：山）獲《亞洲週刊》全球十大中文小說。

二〇一一 《大河盡頭（下卷：山）》獲台北國際書展大獎「小說類」、第三十五屆金鼎獎圖書類文學獎。

〈大河盡頭〉獲九歌《九十九年小說選》年度小說獎。

二〇一二　第二屆空間與文學國際學術研討會——「李永平與台灣／馬華書寫」。

中國上海人民出版社／世紀文景出版《大河盡頭（上卷：溯流）》、《大河盡頭（下卷：山）》。李永平小說正式在中國大陸出版。

二〇一三　中國上海人民出版社／世紀文景出版《吉陵春秋》。

〈拉子婦〉選入馬來西亞華文獨立中學《高一華文》下冊。

《雨雪霏霏：婆羅洲童年記事》修訂再版。

二〇一四　《大河盡頭（上、下卷）》獲第三屆「中山杯」華僑華人文學獎評委會大獎，為親自領獎，首次赴中國大陸。

中國上海人民出版社／世紀文景出版《雨雪霏霏：婆羅洲童年記事》。

二〇一五　出版「月河三部曲」之三《朱鴒書》。

闊別古晉三十年後，返鄉探親並掃墓，祭拜父母親。

十二月十四日，獲第十九屆國家文藝獎。

〈望鄉〉譯成韓文，收入《魚骸：馬華小說選》（高韻璿、高慧琳等譯，首爾：知萬知出版）。

二〇一六　《朱鴒書》獲第四十屆金鼎獎圖書類文學獎。

獲聘新加坡南洋理工大學駐校作家。

榮獲第六屆全球華文文學星雲獎貢獻獎。

獲頒第十一屆臺大傑出校友獎。

二〇一七 八月，武俠小說《新俠女圖》於《文訊》開始連載。

九月，「月河三部曲」重新製作套書出版，另編輯出版《見山又是山：李永平研究》。

照片、手稿、書影

一、李永平與父母

1-1

1-2

1-3

・李永平十一歲／1-1　・中學時期的李永平／1-2
・大學時期的李永平／1-3

1-4

1-5

·李永平父母親 - 李若愚先生（1916-2000）、劉銀嬌女士（1918-1989）／ 1-4、1-5

二、小學、中學時期

2-2

2-1

2-4

2-3

2-5

李永平就讀過的中小學——

· 中華小學第四校／2-1　· 紅橋中華公學／2-2　· 馬當七哩中華公學／2-3

· 聖保祿學校。2017 年張錦忠、高嘉謙與現任校長合影／2-4

· 李永平初中、高中就讀的古晉中學，1963 年改制前為古晉中華第二中學／2-5

三、故鄉經驗

3-1

3-2

・李永平曾住過的胡椒園舊址／3-1
・2015 年返古晉祭拜父母／3-2

四、國家文藝獎・臺大傑出校友・新加坡駐校作家

4-1

4-2

・李永平榮獲第十九屆國家文藝獎（國藝會提供／何孟娟攝）／ 4-1
・2016 年李永平獲頒第十一屆臺大傑出校友／ 4-2

4-4

4-3

・2016 年李永平在新加坡南洋理工大學華裔館／ 4-3
・2016 年於南洋理工大學華裔館，手中拿著《吉陵春秋》英譯本／ 4-4

4-5

4-6

・2016 年南洋理工大學國際駐校作家作品展／ 4-5
・2016 年 11 月馬來亞大學座談會後攝於吉隆坡茨廠街／ 4-6

五、友人合影

5-1

5-2

5-3

・2016 年麥田宴請李永平 - 祝賀榮獲國家文藝獎／ 5-1

・2012 年黃錦樹、張貴興、張錦忠、李有成、高嘉謙等人往淡水拜訪李永平／ 5-2

・2015 年與黃英哲、張錯、梅家玲等人餐敘／ 5-3

5-4

5-5

・2015 年李永平、封德屏、張貴興合影／ 5-4
・2013 年王德威、胡金倫、高嘉謙等人淡水訪李永平／ 5-5

5-6

5-7

5-8

・2017 年李永平離開新加坡前，與魏月萍、黃詩倫、盧筱雯合影／ 5-6
・2016 年林建國、Alison Groppe 淡水訪李永平／ 5-7
・2016 年李永平與詹閔旭合影／ 5-8

六、家書

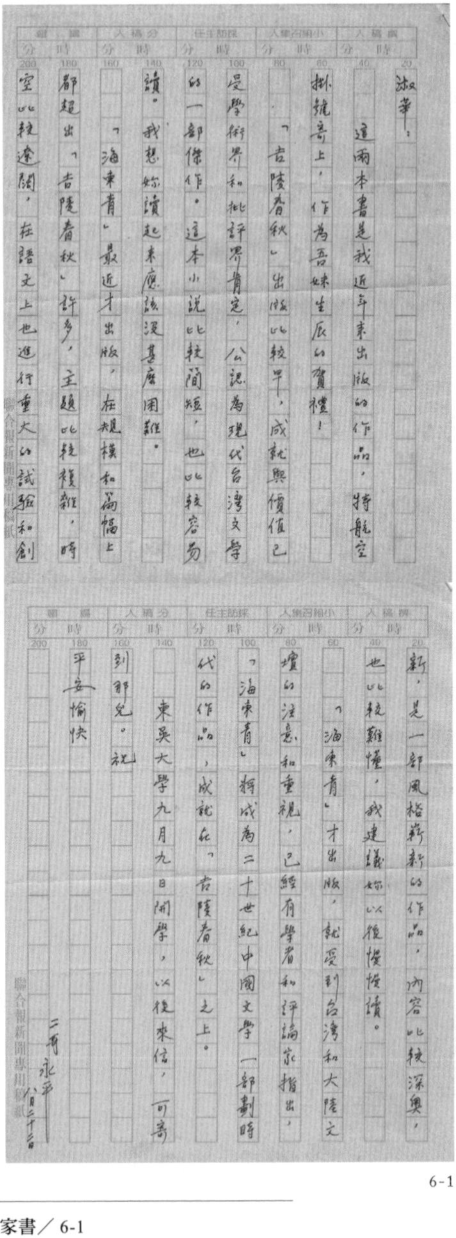

淑華：

這兩本書是我近年來出版的作品，特航空掛號寄上，作為吾妹生辰的賀禮！

「吉陵春秋」出版比較早，成就與價值已受學術界和批評界肯定，公認為現代台灣文學的一部傑作。這本小說比較簡短，也比較容易讀。我想妳讀起來應該沒甚麼困難。

「海東青」最近才出版，在規模和篇幅上都超出「吉陵春秋」許多，主題比較複雜，時空比較遼闊，在語文上也進行重大的試驗和創新，是一部風格嶄新的作品，內容比較深奧，也比較難懂，我建議妳以後慢慢讀。

「海東青」才出版，就受到台灣和大陸文壇的注意和重視，已經有學者和評論家指出，「海東青」將成為二十世紀中國文學一部劃時代的作品，成就在「吉陵春秋」之上。

東吳大學九月九日開學，以後來信，可寄到那兒。祝

平安愉快

二哥 永平 八月二十二日

6-1

・李永平給妹妹的家書／6-1

七、友人書信

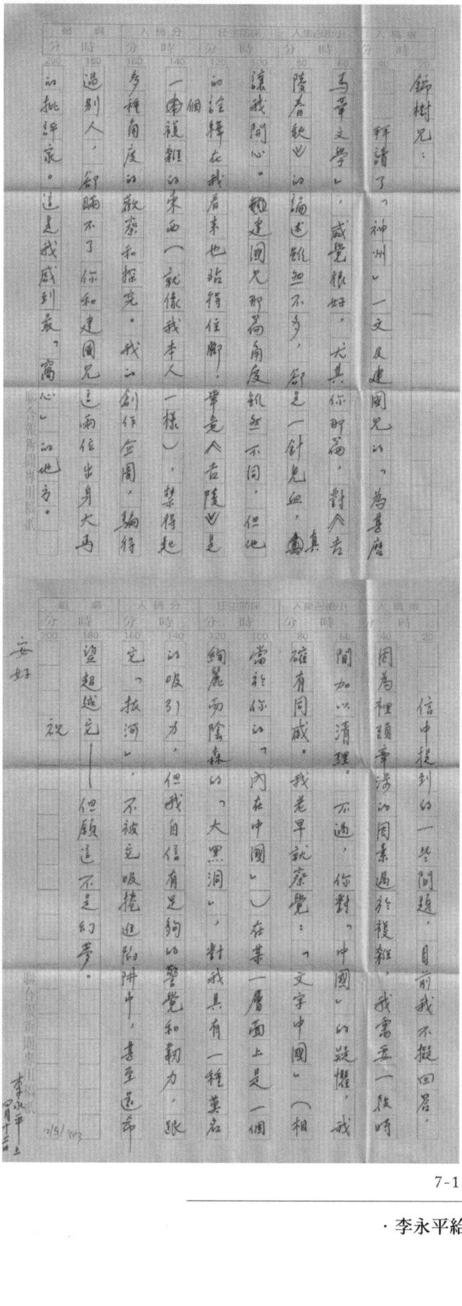
錦樹兄：

拜讀了「神州」一文及建國兄的「為甚麼馬華文學」，感覺很好，尤其你那篇，對《吉陵春秋》的論述雖然不多，卻是一針見血，真讓我開心。建國兄那篇角度雖然不同，但他的詮釋在我看來也站得住腳。畢竟《吉陵》是一個複雜的東西（就像我本人一樣），禁得起多種角度的觀察和探究。我的創作企圖，騙得過別人，卻瞞不了你和建國兄這兩位出身大馬的批評家。這是我感到最「窩心」的地方。

信中提到的一些問題，目前我不擬回答，因為裡頭牽涉的因素過於複雜，我需要一段時間加以清理。不過，你對「中國」的疑惧，我確有同感。我老早就察覺：「文字中國」（相當於你的「內在中國」）在某一層面上是一個絢麗而陰森的「大黑洞」，對我具有一種莫名的吸引力，但我自信有足夠的警覺和毅力，跟它「拔河」，不被它吸捲進陷阱中，甚至還希望超越它——但願這不是幻夢。

祝

安好

李永平上 四月十二日

[illegible]

7-1

錦樹兄：

先後讀了你和林建國兄的來信和論文，實在很高興：馬來西亞又出了兩位優秀的華文文學批評家！

你在論文中提到我在《海東青》序中所表現的保守與反共的姿態。熟讀文學史的人都知道，很多文學作品的「序」只是「幌子」，不能盡信的。讀者應該挖掘字裡行間所隱藏的真意，找出它「話中的話」，配合作品本身來閱讀。作者的「胸中丘壑」即呼之欲出矣。王德威很早就察覺到這點。民國八十年三月十日中國時報開卷版《海東青》書評中，他說：

他（李永平）寫作的姿態與他所寫的內容，因此一樣耐人尋味。本書的序就是一篇絕妙的例子。

王德威是很敏感的，可惜他並未就這點好好加以發揮和闡釋。我提這點，並不是想推翻你在論文中提出的看法，而是想提醒讀者：這樣的一本書，帶著那樣的一篇序，可能得用另一個角度來觀察哦！

說實在的，讀你的論文，覺得淋漓盡致，很痛快，也衷心佩服和感激你所下的工夫。

信中提到「母親」在我作品中的份量和地位。事實上，「吉陵」與「太陽」中的母親和「圍城的母親」中的那「從」，都是象徵性的人物（支那人的母親（你出身馬來西亞，當然知道「支那人」這稱謂對我們的意義）。因此，「吉陵」中的母親遭受強暴，有它象徵上的影射。這點太敏感，我不想多談。我只想透露一件事：我一直想寫一部長篇小說，名字就叫《母親》，把「她」提升到中國大地之母的境界——我的中國，可是包括「南洋」的哦！

我想應用神話中「女媧」這個人物，故事背景是我出生長大的婆羅洲。但由於種種我不願多說的因素，這個寫作計畫可能胎死腹中。事實上，當初寫「田露露」，是把它當成一部長篇小說的前奏或「試筆」（那時我才二十幾歲），打算隔個三五年正式動筆，寫六〇年代英屬北婆羅洲的政治轉型期，重點在砂共（砂勝越共產黨）的「叛亂」（田露露後來變成共產黨，進入森林打游擊）。可是，這個題材太敏感了，敏感得讓我（想到就不寒而慄，晚上惡夢連連）——我的家人畢竟都還在馬來西亞！

至於「三境界」的問題，我想簡單說明一下：

我的「山」是文字風格，也是情節內涵，兩者是分不開的。寫作《海東青》時的構想，確是把它當作第三個境界，但動筆後忽然念頭一轉：這樣的題材，應該讓我在「見山不是山」的第二境界中多徊徨一次，再修煉一番。反正我還年輕，仍在「流浪」——精神上，形體上的「漂泊」（《海東青》中最常出現的兩個字）。因此，有現在這麼一本書。這一生，能否安住進入「見山又是山」的第三境界呢？否則我的寫作志業就不算完成。至於這部終極作品是甚麼？不知道。也許是「創世記」吧！中國人（支那人）開天闢地的故事，那裡有個女媧，咱們的母親。

匆匆敬覆。順祝

文安

李永平 敬上

三月六日

1993

P.S. 我是無可救藥的「大中國主義者」，倒不是因為我是「華僑」，真正原因是：我自小就熟讀中國歷史和典籍（中國文學也是）。

7-2

念書，寫過一些詩和短篇小說，發表在當地中文報紙副刊，現在都已散失殆盡！

謝謝你對我的作品感到興趣。

我目前準備寫「海東青」的下卷。它將成為一部獨立的作品，名叫「第七天國」，敘事觀點從靳五轉移到朱鴒，透過這個小女孩的眼光來看台北這個社會，文字也比較平易近人。

創作小說有三個境界——見山是山、見山不是山、見山又是山。對我來說，「拉子婦」屬第一個境界，「吉陵春秋」介乎第一和第二境界之間，而「海東青」是第二境界的作品。我希望，經過第二境界——見山不是山——的修煉過程，我的新作「第七天國」能在形式、文字和風格上能有所突破，進入第三境界——見山又是山，返璞歸真。這才是我真正追求的目標。從此，我就可以豐情任性，優游於小說創作的浩瀚天地中了。

祝

文安

李永平 上

四月五日

3 1992

7-3

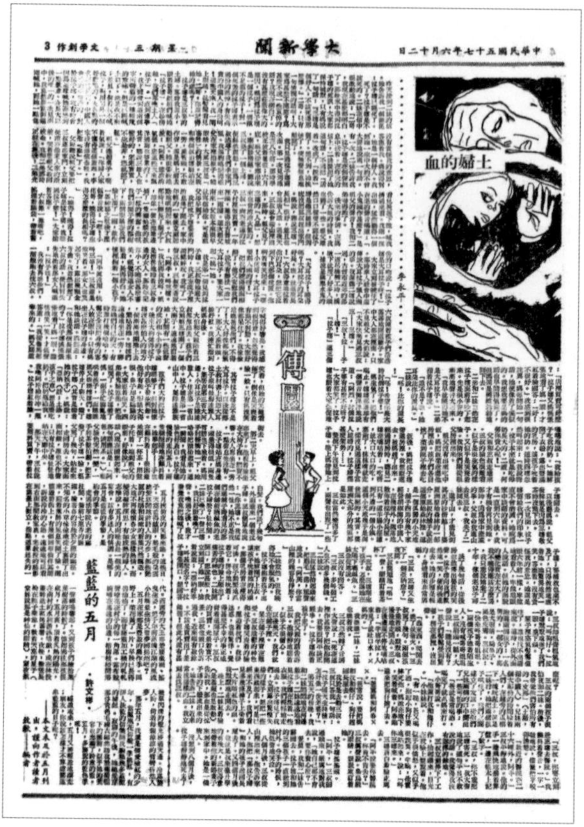

8-1

・李永平第一篇發表於台灣的作品〈土婦的血〉
原刊載於《大學新聞》(1968年6月12日)／ 8-1

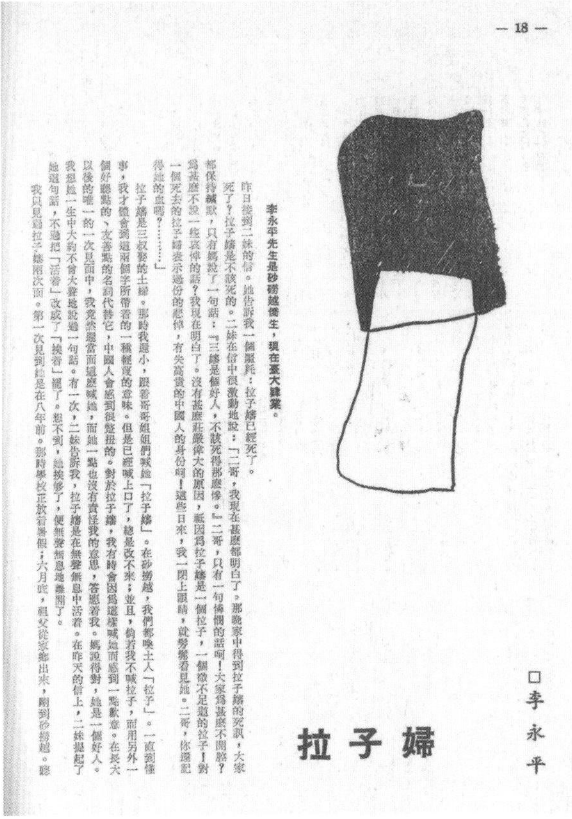

— 18 —

拉子婦

□李永平

李永平先生是砂撈越僑生，現在臺大肄業。

昨日接到二妹的信。她告訴我一個噩耗：拉子嬸已經死了。死了？拉子嬸是不該死的。二妹在信中很激動地說：「二哥，我現在甚麼都明白了。那晚家中得到拉子嬸的死訊，大家都保持緘默，只有媽說了一句話：『三嬸是個好人，不該死得那麼慘。』二哥，只有一句憐憫的話呵！大家為甚麼不開腔？為甚麼不說一些哀悼的話？我現在明白了。沒有甚麼莊嚴偉大的原因，祗因為拉子嬸是一個拉子，一個微不足道的拉子！對一個死去的拉子婦表示過份的悲悼，有失高貴的中國人的身份呵！這些日來，我一閉上眼睛，就彷彿看見她。二哥，你還記得她的血嗎？……」

拉子嬸是三叔娶的土婦。那時我還小，跟着哥哥姐姐們喊她「拉子嬸」。在砂撈越，我們都喚土人「拉子」。一直到懂事，我才體會到這兩個字所帶着的一種輕蔑的意味。但是已經喊上口了，總是改不來；並且，倘若我不喊拉子，而用另外一個好聽點的、友善點的名詞代替它，中國人會感到很彆扭的。對於拉子嬸，我有時會因為這樣喊她而感到一點歉意。在長大以後的唯一的一次見面中，我竟然還當面這麼喊她，而她一點也沒有責怪我的意思，答應着我。媽說得對，她是一個好人。我想她一生中大約不會大聲地說過一句話。有一次，二妹告訴我，拉子嬸是在無聲無息中活着。在昨天的信上，二妹提起了她這句話，不過把「活着」改成了「挨着」罷了。想不到，她挨够了，便無聲無息地離開了。

我只見過拉子嬸兩次面。第一次見到她是在八年前。那時學校正放着暑假；六月底，祖父從家鄉出來，剛到砂撈越。聽

8-3

8-2

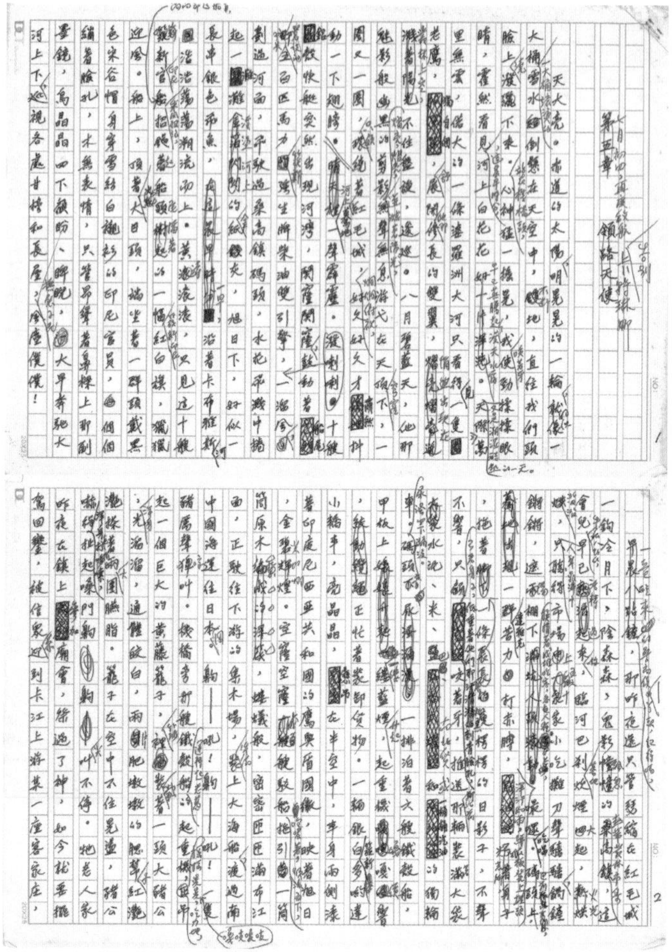

8-4

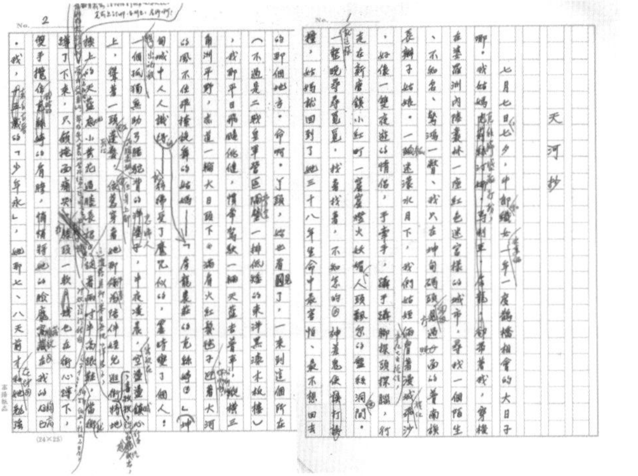

8-5

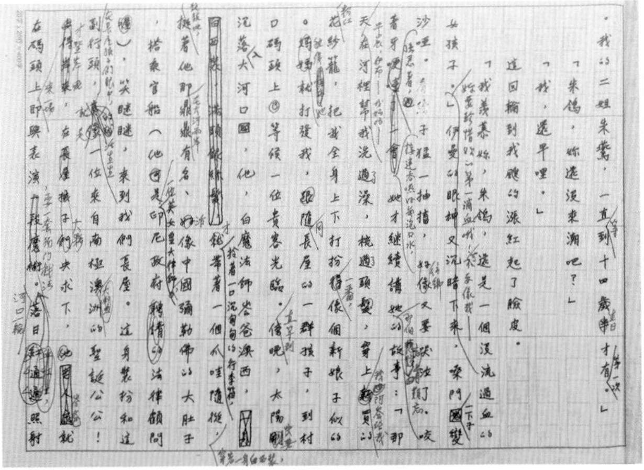

8-6

・李永平手稿《大河盡頭》下卷／8-5
・《朱鴒書》手稿／8-6

九、各版本書封

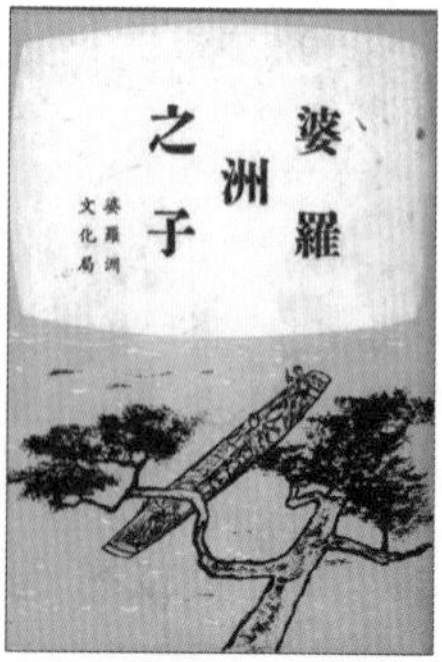

9-1

9-2

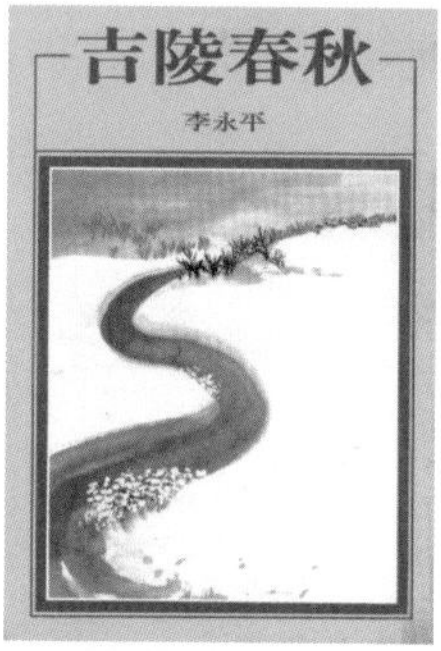

9-3

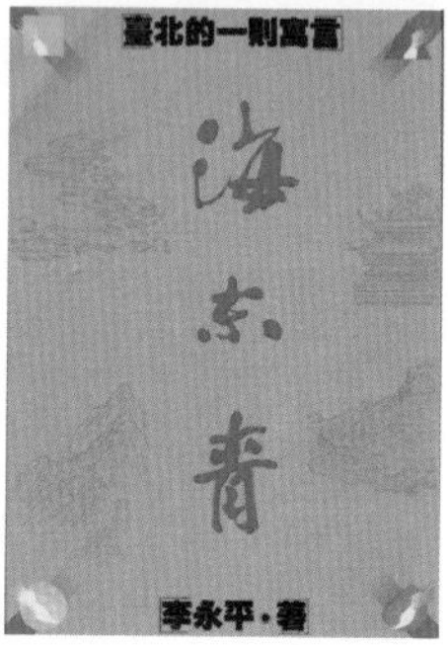

9-4

9-5

- 婆羅洲之子（1968，婆羅洲文化局）／9-1
- 拉子婦（1976，華新）／9-2
- 吉陵春秋（1986，洪範）／9-3
- 海東青（1992，聯合文學）／9-4
- 朱鴒漫遊仙境（1998，聯合文學）／9-5

9-7

9-6

9-9

9-8

・迢迢：李永平自選集（2003，麥田）／ 9-7　・雨雪霏霏（2002，天下文化）／ 9-6
・*Retribution:The Jiling Chronicles*（2003, Columbia University Press）／ 9-8
・海東青（2006，聯合文學新版）／ 9-9

9-10

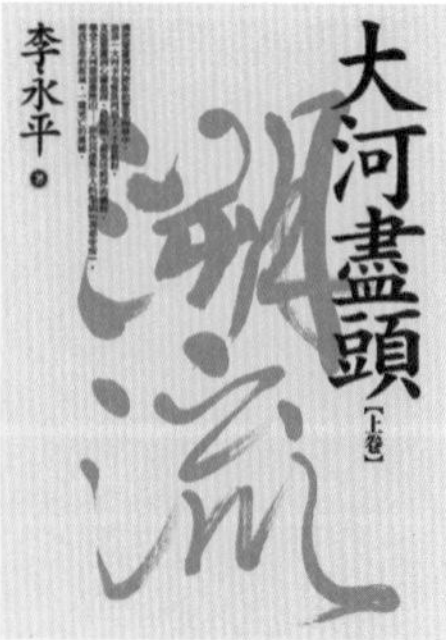

9-11

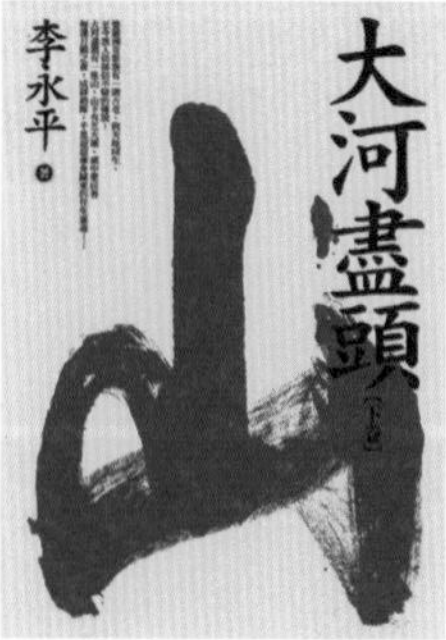

9-12

9-13

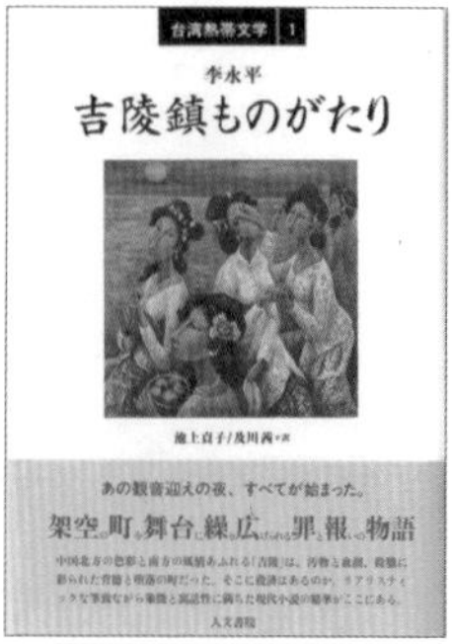

9-14

- 大河盡頭（上卷：溯流）（2008，麥田）／ 9-10
- 大河盡頭（下卷：山）（2010，麥田）／ 9-12
- 吉陵鎮ものがたり（2010，京都人文書院）／ 9-14
- 大河盡頭（上卷:溯流）（2010，麥田新版）／ 9-11
- 朱鴒漫遊仙境（2010，聯合文學新版）／ 9-13

9-15

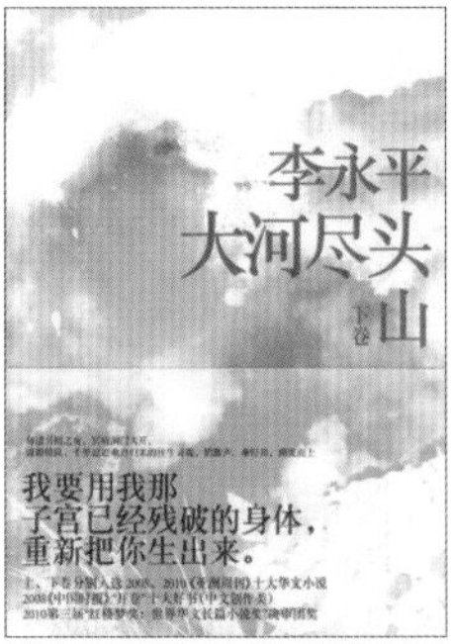

9-16

9-17

9-18

9-19

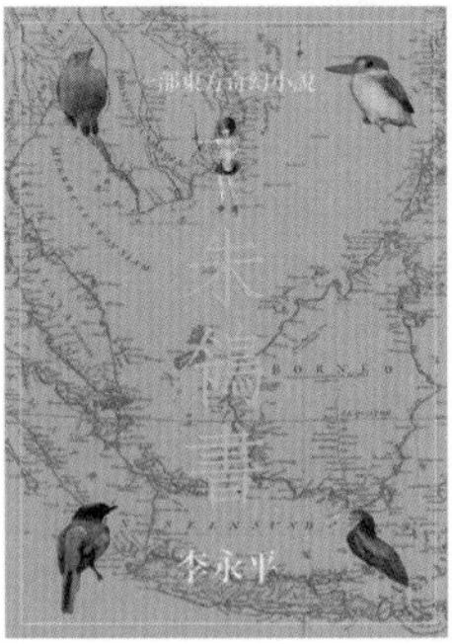

9-20

・大河盡頭（上卷：溯流）（2012，上海人民）／9-15
・大河盡頭（下卷：山）（2012，上海人民）／9-16
・吉陵春秋（2013，上海人民）／9-17
・雨雪霏霏（2013，麥田）／9-18
・雨雪霏霏（2014，上海人民）／9-19
・朱鴒書（2015，麥田）／9-20

國家圖書館出版品預行編目資料

見山又是山：李永平研究 / 高嘉謙主編. -- 初版. -- 臺北市：
麥田出版：家庭傳媒城邦分公司發行, 2017.09
面； 公分. -- (李永平作品集；5)
ISBN 978-986-344-491-6 (平裝)

1.李永平 2.學術思想 3.文學評論 4.臺灣傳記

848.6 106014098

李永平作品集 5

見山又是山：李永平研究

編　　者　高嘉謙
責任編輯　林秀梅
校　　對　高嘉謙　李筱涵

版　　權　吳玲緯　蔡傳宜
行　　銷　艾青荷　蘇莞婷　黃家瑜
業　　務　李再星　陳美燕　杻幸君
副總編輯　林秀梅
編輯總監　劉麗真
總 經 理　陳逸瑛
發 行 人　涂玉雲

出　　版　麥田出版
104台北市中山區民生東路二段141號5樓
電話：（886）2-2500-7696 傳真：（886）2-2500-1967
發　　行　英屬蓋曼群島商家庭傳媒股份有限公司城邦分公司
104台北市民生東路二段141號11樓
書虫客服服務專線：(886)2-2500-7718、2500-7719
24小時傳真服務：(886)2-2500-1990、2500-1991
服務時間：週一至週五09:30-12:00．13:30-17:00
郵撥帳號：19863813　戶名：書虫股份有限公司
讀者服務信箱E-mail：service@readingclub.com.tw
麥田部落格：http://blog.pixnet.net/ryefield
麥田出版Facebook：https://www.facebook.com/RyeField.Cite/

香港發行所　城邦（香港）出版集團有限公司
香港灣仔駱克道193號東超商業中心1樓
電話：(852)2508-6231　傳真：(852)2578-9337
E-mail：hkcite@biznetvigator.com

馬新發行所　城邦(馬新)出版集團【Cite(M)Sdn. Bhd】
41, Jalan Radin Anum, Bandar Baru Sri Petaling,
57000 Kuala Lumpur, Malaysia.
電話：(603)9057-8822　傳真：(603)9057-6622
E-mail:cite@cite.com.my

設　　計　廖韡
電腦排版　宸遠彩藝有限公司
印　　刷　前進彩藝有限公司

初版一刷　2017年9月15日

定價／350元
ISBN：978-986-344-491-6